COLLECTION JULES VERNE

COLLECTION JULES VERNE
BAND 76

Das Testament eines Exzentrischen

Band 1

Pawlak Taschenbuch Verlag, Berlin, Herrsching

Nachdruck mit freundlicher Genehmigung des
Verlages A. Hartleben, Inh. Dr. Walter Rob, Wien I.
Die Vorlagen für die Umschlagillustrationen der
Collection Jules Verne sind Jules Verne Bänden,
erschienen im A. Hartleben's Verlag, Wien, entnommen.
Umschlaggestaltung: Bine Cordes, Weyarn
Die Orthographie wurde der heutigen Schreibweise angeglichen.

Gesamtherstellung: Elsnerdruck GmbH, Berlin
Printed in Germany
ISBN: 3-8224-1076-4

Inhalt

Erster Teil

Erstes Kapitel

Eine ganze Stadt in freudiger Erregung

Ein Fremder, der am Morgen des 3. April 1897 in der Hauptstadt von Illinois angekommen wäre, hätte sich mit Recht als einen Günstling des Gottes der Reisenden betrachten können. An diesem Tage hätte sich sein Taschenbuch gewiß mit merkwürdigen Notizen gefüllt, die Stoff für Aufsehen erregende Zeitungsartikel geliefert hätten. Und wäre er schon einige Wochen vorher in Chicago gewesen und noch einige Monate nachher da geblieben, so wäre er zweifellos von der Aufregung, der inneren Unruhe, von dem Schwanken zwischen Hoffnung und Verzweiflung, von den fieberhaften Anfällen wie von der Bestürzung in der großen Stadt, die sozusagen ganz aus Rand und Band geraten war, auch selbst mit angesteckt worden.

Von acht Uhr morgens an wälzte sich eine ungeheure, immer zunehmende Menschenmenge in der Richtung nach dem zweiundzwanzigsten Quartiere hin. Eins der reichsten, liegt es im Verlaufe der Breitengrade zwischen der North Avenue und der Division Street, in dem der Längengrade zwischen North Halsted Strett und Lake Shore Drive am Ufer des Michigansees. Bekanntlich werden die Straßen der modernen Städte in den Vereinigten Staaten meist in der Richtung der Längen- und Breitengrade angelegt, und die Städte erhalten dadurch die Regelmäßigkeit eines Schachbretts.

»Oho!« rief ein städtischer Polizist, der seinem Dienste an der Beethoven Street und der North Wells Street oblag. »Will denn die ganze Stadtbevölkerung jenes Quartier überfallen?«

Der Polizist war ein hochgewachsener Mann und, wie die meisten seiner Berufsgenossen, irischer Herkunft. Diese Leute sind übrigens tüchtige Wächter der Ordnung, wenn sie auch den größten Teil eines Gehalts von tausend Dollar zur Stillung ihres unlöschbaren, bei Eingebornen der Grünen Erinsinsel ja ganz natürlichen Durstes aufwenden.

»Das wird ein einträglicher Tag für die Taschendiebe!« antwortete einer seiner Kameraden – ein ebenso großer, ebenso ewig durstiger, echter Irländer wie er.

»Na«, meinte der erste, »da mag nur jeder seine Taschen hübsch selbst zuhalten, wenn er sie bei der Rückkehr nach Hause nicht geleert sehen will; wir können doch nicht alle hüten . . .«

»Und heute«, fuhr der zweite fort, »wird es, denk' ich, ohnehin schon genug damit zu tun geben, daß wir den Damen zum Überschreiten der Fahrbahnen den Arm bieten!«

»Ich wette doch auf einhundert Überfahrene!« setzte sein Kamerad hinzu.

Glücklicherweise hat man in Amerika die vortreffliche Gewohnheit, sich selbst zu schützen und nicht erst Hilfe von den Behörden zu erwarten, die eine solche doch nicht immer leisten können.

Welche Überflutung bedrohte aber jenes zweiundzwanzigste Quartier, wenn auch nur die Hälfte der Chicagoer Bevölkerung dort zusammenströmte! Die Hauptstadt des Staates zählte zu jener Zeit nicht weniger als siebzehnhunderttausend Einwohner, wovon etwa ein Fünftel aus den Vereinigten Staaten stammte, während nahezu fünfhunderttausend Deutsche und fast ebenso viele Irländer waren.

Engländer und Schotten gab es darunter fünfzigtausend, Kanadier gegen vierzigtausend, Skandinavier ziemlich hunderttausend, Böhmen und Polen ebenso viele. An Juden rechnete man fünfzehntausend und an Franzosen vielleicht zehntausend, eine unter diesem Völkergemisch fast verschwindend kleine Menge.

Übrigens bedeckt die Stadt, wie Elisée Reclus berichtet, noch nicht einmal das ganze Gebiet, das die Gesetzgeber ihr am Gestade des Michigansees zugemessen haben und das eine Ausdehnung von vierhunderteinundsiebzig Quadratkilometern oder etwa die gleiche Größe wie das Departement der Seine hat. Ihre Einwohnerschaft hat sich also nur genügend zu vermehren – und das ist nicht unmöglich, nein, sogar recht wahrscheinlich – um die ganze Fläche von vierundsiebzigtausend Hektaren zu bevölkern.

Jedenfalls wälzten sich an dem genannten Tage Neugierige aus den drei Stadtteilen heran, die der Chicagofluß mit seinen zwei Armen – dem nord- und dem südwestlichen – bildet, aus der North Side wie aus der South Side, die von manchen Reisenden die eine als die Vorstadt Saint-Germain, die andere als die Vorstadt Saint-Honoré der großen Stadtgemeinde von Illinois angesehen werden. Natürlich fehlte es auch nicht an Zufluß aus dem von den beiden Armen des Wasserlaufs im Westen gebildeten Winkel her. Wer auch in einem weniger eleganten Stadtteile wohnte, wollte deshalb doch nicht darauf verzichten, die Volksmasse vermehren zu helfen, nicht einmal die Leute aus den elenden Baracken in der Umgebung der Madison Street und der Clark Street, wo Böhmen, Polen und Italiener neben vielen, dem Himmlischen Reiche entflohenen Chinesen hausen.

Diese ganze Völkerwanderung strebte also lärmend und schreiend dem zweiundzwanzigsten Quartiere zu, dessen vierundzwanzig Straßen auf keinen Fall ausreichten, die Flutwelle einer solchen Volksmasse aufzunehmen.

Alle Klassen der Einwohnerschaft waren in dem unruhigen Menschenknäuel vertreten. Da sah man Beamte aus dem Federal Building und aus dem Post Office, Angestellte aus dem Court House, höhere Mitglieder aus dem County Hotel, Municipalräte aus der City Hall, Personal aus der ungeheuren Karawanserei des Auditoriums, dessen Fremdenzimmer nach Tausenden zählen, Handlungsgehilfen aus den großen Modewarengeschäften und Bazaren, wie aus denen der Herren Marshall Field, Lehmann und W. W. Kimball, Arbeiter aus den Schweineschmalz- und Margarinefabriken, die eine vorzügliche Butter, das Pfund zu 10 Cents (etwa 41 Pfennige) herstellen, neben solchen aus den Wagenbauwerkstätten des allbekannten Pullmann, die aus ihrer weit entfernten Vorstadt hergekommen waren, ferner Angestellte des Großverkaufshauses Montgomery, Ward und Comp., dreitausend Arbeiter Mac Cormicks, des Erfinders der berühmten Garbenbindemaschine, neben andern von den Hochöfen und Walzwerken, wo

Bessemerstahl im großen fabriziert wird; weiter die Leute aus den Werkstätten J. Mac Gregor Adams, die Nickel, Zinn, Zink und Kupfer bearbeiten und Gold und Silber raffinieren, die Arbeitskräfte aus den Schuhfabriken, wo man so weit vervollkommnete Hilfsmaschinen benützt, daß ein Halbstiefel in einer Minute hergestellt werden kann, und endlich die achtzehnhundert Mann der Firma Elgin, die täglich zweitausend Taschenuhren liefert.

Dieser schon etwas langen Liste wäre noch das Personal hinzuzufügen, das bei den Elevatoren Chicagos, des allergrößten Getreidemarktes der Erde, beschäftigt ist. Dazu kommen ferner die Angestellten und Beamten der dortigen Eisenbahnen, die auf siebenundzwanzig Bahnlinien und mit dreizehnhundert Zügen täglich hundertfünfundsiebzigtausend Personen nach der Stadt befördern, die der durch Dampf oder Elektrizität getriebenen Straßenbahnwagen, der Seilbahnen und andrer, mit einem Tagesverkehr von zwei Millionen Fahrgästen, endlich die große Zahl von Seeoffizieren, Matrosen usw. eines mächtigen Hafenplatzes, dessen Handelsverkehr an einem einzigen Tage sechzig Schiffe in Anspruch nimmt.

Man hätte blind sein müssen, unter dieser bunten Menge die Direktoren, Redakteure, Berichterstatter, Feuilletonisten und Hilfskräfte nicht zu bemerken, die an den hundertvierzig Tages- und Wochenblättern Chicagos tätig sind – und taub sein müssen, die Rufe der Börsenmänner, der Bulls oder Haussiers und der Bears oder Baissiers, nicht zu hören, die hier ebenso auftraten, als ob sie am Board of Trade oder am Wheat Pit, der Getreidebörse, handelten und feilschten. Und um diese lärmende Menge bewegte sich ferner das gesamte Personal der National- und der Staatsbanken, der Corn Exchange Calumet Merchants'-Loane and Trust Co, der Fort Dearborn Oakland Prairie-State American Trust and Savings, der Chicago City Guarantee Co of North America, der Dime Savings Northern Trust Co usw. usw.

Wie hätte man bei diesem riesenhaften öffentlichen Aufzuge die Schüler der Collegien und Universitäten übersehen können, die der Northwestern University, des Union College of Law, der Chicago Manuel-training-school und vieler anderer

Institute, wie hätte man die Künstler der dreiundzwanzig Theater und Casinos vergessen können, die vom Großen Opernhause, wie die von Jacobs' Clark Street Theater, die vom Auditorium und vom Lyzeum – wie ferner vergessen können die Leute der neunundzwanzig erstklassigen Hotels, die Kellner und Hilfswärter der unzähligen und zuweilen so großen Restaurants, daß sie binnen einer Stunde fünfundzwanzigtausend Gäste befriedigen können – wie die Packer und Fleischer des Great Union Stock Yard, die für Rechnung der Firmen Armour, Swift, Nelson, Morris und noch vieler anderer jährlich zwei Millionen Rinder und Schweine für je zwei Dollar abschlachten. Darf man sich da wundern, daß die »Königin des Westens« unter den gewerb- und handeltreibenden Städten der Vereinigten Staaten den zweiten Platz, gleich hinter New York, einnimmt, wenn ihr jährlicher Geschäftsumsatz den Wert von dreißig Milliarden erreicht?

Wie alle großen amerikanischen Städte erfreut sich Chicago einer ebenso unbeschränkten wie rein demokratischen Freiheit. Die Dezentralisation ist hier vollständig durchgeführt; was veranlaßte sie aber – um bei dem eben gebrauchten Worte zu bleiben – sich heute so auffallend um die La Salle Street zu zentralisieren?

Strömte die Bevölkerung in lärmender Menge vielleicht nach der City Hall zusammen? Handelte es sich um eine alles mit sich fortreißende Spekulation, die man hier als Boom zu bezeichnen pflegt, um eine Versteigerung von Grund und Boden, die die Geister übermäßig erregte? Handelte es sich um eine jener Wahlschlachten, die die Volksmenge erhitzen, um ein Meeting, bei dem konservative Republikaner und liberale Demokraten sich in der Nachbarschaft des Federal Building bekämpfen sollten? Oder stand es in Frage, eine neue Worlds Columbian Exposition feierlich zu eröffnen und im Schatten des Lincoln-Parks längs der Midway Plaisance den Pomp von 1893 wiederholt zu entfalten?

Nein, hier sollte eine ganz andere Feierlichkeit vor sich gehen, deren Charakter ein recht trauriger gewesen wäre, wenn die daran Beteiligten sich nicht hätten den Bestimmungen der Person, der jene galt, fügen müssen, Bestimmungen, die dahin gingen, daß dabei allgemeine Freude herrschen sollte.

Zur Stunde war die La Salle Street völlig leer, dank den Polizisten, die an deren beiden Enden in großer Zahl aufgestellt waren. Der Zug, der sie durchmessen sollte, war folglich durch nichts gehindert, sich vorschriftsmäßig zu bilden und zu bewegen.

Wird die La Salle Street von den reichen Amerikanern auch nicht ebenso bevorzugt wie die Avenuen der Prairie, von Calumet oder von Michigan, wo sich nur prächtige Wohnpaläste erheben, so ist sie doch eine der verkehrsreichsten Straßen der Stadt. Sie trägt den Namen eines Franzosen, Robert Cavelier de La Salle, eines der ersten Reisenden, die von 1679 an das Gebiet der Seen erforschten – einen Namen, der in den Vereinigten Staaten mit Recht berühmt ist.

Nahe der Mitte der La Salle Street hätte ein Beobachter, dem es geglückt wäre, die Doppelreihe von Polizisten zu durchbrechen, an der Ecke der Goethe Street einen mit sechs Pferden bespannten Wagen vor einem Prachtbau von Wohnhause stehen sehen. Vor und hinter diesem Wagen wartete ein gut geordnetes zahlreiches Gefolge nur auf das Zeichen zum Aufbruch.

Die erste Hälfte des Gefolges umfaßte mehrere Kompanien Miliz in Paradeuniform unter dem Befehle ihrer Offiziere, ein Musikcorps von nicht weniger als hundert Mann und eine Sängerabteilung von gleicher Stärke, die ihre Töne wiederholt mit den Akkorden jenes Orchesters mischen sollten.

Den Wagen bedeckten Draperien von leuchtendem, mit Gold- und Silberstickereien noch gehobenem Rot, von dem in Diamanten die Buchstaben W J H hervorglänzten. Dazu kamen eine Unmenge Sträuße oder eigentlich ganze Haufen von Blumen, die überall, mit Ausnahme einer Stadt, welche man ganz allgemein Garden City nennt, recht selten gewesen wären. Vom Oberteile des Gefährtes, das würdig gewesen wäre, inmitten eines nationalen Festes zu prangen, hingen bis zur Erde Girlanden herab, die von sechs Personen, von dreien an jeder Seite, gehalten wurden.

Wenige Schritt weit dahinter zeigte sich eine Gruppe von etwa zwanzig Personen, darunter James J. Davidson, Gordon

S. Allen, Harry B. Andrews, John J. Dickinson, Thomas R. Carlisle u. a. vom Exzentric Club in der Mohawk Street, dessen Vorsitzender Georges B. Higginbotham war; ferner Mitglieder der Clubs Calumet aus der Michigan Avenue, des Hyde Park aus der Washington Avenue, Columbus aus der Montroe Street, der Union League vom Custom House Place, der Irischen Amerikaner aus der Dearborn Street – und der vierzehn übrigen in der Stadt bestehenden Clubs.

Chicago ist, wie vielen bekannt sein dürfte, das Hauptquartier der Division des Missouri und der gewöhnliche Standort ihres Kommandanten. Es versteht sich nun von selbst, daß dieser Kommandant, der General James Morris, nebst seinem Stabe und den Offizieren der im Pullmann Building gelegenen Büros sich der vorher genannten Gruppe angeschlossen hatte. Weiter folgten: der Gouverneur des Staates, John Hamilton, der Bürgermeister und seine nächsten Beamten, die Mitglieder des Stadtrates, die Grafschaftsverwalter, die eigens von Springfield hergekommen waren, aus der offiziellen Hauptstadt von Illinois, wo alle Verwaltungs- und Regierungsämter ihren Sitz haben, und auch die Oberbeamten des Federal Court, die im Gegensatze zu vielen andern Staatsdienern nicht durch allgemeine Abstimmung erwählt, sondern unmittelbar vom Präsidenten der Union ernannt werden.

Am Schlusse dieses Gefolges drängten sich eine Menge Kaufleute, Industrielle, Ingenieure, Lehrer, Advokaten, Gerichtsanwälte, Ärzte, Zahnärzte, Koroner (Kronbeamte für die Leichenschau), Sachwalter und Grafschaftsbeamte, denen sich noch eine unübersehbare Volksmenge anschließen sollte, sobald der Aufzug die La Salle Street ganz verlassen hätte.

Um aber das Ende des Zuges gegen den Ansturm der Masse zu sichern, hatte der General Morris starke Abteilungen Kavallerie mit gezogenem Säbel aufgestellt, und lustig flatterten deren Standarten im frischen Morgenwinde.

Diese lange Beschreibung der zivilen und militärischen Teilnehmer, aller der Gesellschaften und Vereine, die zu dieser außergewöhnlichen Feierlichkeit herangezogen waren, muß hier noch durch eine besonders kennzeichnende Einzelheit vervollständigt werden: Alle Teilnehmer, kein einziger ausgenommen, trugen eine Blume im Knopfloch, eine Gardenia, die ihnen der schwarzgekleidete, auf der Vortreppe des Hauses stehende Haushofmeister überreicht hatte.

Überdies machte auch das Haus selbst einen festlichen Eindruck. Seine Armleuchter und hellglänzenden elektrischen Lampen wetteiferten mit den lebhaften Strahlen der Aprilsonne; die weit offenen Fenster zeigten die vielfarbigen Tapeten der Innenräume. Die Dienerschaft in Festtagstracht stand auf den Marmorstufen der Ehrentreppe. Die Prunkgemächer waren wie zu einem großen Empfange vorbereitet, die Speisezimmer mit Tafeln besetzt, worauf die massiv silbernen Aufsätze und das herrliche Porzellan der Chicagoer Millionäre prangten und kristallne Karaffen voll edlen Weines und Champagners der besten Marken funkelten.

Endlich schlug es auf der City Hall neun Uhr. Fanfaren ertönten am Anfange der La Salle Street. Drei einstimmig ausgebrachte Hurras erschütterten die Luft. Auf ein Zeichen des diensttuenden Polizeioffizers setzte sich der Zug mit entfalteten Bannern in Bewegung.

Zuerst erklangen aus den mächtigen Instrumenten des Orchesters die belebenden Takte des »Columbus March« von Professor John K. Paine in Cambridge. Langsam und gemessen wand sich der Zug die La Salle Street hinauf. Fast gleichzeitig rückte der Wagen mit dem Sechsgespann an, von dem jedes Pferd kostbare Schabracken trug und mit Federbusch und Aigrette geschmückt war. Die Blumengirlanden in den Händen der sechs Auserwählten, die nur ein launenhafter Zufall zu solchen gemacht hatte, spannten sich gleichmäßig an.

Dann setzten sich die militärischen, zivilen und städtischen Behörden, die den Reiterabteilungen folgten, in bester Ordnung in Gang.

Es bedarf wohl kaum der Erwähnung, daß in der La Salle Street alle Fenster, Balkons und vielfach sogar die Dächer von Zuschauern jedes Alters, die meist schon seit dem letzten Abend warteten, voll besetzt waren.

Als die ersten Reihen des Gefolges das Ende der Straße erreicht hatten, schwenkten sie ein wenig nach links ab, um nach der den Lincoln-Park begleitenden Alleestraße zu gelangen.

Welch' unglaubliches Gewühl von Menschen herrschte da innerhalb der zweihundertfünfzig Acres dieser Anlage, die im Osten von den rauschenden Wellen des Michigan benetzt wird – in dieser Schmuckwaldung mit ihren schattigen Alleen, ihren Buschgruppen, Rasenflächen, bewaldeten Dünen, ihrer Winston-Lagune, mit den zum Andenken Grants und Lincolns errichteten Monumenten, dem Paradefelde und in dem davon umschlossenen zoologischen Garten, wo die Raubtiere heulten und brüllten und die Affen hastig hin und her sprangen, wie um sich der Erregung in der Volksmenge in ihrer Art anzupassen! Da der Park an Wochentagen sonst so gut wie menschenleer ist, hätte sich ein Fremdling fragen können, ob heute vielleicht Sonntag wäre. O nein, es war Freitag – der traurige, widerwärtige Freitag – der dieses Jahr auf den 3. April fiel.

Nun, heute bekümmerten sich die Neugierigen nicht darum, tauschten ihre Bemerkungen beim Vorüberkommen des Zuges aus und bedauerten daneben gewiß, nicht selbst daran teilnehmen zu können.

»Das steht fest«, meinte einer, »die Feier ist ebenso schön, wie die bei der Eröffnung unsrer Weltausstellung!«

»Gewiß«, antwortete ein andrer, »der Zug kann sich getrost mit dem vom 24. Oktober auf der Midway Plaisance messen.«

»Und die sechs, die unmittelbar neben dem Wagen gehen!« rief ein Schiffer vom Chicagoflusse.

»Ja, die mit gefüllter Tasche zurückkommen werden!« setzte ein Arbeiter aus der Cormickschen Werkstatt hinzu.

»Die haben jeder das Große Los gewonnen!« erklärte ein dicker Brauer, dem das Bier aus allen Poren schwitzte. »Ich gäbe gleich mein Gewicht in Gold darum, könnt' ich jetzt an ihrer Stelle sein!«

»Und dabei würden Sie nichts verlieren!« versicherte ein kräftiger Schlächter aus den Stock Yards.

»Das ist ein Tag, der jenen hübsche Wertpapiere in ganzen Haufen einbringt!« ließ sich eine Stimme neben den beiden vernehmen.

»Ja, ihr Glück ist gemacht!«

»Und welch ein Glück!«

»Für jeden zehn Millionen Dollar . . .«

»Sie wollen sagen, zwanzig Millionen . . .«

»Eher nahe an fünfzig als zwanzig!«

So wie die wackren Leute nun einmal im Zuge waren, wären sie bald auch noch bis zur Milliarde gekommen – ein Wort, das in den Vereinigten Staaten übrigens gang und gäbe ist. Wohl zu bemerken, beruhten indes alle diese Behauptungen auf grundloser Annahme.

Doch siehe da: Will der Zug etwa gar seinen Weg um die ganze Stadt nehmen?

Wenn ein derartiger Spaziergang im Programme vorgesehen war, dann reichte freilich der ganze Tag dazu nicht aus.

Wie dem auch sein mochte, jedenfalls kam die lange Kolonne unter gleichmäßigen Freudenbezeugungen und unter den rauschenden Klängen des Orchesters und den Vorträgen der Sänger, die eben, begrüßt mit donnernden Hipps und Hurras der Zuschauer, das Lied »To the Son of Art« angestimmt hatten, vor dem Eingange zum Lincol-Park da an, wo die Fullerton-Avenue endigt. Sie wendete sich nun nach links und schlängelte sich bis zum nördlichen Arme des Chicagoflusses hin. Zwischen den von Menschen vollgestopften Fußwegen war noch Platz genug für eine ungehinderte Bewegung des merkwürdigen Zuges.

Nach Überschreitung der Brücke erreichte er über die Brand Street hinweg die prächtige, belebte Straße, die auf eine Strecke von elf Meilen den Namen Boulevard Humboldt führt und erst nach Westen, dann nach Süden zu verläuft. Von der Ecke des Logan Square aus verfolgte der Zug diese Richtung, nachdem zahlreiche Polizisten den Fahrdamm von der fünffachen Reihe sich drängender Zuschauer gesäubert hatten.

Von hier aus rollte der Wagen nach dem Palmer Square zu und erschien vor dem Parke, der ebenfalls den Namen des berühmten deutschen Gelehrten trägt.

Es war jetzt Mittag. Im Humboldt-Park wurde einmal haltgemacht, was recht notwendig erschien, denn noch war ein langer Weg zurückzulegen. Die Volksmenge konnte sich auf dem von plätscherndem Wasser erfrischten Gebiete, das über zweihundert Acres einnimmt, nach Belieben zerstreuen.

Als der Wagen stillstand, stimmten die Musiker und die Sänger das »Star Spangled Banner« an, dem ein rauschender Applaus folgte, als wäre es in der Music Hall des Casinos vorgetragen worden.

Der westlichste Punkt, der im Programm für den Zug vorgeschrieben war, wurde gegen zwei Uhr erreicht und lag am Garfield-Park. Man sieht, an Parks fehlte es der großen Stadt von Illinois eben nicht. Wenn man nur die fünfzehn größten in Rechnung zieht – der Jackson-Park bedeckt allein fünfhundertachzig Acres – so umfassen diese zusammen eine mit Buschwerk, Dickichten, Blumenrabatten und Rasen bedeckte Fläche von zweitausend Acres (gleich 800 Hektar).

Als der Winkel am Boulevard Douglas überschritten war, wendete sich der lange Zug nach Osten dem Douglas-Park zu, von hier mehr nach Südwesten über den mittleren Arm des Chicagoflusses und weiter am Kanal von Michigan hin, der diesen flußaufwärts begleitet. Jetzt galt es noch, nach Süden zu die Western Avenue auf eine Strecke von drei Meilen (4800 Meter) zu überwinden, um nach dem Gage-Park zu gelangen.

Eben schlug es auf den Türmen drei Uhr, und es wurde ratsam, ein zweites Mal haltzumachen, ehe die Rückkehr nach den eigentlichen Stadtquartieren angetreten wurde.

Diesmal wurde das Orchester scheinbar ganz toll; es spielte mit außerordentlichem Feuer die lebhaftesten Zweivierteltücke, die rasendsten Allegros aus den Repertoiren eines Lecoq und Varney, eines Andran und Offenbach. Kaum glaublich erschien, daß unter dem Einflusse dieser Rhythmen von den öffentlichen Bällen nicht alle Welt zu tanzen begann. In Frankreich hätte man sich nicht bezwingen können.

Dazu herrschte trotz empfindlicher Kühle ganz prächtiges Wetter. In den ersten Apriltagen behält das Klima von Illinois meist noch seinen winterlichen Charakter, und die Schiffahrt auf dem Michigansee und dem Chicagoflusse bleibt gewöhnlich von Anfang Dezember bis Ende März unterbrochen.

Trotz der noch recht niedrigen Temperatur war die Luft so rein, die Sonne, die ihren Bogen am wolkenlosen Himmel beschrieb, sandte so glänzende Strahlen herab, als hätte sie sich selbst auf eine Festlichkeit eingerichtet – wie die Berichterstatter der offiziellen Presse sich auszudrücken lieben – so daß voraussichtlich bis zum Abend alles nach Wunsch verlief.

Die Menge der Zuschauer verminderte sich übrigens keineswegs. Waren es keine Neugierigen aus den Quartieren des Nordens, so waren es solche aus denen des Südens, und die einen gaben den andern bezüglich unverhohlener Lebhaftigkeit und enthusiastischer Hurras, die den Zug überall begleiteten, in keiner Weise etwas nach.

In dem Gefolge hielten sich die einzelnen Gruppen noch immer ebenso zusammen, wie seit dem Aufbruche in der La Salle Street und ebenso wie das sicherlich noch am Ende des langen Weges der Fall zu sein versprach.

Vom Gage-Park aus rollte der Wagen auf dem Boulevard Garfield geradewegs nach Osten hin.

Am Ende dieses Boulevards zeigt sich in voller Pracht der Washington-Park, der dreihunderteinundsiebzig Acres groß ist.

Hier verdichtete sich die Menschenmenge noch weiter, ganz wie einige Jahre vorher, bei Gelegenheit der in der Nachbarschaft stattfindenden Ausstellung. Von vier bis halb fünf Uhr wurde nochmals eine Rast gemacht, und in dieser Pause ließen die Sänger unter dem lärmenden Beifall unzähliger Zuhörer das »In Praise of God« von Beethoven erschallen.

Dann ging der Marsch im Schatten des Parks weiter bis zu der Stelle, die mit der Midway Plaisance einst die große Worlds Columbian Fair in dem weiten Gebiete des Jackson-Parks unmittelbar am Strande des Michigansees umschlossen hatte.

Sollte sich der Wagen diesem für alle Zukunft berühmt gewordenen Platze zuwenden? Handelte es sich um eine Feierlichkeit zur Erinnerung an den verflossenen Glanz, etwa um eine Gedenkfeier, die durch alljährliche Wiederholung jene großen Tage der Annalen Chicagos vor dem Vergessenwerden bewahren sollte?

Nein, nach dem Vorbeiziehen am Washington-Park-Club durch die Cottage Greve Avenue hielten die ersten Reihen der Milizen vor einem Park an, den in diesem volkreichen Quartiere verschiedene Eisenbahnen mit ihrem vielfachen stählernen Netz umsponnen haben.

Das fast zahllose Gefolge machte halt und das Orchester ließ, ehe es im Schatten stolzer Eichen weiterschritt, einen der verführerischsten Walzer von Strauß erklingen.

Gehörte dieser Park vielleicht einem Casino und sollte die große Menge etwa nach einem Riesensaale geführt werden, um dort eine Art karnevalistisches Nachtfest zu begehen? ...

Jetzt öffneten sich die Pforten weit, und den Polizisten gelang es nur mit größter Anstrengung, die heranstürmende Menge, die hier noch zahlreicher, noch lärmender und noch ausgelassener war, von dem Eindringen zurückzuhalten.

Von einer weiteren Milizenkette geschützt, gelang es, das zu verhindern, bis der Wagen nach einem etwa fünfzehn Meilen langen Wege um und durch die riesige Stadt sein Ziel erreicht hatte ...

Dieser Park war kein Park ... es war die Oakswoods Cemetry, der größte der elf Friedhöfe Chicagos ... und der Wagen war ein Leichenwagen, der jetzt die sterblichen Überreste William J. Hypperbones, eines der Mitglieder des Excentric Club, ihrer letzten Ruhestätte zuführte.

Zweites Kapitel

William J. Hypperbone

Daraus, daß sich die Herren James T. Davidson, Gordon S. Allen, Harry B. Andrews, John J. Dickinson, Georges B. Higginbotham und Thomas R. Carlisle unter den ehrsamen Gruppen befanden, die dem Leichenwagen unmittelbar folgten, darf man nicht etwa schließen, daß sie grade die hervorragendsten Mitglieder des Excentric Club gewesen wären.

Die Wahrheit zu sagen, bestand das Exzentrische in ihrem Leben auf dieser Erde einzig darin, daß sie dem genannten Club in der Mohawkstraße angehörten. Vielleicht beabsichtigten anfänglich diese schwerwiegenden Söhne Bruder Jonathans, die durch wiederholte glückliche Bodenspekulationen, durch Pökelanstalten, Petroleum, Eisenbahnen, Erzbergwerke,

Elevatorenbetriebe oder durch Großschlachtereien sehr reich geworden waren, ihren Landsleuten von den einundfünfzig Staaten der Union und der Neuen und Alten Welt durch ultraamerikanische Absonderlichkeiten ein erregendes Schauspiel zu bieten; ihr öffentliches und privates Leben aber zeichnete sich unbedingt durch nichts aus, was ihnen die Aufmerksamkeit der Erdbewohner hätte zulenken können. Sie bildeten nur einen Verein von fünfzig Mitgliedern, die recht hohe Beiträge bezahlten, mit der Chicagoer Gesellschaft keine näheren Verbindungen unterhielten, die ihre Spiel- und Lesezimmer fleißig besuchten, daselbst eine Menge Journale und Revuen durchflogen, wie in allen derartigen Kreisen mehr oder weniger hoch spielten und sich gelegentlich bei Erwähnung dessen, was sie bisher getan hatten und jetzt vielleicht taten, ehrlich zugestanden:

»Entschieden sind wir keineswegs – nein, nicht im mindesten exzentrisch!«

Einer der Herren schien aber doch mehr als seine Kollegen Veranlagung zur Originalität zu verraten. Hatte er sich bisher auch noch nicht durch eine Reihe Aufsehen erregender Wunderlichkeiten hervorgetan, so glaubte man doch, darauf rechnen zu dürfen, daß er in Zukunft den dem berühmten Vereine etwas vorschnell gegebenen Namen rechtfertigen werde.

Leider sollte William J. Hypperbone unerwartet das Zeitliche segnen. Freilich mußte man anerkennen, daß er, was er bei Lebzeiten nicht getan, in eigner Weise nach seinem Tode ausgeführt hatte, denn nur seinem ausdrücklichen Wunsche gemäß ging das Begräbnis des Sonderlings inmitten allgemeinen Jubels vor sich.

Der selige William J. Hypperbone hatte zur Zeit, als er sein Dasein plötzlich endete, kaum das fünfzigste Lebensjahr überschritten. In diesem Alter war er noch ein hübscher, hochgewachsener, breitschultriger Mann mit mächtigem Brustkasten, straffer Haltung und nicht ohne eine gewisse Eleganz, ohne eine gewisse Vornehmheit. Er hatte »meliertes«, stets kurz gehaltenes Haar, einen fächerartig abstehenden goldblonden Bart, der bereits mit einzelnen Silberfäden vermischt war, tiefblaue Augen mit glänzender, unter dichten Lidern hervorleuchtender Pupille und einen Mund mit noch lückenloser Zahnreihe und eng geschlossenen Lippen, dessen Linie seitwärts leicht aufstieg – das Zeichen eines zu spöttischem Scherz, selbst zu etwas Hochmut geneigten Temperaments.

Dieses prächtige Musterbild eines Nordamerikaners erfreute sich einer eisernen Gesundheit. Nie hatte ein Arzt ihm nach dem Puls gefühlt, nie einer seine Zunge geprüft, ihm in den Hals gesehen, die Brust beklopft oder das Herz behorcht, niemals war seine Körpertemperatur mittels Thermometers gemessen worden. Und an Ärzten fehlt es in Chicago grade nicht – auch nicht an Zahnärzten, die alle im Rufe besonderer Geschicklichkeit stehen, von denen aber keine je Gelegenheit gehabt hatte, seine Kunst an ihm zu beweisen.

Man hätte also sagen können, daß eigentlich keine Maschine – und wäre es eine von hundert Ärztekraft – imstande gewesen wäre, ihn aus dieser Welt zu reißen und in eine andre zu befördern; dennoch war er jetzt gestorben, ohne Hilfe der medizinischen Fakultät – und infolge dieser überraschenden Leistung stand eben sein Leichenwagen jetzt vor dem Tore der Oakswoods Cemetry.

Um dieses Bild der physischen Persönlichkeit des Mannes nach der seelischen Seite hin zu ergänzen, müssen wir hinzufügen, daß William J. Hypperbone von Natur kühl und bestimmt war und unter allen Umständen Herr seiner selbst zu bleiben wußte. Wenn er am Leben etwas Schätzenswertes fand, so fand er das als Philosoph, und mit der Philosophie wird man sich ja leicht befreunden, wenn ein großes Vermögen, das Freisein von jeder Sorge für die Gesundheit und für eine Familie es gestatten, das Wohlwollen mit der Freigiebigkeit zu verbinden.

Da drängt sich freilich die Frage auf, ob es logisch sei, von einer so praktischen, so gleichmäßig abgewogenen Persönlichkeit überhaupt eine exzentrische Tat zu erwarten. Fand sich in der Vergangenheit dieses Amerikaners wohl eine Tatsache, die so etwas glauben ließ?

Ja, eine einzige.

Im Alter von vierzig Jahren stehend, hatte William J. Hypperbone den Gedanken gehabt, mit der am unzweifelhaftesten nachgewiesenen Hundertjährigen der Neuen Welt eine gesetzmäßige Ehe einzugehen. Die betreffende Dame war 1871 grade an dem Tage geboren, wo die Kapitulation des Lord Cornwallis im Befreiungskriege England zwang, die Unabhängigkeit der Vereinigten Staaten anzuerkennen. In der Stunde aber, wo er um die Hand der ehrbaren Miß Antonia Burgoyne anhalten wollte, wurde die Erkorne durch einen Anfall kindlichen Keuchhustens dahingerafft. William J. Hypperbone konnte nicht einmal ein Jawort zu hören bekommen. Treu dem Andenken der ehrwürdigen Miß blieb er aber Junggeselle, und das kann man doch für einen recht leidlich exzentrischen Streich halten.

Später vermochte nichts mehr sein ruhiges Leben zu stören, denn er gehörte nicht zur Schule jenes Dichters, der in prächtigen Versen sagt:

O Tod, du düstrer Gott, der alles an sich rafft,
Nimm deine Kinder auf an sternbesätem Herde.
Befreie sie von Zeit, von Zahl, von Raum und Kraft,
Gib wieder all'n die Ruh, die einst ihr Leben störte.

Ja, warum hätte William J. Hypperbone auch je daran denken sollen, den »düstern Gott« anzurufen? Zeit, Zahl, Raum hatten ihn hienieden ja niemals belästigt, Kraft hatte ihm niemals gefehlt, und auf dieser Erde war ihm so gut wie alles nach Wunsch gegangen. Er durfte sich wirklich für den bevorzugten Günstling des Glücks ansehen, das sich ihm immer und überall hold erwiesen hatte. Schon mit fünfundzwanzig Jahren im Besitz eines ansehnlichen Vermögens, hatte er dieses durch glückliche Spekulationen und ohne jedweden Mißerfolg zu verzehnfachen, zu verhundert-, zu vertausendfachen verstanden. Aus Chicago selbst gebürtig, hatte er nur der wunderbaren Entwicklung dieser Stadt zu folgen gehabt, deren sechsundvierzigtausend Hektare – wie ein Reisender versichert – 1823 zweitausendfünfhundert Dollar wert waren, heute aber im Preise von achttausend Millionen stehen. William J. Hypperbone konnte also, indem er Grund und Boden billig kaufte und davon vieles an Kauflustige, das Quadratyard zu zwei- bis dreitausend Dollar, zur Erbauung achtundzwanzig Stockwerke hoher Häuser wieder abtrat, und indem er sich daneben an Eisenbahngründungen, Petroleumbohrgeschäften und Goldbergwerken beteiligte, leicht so reich werden, daß er bei seinem Ableben ein ungeheures Vermögen hinterließ. Miß Antonia Burgoyne hatte in der Tat unrecht daran getan, sich eine so schöne Heirat entgehen zu lassen.

Wenn es indes nicht wundernehmen konnte, daß der unerbittliche Tod die Hundertjährige in einem solchen Alter dahingerafft hatte, konnte man doch darüber erstaunt sein, daß William J. Hypperbone als kaum Halbhundertjähriger, der noch in der Vollkraft des Lebens stand, sich mit ihr in jener Welt, die er für eine bessere zu halten gar keine Ursache hatte, so bald wieder vereinigen sollte.

Jetzt, wo er nicht mehr war, tauchte nun die Frage auf, wem die Millionen des ehrenwerten Mitglieds des Excentric Club zufallen würden.

Anfänglich kam man auf den Gedanken, daß der Club wohl zum Universalerben des ersten seiner Mitglieder, das seit der Gründung desselben dieser Welt ade gesagt hatte, eingesetzt sein könnte – was die übrigen Mitglieder vielleicht veranlaßte, diesem Beispiele zu folgen.

William J. Hypperbone hatte nämlich schon lange Zeit weit mehr in den Clubräumen der Mohawk Street als in seinem Hause in der La Salle Street gelebt. Er speiste dort, ruhte dort aus und ging ebenda seinen Vergnügungen nach, von denen die beliebteste – darauf ist hier Gewicht zu legen – das Spiel war, doch nicht etwa das Schach- oder Puffspiel, nicht Trictrac oder ein Kartenspiel, nicht Baccarat noch Trente et Quarante, nicht Landsknecht oder Poker, auch nicht Ecarté oder Whist, sondern ein Spiel, das er selbst erst im Club eingeführt hatte und dem er mit Vorliebe huldigte.

Es war das das Gänsespiel, das vornehme, nur mehr oder weniger modernisierte Spiel der Griechen des Altertums. So leidenschaftlich war er diesem ergeben, daß er schließlich seine Clubgenossen dafür zu begeistern vermochte. Er konnte es gar nicht erwarten, nach den Launen des Würfelfalls von Feld zu Feld zu springen, von einer Gans zu andern zu kommen, um die letzte dieser Bewohnerinnen des Geflügelhofs zu erreichen; es trieb ihn, auf der »Brücke« zu lustwandeln, im »Gasthofe« zu verweilen, sich im »Labyrinth« zu verirren, in den »Schacht« zu fallen, sich im »Gefängnis« einzumauern und an den »Totenkopf« zu stoßen, sowie die Felder des »Seemanns, Fischers, des Hasens und des Hirsches, der Mühle, der Schlange, der Sonne, des Helms, des Löwen und Kaninchens, des Blumentopfes« usw. usw. zu überschreiten.

Unter den so geldbeutelschweren Leuten des Excentric Club waren die nach den Spielregeln zu zahlenden Strafen natürlich nicht gering; sie gingen bis in die Tausende von Dollar und der Gewinner steckte, so reich er auch sein mochte, die sehr ansehnliche Summe derselben stets mit Vergnügen in die Tasche.

Seit zehn Jahren schon verbrachte William J. Hypperbone also seine Tage meist in den Clubräumen; höchstens machte er dann und wann einen Spaziergang am Ufer des Michigansees. Ohne die Liebhaberei der Amerikaner, die Welt zu durchstreifen, hatte er seine Reisen auf das Gebiet der Vereinigten Staaten beschränkt. Warum sollten ihn seine Kollegen, mit denen er stets auf dem besten Fuße gestanden hatte, also nicht beerben? Sie waren ja die einzigen lebenden Wesen, mit denen er durch die Bande geistiger Übereinstimmung und bewährter Freundschaft verknüpft gewesen war. Sie hatten ja mit ihm die nie zu zügelnde Leidenschaft für das edle Gänsespiel geteilt, mit ihm gekämpft auf dem Felde, wo der Zufall so viele Überraschungen bereitet. Mindestens mußte William J. Hypperbone doch der Gedanke gekommen sein, einen jährlich zu verteilenden Preis für den seiner treuen Partner zu stiften, der zwischen dem 1. Januar und dem 31. Dezember die meisten Partien gewonnen hätte . . .

Wir müssen hier einschalten, daß der Verstorbene weder Familie noch einen direkten oder einen Seitenerben hatte und daß auch keine erbberechtigten entfernten Verwandten vorhanden waren. Hatte er nicht letztwillig über sein Vermögen verfügt, so fiel dieses natürlich der Bundesrepublik zu, die es gewiß, wie jeder beliebige monarchische Staat, annahm, ohne sich erst darum bitten zu lassen.

Um zu erfahren, wie es mit einem etwaigen Testamente des Dahingeschiedenen stände, brauchte man sich übrigens nur in der Sheldon Street Nr. 17 an den Notar Tornbrock zu wenden und diesen zu fragen, erstens, ob ein Testament William J. Hypperbones überhaupt vorhanden sei, und zweitens, welche Klauseln und Bestimmungen es enthalte.

»Meine Herren«, erklärte Meister Tornbrock den Herren Georges B. Higginbotham, dem Vorsitzenden, und Thomas R. Carlisle, die vom Excentric Club beauftragt waren, bei dem sehr ernsthaften Gerichtsschreiber Erkundigungen in der vorliegenden Angelegenheit einzuziehen –, »ich erwartete schon, durch Ihren Besuch beehrt zu werden ...«

»Ganz auf unsrer Seite!« antworteten die beiden Clubmitglieder mit einer leichten Verbeugung.

»Doch, ehe wir uns mit dem Testamente selbst beschäftigen können«, fuhr der Notar fort, »wird erst das Begräbnis des Verstorbenen zu ordnen sein.«

»Nun, soll das nicht«, fiel Georges B. Higginbotham ein, »mit all dem Glanze vor sich gehen, der unseres seligen Kollegen würdig ist?«

»Ich habe mich nur an die Vorschriften meines Klienten zu halten, die in diesen Schriftstücken niedergelegt sind«, erwiderte Tornbrock, indem er einen großen Briefumschlag, dessen Siegel er schon erbrochen hatte, vorwies.

»Und dieses Begräbnis wird ...?« fragte Thomas R. Carlisle.

»Gleichzeitig prunkhafter und freudiger Art sein, meine Herren; es wird unter Begleitung von Musikern und Sängern vor sich gehen und jedenfalls unter dem Zulauf einer gewaltigen Volksmenge, die es nicht unterlassen wird, dem Andenken Willim J. Hypperbones freudige Hurras darzubringen.«

»Ich erwartete nichts anderes von einem Mitgliede unseres Clubs«, äußerte der Präsident, zustimmend mit dem Kopfe nickend.

»Er konnte sich unmöglich wie ein gewöhnlicher Sterblicher begraben lassen«, setzte Thomas R. Carlisle hinzu.

»Ferner hat«, nahm Tornbrock wieder das Wort, »Wiliam J. Hypperbone seinen Willen dahin kundgetan, daß die gesamte Bevölkerung Chicagos bei seiner Bestattung durch eine Abordnung von sechs Personen vertreten sei, die unter gewissen

Bedingungen durch Auslosung erwählt worden sind. In Hinblick hierauf hatte er schon seit mehreren Monaten die Namen seiner Chicagoer Mitbürger beiderlei Geschlechts – aller, die zwischen zwanzig und sechzig Jahre zählten – in einer Urne gesammelt. Gestern – seine genauen Vorschriften verpflichteten mich dazu – hab' ich diese Auslosung im Beisein des Bürgermeisters und einiger Ratsherren vorgenommen. Den sechs ersten Personen, deren Namen gezogen worden waren, hab' ich mittels eingeschriebenen Briefs Mitteilung von den Bestimmungen des Entseelten zugehen lassen und sie eingeladen, beim Leichenzuge mit an der Spitze zu gehen, habe sie auch dringend ersucht, sich der Pflicht, dem Verstorbenen die letzten Ehren zu erweisen, nicht zu entziehen . . .«

»Sie werden sich wohl hüten, auszubleiben«, rief Thomas R. Carlisle, »denn aller Vermutung nach dürften sie von dem Testator sehr reichlich bedacht sein, wenn er sie nicht gar als alleinige Erben eingesetzt hat.«

»Das wäre ja möglich«, meinte Tornbrock, »erstaunen würde ich darüber wenigstens nicht.«

»Und welchen Bedingungen müssen die durch das Los bestimmten Personen entsprechen?« erkundigte sich Georges B. Higginbotham.

»Nur einer einzigen«, erklärte der Notar, »sie müssen in Chicago geboren und hier wohnhaft sein.«

»Wie . . . keiner andern?«

»Keiner!«

»Gut, das ist abgemacht«, sagte Thomas R. Carlisle; »doch wann werden Sie, Herr Tornbrock, das eigentliche Testament eröffnen?«

»Vierzehn Tage nach dem Begräbnis.«

»Erst in vierzehn Tagen? . . .«

»Erst dann . . . wie es eine hier folgende Anmerkung vorschreibt . . . also am fünfzehnten April.«

»Und warum diese Verzögerung?«

»Weil mein Klient, ehe er seinen letzten Willen öffentlich bekannt werden ließe, wünschte, die zweifellose Gewißheit erlangt zu sehen, daß er unwiderruflich aus dieser Welt geschieden sei.«

»Ein praktischer Mann, unser Freund Hypperbone!« meinte Georges B. Higginbotham.

»Man könnte es unter so ernsten Umständen gar nicht noch mehr sein«, setzte Thomas R. Carlisle hinzu, »und wenn man sich nicht gerade verbrennen ließe . . .«

»Da liefe man«, beeilte sich der Notar einzuwenden, »auch noch Gefahr, lebendig verbrannt zu werden . . .«

Gewiß«, stimmte der Clubvorsitzende ihm zu, »doch wenn das einmal geschehen ist, weiß einer wenigstens, daß er sicherlich tot ist!«

Von einer Einäscherung der Leiche William J. Hypperbones war indes keine Rede – diese lag schlecht und recht in einem Prunksarge unter dem Behange des Wagens.

Selbstverständlich hatte sich die Nachricht von dem Heimgange William J. Hypperbones in der Stadt schnell verbreitet und eine wahrhaft wunderbare Wirkung hervorgebracht.

Von der ersten Stunde an wußte man darüber folgendes:

Am Nachmittage des 30. März hatte das ehrenwerte Mitglied des Excentric Club mit zwei seiner Kollegen vor der Tafel des edlen Gänsespiels gesessen. Eben hatte er den ersten Wurf getan und dabei neun (6 + 3) erzielt – ein sehr glücklicher Anfang, der ihn gleich nach dem sechsundfünfzigsten Felde brachte.

Da steigt ihm das Blut zu Gesicht, seine Glieder strecken sich aus. Er will sich erheben, taumelt bei dem Versuche, streckt die Hände vor und wäre unfehlbar auf dem Parkett zusammengebrochen, wenn John T. Dickinson und Harry B. Andrews ihn nicht in den Armen aufgefangen und auf ein Sofa niedergelegt hätten.

Jetzt galt es, schleunigst einen Arzt herbeizuschaffen. Es kamen ihrer gleich zwei. Ihre Aussage ging dahin, daß William J. Hypperbone einer Gehirnkongestion erlegen, daß es mit ihm vorbei sei, und, das weiß der Himmel, der Doktor H. Burnham aus der Cleveland Avenue und der Doktor S. Buchanan aus der Franklin-Street verstanden sich auf Todesfälle.

Eine Stunde später war der Verblichene schon nach dem Wohnzimmer in seinem großen Hause geschafft und der sofort benachrichtigte Notar Tornbrock ohne einen Augenblick zu verlieren dahin geeilt.

Die erste Sorge des Notars bestand darin, den Umschlag zu erbrechen, der bezüglich der Bestattung die Anordnungen des Entschlafenen enthielt. Durch diese wurde er beauftragt, ohne Zögern die sechs Personen auslosen zu lassen, die sich dem Gefolge beim Begräbnis anschließen sollten und deren Namen mit mehreren hunderttausend andern in einer großen, in der Mitte des Hausflurs stehenden Urne enthalten waren.

Als diese wunderliche Vorschrift bekannt wurde, überfiel den Notar Tornbrock, wie man sich leicht denken kann, eine ganze Wolke von Journalisten, die Berichterstatter der »Chicago Tribune«, des »Chicago Inter-Ocean« und des »Chicago Evening Journal« (das sind lauter republikanische, also konservative Blätter), ebenso wie des »Chicago Globe«, »Chicago Herald«, der »Chicago Times«, »Chicago Mail« und »Chicago Evening Post« (lauter demokratische, also liberale Blätter), ihnen schlossen sich aber auch die der »Chicago Daily News«, des »Daily News Record«, der »Freien Presse« und der »Staatszeitung« (politisch unabhängige Blätter) an. Das vornehme Haus in der La Salle Street wurde den ganzen halben Tag gar nicht leer. Die Ausstöberer von Neuigkeiten, Lieferanten für die Rubrik »Verschiedenes« und die Redakteure für Aufsehen erregende Stadtchronik strömten aber nicht etwa hierher, um einer vor dem andern Einzelheiten über den Tod William J. Hypperbones einzuheimsen, über die Ursachen, die bei dem berühmten Würfelfall von 6 + 3 ihn so unerwartet hinweggerafft hatten . . . nein, alle waren auf die sechs Namen, die aus der Urne hervorgehen sollten, gespannt.

Von der Menge arg bedrängt, wußte sich Meister Tornbrock als hervorragend praktischer Mann – was übrigens seine allermeisten Landsleute in seltenem Grade sind – aus der Verlegenheit zu helfen. Er erklärte, die Namen zur Versteigerung bringen zu wollen, sie nur dem Journale zu liefern, das den höchsten Preis dafür zahlen würde, unter dem Vorbehalt, daß die erreichte Summe zwischen zweien der dreiundzwanzig Krankenhäuser der Stadt verteilt würde.

Den Sieg über ihre Mitbewerber trug die »Tribune« davon – mit zehntausend Dollar, ja, bis so weit trieb sie in hartem

Kampfe mit dem »Chicago Inter-Ocean« den Preis hinauf.

An diesem Tage rieben sie sich schmunzelnd die Hände, die Verwalter der Charitable Eye and Ear Infirmary, 237, W. Adams Street, und die des Chicago Hospital for Women and Children, W. Adams Street, Corner Paulina!

Welcher Erfolg aber am nächsten Tage auch für das einflußreiche Blatt, und welch hübsche Einnahme erzielte es aus einer besondern zweiten Ausgabe von zwei Millionen fünfmal hunderttausend Exemplaren! Hunderttausendweise mußten diese nach den damals bestehenden einundzwanzig Staaten der Union versendet werden.

»Die Namen«, riefen seine Austräger, »die Namen jener sechs Glücklichen von uns, die die Verlosung aus der Einwohnerschaft Chicagos bestimmt hatte!«

Es waren die sechs »Chançards« (Glückskinder), wie man sie unter Entlehnung dieses Ausdruckes aus dem Wörterbuche nannte, das die französische Akademie unlängst mit diesem neuen Worte bereichert hatte – oder auch abgekürzt die »Sechs« zu nennen beliebte.

Solche Lärm machenden Wagnisse lagen übrigens in der Gepflogenheit der »Tribune«; doch was könnte sich auch das wohlunterrichtete Blatt aus der Dearborn und Madison Street nicht leisten, das mit dem Budget von einer Million Dollar rechnet und für dessen, mit tausend Dollar aufgelegte Aktien heute fünfundzwanzigtausend bezahlt werden.

Abgesehen von der regelrechten Nummer des 1. April veröffentlichte die »Tribune« die sechs Namen auch mittels besonderer Liste, die ihre Vertreter bis in die entferntesten Ortschaften der Republik der Vereinigten Staaten massenhaft verbreiteten.

Wir geben hier in der durch das Los bestimmten Reihenfolge diese Namen wieder, die lange Monate hindurch wegen ganz außergewöhnlicher Umstände, welche auch der findigste europäische Romandichter nicht hätte ersinnen können, in der halben Welt widerhallen sollten:

Max Real.

Tom Crabbe.

Hermann Titbury.

Harris T. Kymbale.
Lissy Wag.
Hodge Urrican.

Wie man sieht, gehören von diesen sechs Auserwählten fünf dem stärkeren und nur eine Person dem schwächeren Geschlechte an – wenn diese Bezeichnung noch passend ist, wo es sich um amerikanische Frauen handelt.

Die öffentliche Neugierde sollte in der ersten Stunde jedoch nicht vollkommen befriedigt werden – man fragte sich nun, wer die Träger dieser sechs Namen seien, wo sie wohnten, welcher Gesellschaftsklasse sie angehörten u. dgl. Darüber konnte die »Tribune« ihren unzähligen Lesern freilich vorläufig nichts mitteilen.

Ja, lebten sie denn zur Zeit auch noch, die Auserwählten der posthumen Verlosung? Diese Frage erschien doch nicht unwichtig.

Die Einlegung der Namen in die Urne war schon vor einiger Zeit, vor mehreren Monaten erfolgt, und angenommen, daß inzwischen keiner von denen, die das Los bestimmt hatte, gestorben war, so konnte doch der oder jener Amerika verlassen haben.

Waren sie aber in der Lage, den Bestattungszug zu begleiten, so nahmen sie, wenn auch darum vorher nicht befragt, ohne Zweifel ihre Plätze um den Wagen ein. Es erschien ja ausgeschlossen, daß sie abschlägig antworteten, daß sie der sonderlichen, doch ernsthaft gemeinten Aufforderung William J. Hypperbones – der sich wenigstens nach seinem Hintritt als exzentrisch erwies – nicht nachkommen und damit auf die Vorteile verzichten sollten, die das im Büro des Notar Tornbrock niedergelegte Testament ihnen ohne Zweifel zuwandte.

Nein, sie waren jedenfalls zur Stelle, denn sie konnten sich mit Recht als Erben des großen Vermögens des Hingeschiedenen betrachten, und die Erbschaft entging diesmal gewiß der beutegierigen Hand des Staates.

Davon konnte man sich drei Tage später überzeugen, als die »Sechs«, ohne einander bisher zu kennen, auf dem Austritt des großen Hauses in der La Salle Street erschienen und der Notar ihnen, nach gewissenhafter Feststellung ihrer Persönlichkeit, die Girlanden des Leichenwagens zum Halten überreichte.

Wie neugierig wurden sie aber von allen betrachtet und gleichzeitig wegen ihres Glücks beneidet! Auf Anordnung William J. Hypperbones, der jedes Zeichen von Trauer bei seinem großartigen Begräbnisse bestimmt ausgeschlossen wissen wollte, hatten sie sich der in den Tagesblättern veröffentlichten Klausel gefügt und Festtagskleider angelegt – Kleidungsstücke, die durch ihre Qualität und ihren Schnitt schon verrieten, daß deren Träger sehr verschiedenen Gesellschaftsklassen angehörten.

Aufgestellt wurden sie in folgender Ordnung:

In erster Reihe: Lissy Wag zur Rechten, Max Real zur Linken.

In zweiter: Hermann Titbury zur Rechten, Hodge Urrican zur Linken.

In dritter Reihe: Harris T. Kymbale zur Rechten, Tom Crabbe zur Linken.

Tausend Hurras begrüßten sie, als die Aufstellung vollendet war – Hurras, denen sie mit einer freundlichen Verneigung antworteten, welche freilich von der andern Seite keine Erwiderung fand.

In dieser Weise setzten sie sich also in Bewegung, als der polizeiliche Aufsichtsbeamte das Zeichen zum Aufbruch gegeben hatte, und ebenso folgten sie acht volle Stunden lang den Straßen, Alleen und Boulevards der großen Stadt.

Wie erwähnt, kannten die sechs zum Begräbnis William J. Hypperbones Eingeladenen einander bisher nicht, sie zögerten aber nicht, gegenseitig Bekanntschaft zu machen. Und wer weiß – die menschliche Habgier ist ja unersättlich – ob die Anwärter auf die zukünftige Erbschaft sich nicht schon als Rivalen betrachteten und vielleicht fürchteten, daß diese nur einem einzigen von ihnen zufallen und nicht unter den Sechsen verteilt werden möchte.

Der Leser weiß schon, wie dieses Begräbnis vor sich ging, unter welchem ungeheuren Zulauf von Schaulustigen es seinen Prunk von der La Salle Street bis zum Oakswoodsfriedhofe entfaltete, von welchen Orchester- und Gesangsvorträgen, die nichts von düsterer Trauer an sich hatten, es begleitet wurde und welch' freudige Ausrufe beim Vorüberkommen des Zugs zur Ehre des Verstorbenen überall erschollen.

Jetzt handelte es sich nur noch darum, in das stille Reich der Toten einzutreten und den, der einst William J. Hypperbone vom Club der Exzentrischen war, in seinem Grabe zur ewigen Ruhe zu betten.

Drittes Kapitel

Oakswoods

Der Name Oakswoods läßt erkennen, daß die Örtlichkeit, die dieser Friedhof einnahm, früher von einem Eichenwalde bedeckt gewesen war. Grade Eichen kommen in den ausgedehnten Einöden von Illinois – einst von der Üppigkeit seines Pflanzenwuchses Prairie State genannt – am häufigsten vor.

Von allen Grabmonumenten, die der Friedhof enthielt und worunter sich viele recht kostbare befanden, konnte sich doch keines mit dem vergleichen, das William J. Hypperbone schon vor einigen Jahren zu seiner persönlichen Benutzung hatte errichten lassen.

Bekanntlich bilden die amerikanischen, ebenso wie die englischen Begräbnisplätze richtige Parks. Hier fehlt nichts, was das Auge ergötzen kann, weder Rasenflächen, noch lauschige, schattige Plätze oder fließendes Wasser. Die Seele kann dabei gar nicht in Trauerstimmung kommen. Die Vögel zwitschern hier muntrer als anderswo, vielleicht weil sie auf diesem Felde der ewigen Ruhe niemals gestört und gescheucht werden.

Das nach den Plänen und auf Kosten William J. Hypperbones erbaute Mausoleum erhob sich nahe einem Weiher mit stillem Wasser. Das Monument in angelsächsischem Geschmack zeigte alle Launen des schon die Renaissance streifenden gotischen Baustils. Äußerlich durch seine Fassade eine Kapelle mit einem bis zur Spitze etwa hundert Fuß aufragenden Glokkenturm, bildete es gleichzeitig eine Villa oder ein Landhaus durch die Form seines Daches und die Anordnung der bunten

Fenster mit Jalousien.

In dem mit Kreuzen und Steinblumen verzierten Turme, der auf den Widerlagern der Fassade ruhte, hing eine Glocke von mächtigem Klange, die die Stunden der darunter angebrachten, in der Dunkelheit beleuchtete Uhr verkündete. Die metallische Stimme dieser Glocke war, wenn sie aus den durchbrochenen und vergoldeten Schallöchern ertönte, bis über die Umschließung der Oakswoods und bis nach dem Ufer des Michigansees hin vernehmbar.

Das Bauwerk maß hundertzwanzig Fuß in der Länge und in seinem Querschiff sechzig Fuß in der Breite. Seine Grundform war die eines lateinischen Kreuzes, dem sich ein halbkreisförmiger Chor anschloß. Das Gitter um das Ganze, eine schöne Probe von Aluminium-Schmiedearbeit, sützte sich in gleichen Abständen auf Säulen mit Fackelträgern. Vor diesem standen Gruppen von herrlichen, immergrünen Bäumen, zwischen denen das stolze Mausoleum sich erhob. Durch das jetzt geöffnete Tor des Gitters gelangte man über einen mit Gebüsch und Strauchwerk eingerahmten Weg zu einer Art Perron, zu dem fünf weiße Marmorstufen hinaufführten. Hinter ihm befand sich ein Portal mit zwei bronzenen Türflügeln, deren Felder in durchbrochener Arbeit Blumen und Früchte ausfüllten.

Dieser Eingang diente für ein Vorzimmer, worin Divans mit großen goldenen Nägeln und eine prächtige Vase aus chinesischem Porzellan, die häufig mit frischen Blumen gefüllt wurde, aufgestellt waren. Von der Decke hing ein siebenarmiger Kristallkronleuchter mit elektrischen Lampen herab. Durch Kupferrohre in den Ecken strömte die milde, gleichmäßig warme Luft eines Heizapparats aus, der in der kalten Jahreszeit von einem Friedhofswächter der Oakswoods bedient wurde.

Stieß man die verglasten Flügel einer dem Perronportale gegenüberliegenden Tür auf, so gelangte man in den Hauptraum des Bauwerks. Dieser bildete einen großen, runden Saal, ausgestattet mit dem übertriebenen Luxus eines Erzmillionärs, der auch nach dem Ableben die Pracht und die Bequemlichkeiten des Lebens nicht missen will. Durch mattes Glas, das den obern Mittelteil der Decke abschloß, flutete ein reichlicher

Lichtstrom in das Innere. An den Wänden prangten Arabesken, Laubwerk, Leisten, kugelförmige Vorsprünge, Blumen und Bogenlinien, die ebenso fein wie die einer Alhambra ausgemeißelt waren. Der untere Teil der Wandfläche verschwand hinter Diwans mit leuchtend farbigem Überzuge. Da und dort standen Statuen aus Bronze oder Marmor, Faune und Nymphen darstellend. Zwischen den mit glänzendem Stuck verputzten Pfeilern, den Stützpunkten für die Rippen der Wölbung, konnte man einige Werke neuerer Meister – in der Hauptsache Landschaften – bewundern, die ein goldner Rahmen mit besonders leuchtenden Punkten darin umschloß. Dicke, weiche Teppiche bedeckten den mit spiegelndem Mosaik verzierten Fußboden.

Neben diesem Mittelsaale, im hinteren Teile des Mausoleums, dehnte sich der runde Chorbau aus, erhellt durch ein großes Fenster, dessen Scheiben erglühten, wenn die Sonne nahe ihrem Untergange sie mit ihren schrägen Strahlen traf. Auch dieser Chorraum war ganz in modernstem Geschmack möbliert. Gewöhnliche Stühle, Arm- und Schaukelstühle und Sofas füllten ihn in künstlerischer Unordnung. Auf einem Tische lagen Bücher und Broschüren, Journale und Revuen der Vereinigten Staaten und des Auslands bunt durcheinander. Hinter seinen Glastüren bot ein mit allem Tafelgeschirr ausgestatteter Speiseschrank verschiedene, im Bedarfsfalle täglich erneuerte Leckerbissen, schmackhafte Konserven, saftige Sandwiches, trockne Kuchen, Flaschen mit feinen Weinen, kleinere Flaschen mit allerlei Likören der besten Marken usw. Wahrlich, ein mit Geschmack und Überlegung hergerichteter Raum, darin zu lesen, zu ruhen und zu frühstücken!

In der Mitte des Hauptsaales und gebadet im Lichte, das durch die Glasdecke einströmte, erhob sich eine weiße, durch reiche Bildhauerarbeit verzierte Marmorgrabstätte, an deren Ecken heraldische Tierfiguren Wache hielten. Das von einem Kreise lichtschimmernder Ampeln umgebene Grab stand offen; daneben lag die für die heutige Feierlichkeit abgehobene Deckplatte. Hier sollte der Sarg seinen Platz finden, worin der Körper William J. Hypperbones auf weißem Atlaspolster ruhte.

Ein Mausoleum dieser Art konnte natürlich keine Trauerstimmung aufkommen lassen; es erweckte eher freudige, heitere Vorstellungen. In seiner reinen Luft verspürte man nichts von dem Flügelschlage des Todes, der sonst die Leidtragenden neben einem offenen Grabe streift. Doch, ehrlich gesprochen, war das Monument nicht würdig des originellen Amerikaners, dem man das so wenig Trauer erweckende Programm seines Begräbnisses dankte, und vor dessen sterblichen Überresten jetzt die Feier vor sich gehen sollte, bei der lustige Gesänge sich dem freudigen Hurra der Menge beimischten?

Wir fügen ein, daß es William J. Hypperbone niemals unterlassen hat, zweimal wöchentlich, dienstags und freitags, einige Stunden im Innern seines Mausoleums zuzubringen. Gelegentlich begleiteten ihn auch mehrere seiner Kollegen nach diesem gewiß behaglichen und ganz stillen Raume. Auf den Diwans des Choranbaues ausgestreckt oder vor dem Tische sitzend, lasen die ehrbaren Leutchen, unterhielten sich über die Tagespolitik, den Kurs der Wertpapiere und Waren, über die Zunahme des Jingoismus, der in den verschiedenen Gesellschaftsklassen sonst Chauvinismus genannt wurde, oder über die Vorteile und Nachteile der Mac Kinley Bill, mit der sich ernsthafte Geister unausgesetzt beschäftigten. Und während sie in dieser Weise verhandelten, boten die Diener die Schüsseln mit dem Lunch herum. Nachher, wenn der Nachmittag so angenehm hingebracht war, rollten die Equipagen wieder die Grove Avenue hinauf und beförderten die Mitglieder des Excentric Club nach deren Wohnstätten.

Selbstverständlich konnte außer dem Eigentümer niemand in dessen »Cottage der Oakswoods«, wie er sie nannte, eintreten. Nur der mit der Instandhaltung der genannten »Cottage« betraute Friedhofswärter hatte dazu einen zweiten Schlüssel.

Hatte sich William J. Hypperbone also auch bei Lebzeiten nicht durch auffallende Taten von seinesgleichen unterschieden, solange er seine Zeit zwischen dem Club in der Mohawk Street und dem Mausoleum in den Oakswoods teilte, so kamen jetzt doch noch einzelne Sonderlichkeiten zutage, die es erlaubten, ihn den exzentrischen Geistern seiner Zeit zuzurechnen.

Um die Exzentrizität bis zur äußersten Spitze zu treiben, hätte nur noch gefehlt, daß der zu Begrabende nicht wirklich gestorben wäre. Darüber konnten seine Erben, wer diese auch sein mochten, aber ruhig sein. Hier lag kein Fall von Scheintod, sondern einer von wirklichem Tode vor.

Jenerzeit benützte man überdies schon die Ultra-X-Strahlen des Professors Friedrich von Elbing (Preußen), die unter dem Namen »Kritiskhalhen« bekannt sind. Diese Strahlen haben eine so mächtige Durchdringungskraft, daß sie durch den menschlichen Körper gehen, und es kommt ihnen die besondere Eigenschaft zu, je nachdem der durchleuchtete Körper tot oder lebend ist, verschiedene fotografische Bilder zu erzeugen.

Diese Probe war auch mit William J. Hypperbone angestellt worden, und die erhaltenen Bilder konnten bei den Ärzten keinen Zweifel an dem endgültigen Ableben des Untersuchten übriglassen. Die »Verstorbenheit« – dieses Ausdrucks bedienten sie sich – war gewiß, und sie brauchten sich nicht vor dem späteren Vorwurfe einer überhasteten Bestattung zu fürchten.

Um drei Viertel sechs war es, als der Leichenwagen durch das Tor der Oakswoods einfuhr, und zwar in die mittlere Abteilung des Friedhofs, wo sich an der Spitze des Weihers das prächtige Mausoleum erhob. Das in unveränderter Ordnung gebliebene Gefolge, dem sich jetzt eine drängende und von den Polizisten nur mühsasm zurückgehaltene Menge angeschlossen hatte, bewegte sich im Schatten der großen Bäume nach dieser Wasserfläche hin.

Der Wagen selbst hielt vor dem Gitter, dessen Kandelaber bei der schon anbrechenden Dunkelheit aus ihren Bogenlampen ein blendendes Licht verbreiteten.

Im Innern des Mausoleums konnten nur höchstens hundert Teilnehmer der letzten Feierlichkeit Platz finden. Enthielt das Bestattungsprogramm noch einige mehr allgemeine Vorschriften, so mußte diesen im Freien nachgekommen werden.

In der Tat sollte das der Fall sein. Als der Leichenwagen still stand, zog sich die Begleitung enger zusammen und ließ nur den sechs Girlandenträgern, die dem Sarge bis zur Grabstätte folgen sollten, freien Raum.

Noch lärmte und tobte die übrige Menge, die ja hier etwas

sehen, etwas hören wollte. Nach und nach legte sich indes das Getöse, die Zuschauer bewegten sich nicht mehr und rings um das Gitter trat eine feierliche Stille ein.

Der Pfarrer Bingham, der dem Entschlafenen bis zu dessen Ruhestätte gefolgt war, hielt eine angemessene, kurze Rede, die Umstehenden lauschten seinen Worten mit Andacht, und in diesen Minuten, doch auch nur in diesen, nahm die Bestattung einen würdigen, religiösen Charakter an.

Als die weithin vernehmbare Stimme des geistlichen Herrn verklungen war, wurde der für derartige Feierlichkeiten so geeignete, berühmte Trauermarsch von Chopin vorgetragen. Das Orchester nahm ihn vielleicht aber in etwas schnellerem Tempo, als der große Tonsetzer es sich gedacht und vorgeschrieben hatte – ein Tempo, das hier freilich der Stimmung der Anwesenden und den letzten Willensäußerungen des Verstorbenen mehr als das richtige zu entsprechen schien. Hier herrschten nicht die Gefühle, die Paris bei der Bestattung eines der Begründer der Republik beseelten, als die bestrickende Tonfülle der Marseillaise in Moll übertragen erklang.

Nach jenem Stücke von Chopin, dem Glanzpunkte des Programms, trat einer der Kollegen William J. Hypperbones, der, mit dem er in engster Freundschaft verbunden gewesen war, der Clubvorsitzende Georges B. Higginbotham, aus dem Kreise der nächsten Umstehenden hervor, nahm neben dem Leichenwagen Platz und entrollte in glänzender Rede ein getreues, lobspendendes Bild vom Lebenslaufe seines Freundes. »Schon mit fünfundzwanzig Jahren im Besitz eines beträchtlichen Vermögens, hatte William J. Hypperbone das immer nutzbringend zu verwenden verstanden. Seine verständigen Ankäufe von Bauland, das jetzt so hoch im Preise steht, daß man es dicht mit Goldstücken bedecken müßte ... seine Erhebung in den Rang der Millionäre der Stadt, was soviel heißt, wie in den der großen Bürger der Vereinigten Staaten von Amerika ... der stets gut unterrichtete Aktionär der mächtigsten Eisenbahngesellschaften des Bundesstaats ... der kluge Spekulant, der sich nur in sichern Gewinn bringende Geschäfte einließ ... der freigebige Mann, stets bereit, sich an den Anleihen des Vaterlandes sofort zu beteiligen, wenn dieses einen Bedarf an solchen hätte, was ja freilich nicht eingetreten ist ... der hervorragende Kollege, den der Excentric Club an ihm verloren hat, das Mitglied, auf das man zählte, den Verein zu verherrlichen ... der Mann, der, wäre es ihm vergönnt gewesen, sein Dasein über die Fünfzig zu verlängern, die Welt gewiß noch erstaunen gemacht hätte ...« und in solchen Wendungen bewegte sich die Rede weiter. – »Er gehört übrigens zu der Klasse von Genies«, fuhr der Lobredner fort, »die sich erst offenbaren, wenn sie nicht mehr sind. Ohne weiter sein Begräbnis hervorzuheben, das unter den bekannten Umständen und dem Zulaufe der ganzen Stadtbevölkerung bis hierher vor sich gegangen ist, war zu erwarten, daß der Letzte Wille William J. Hypperbones seinen Erben ganz besondere Bedingungen auferlegen werde. Ohne Zweifel enthält das Testament auch Klauseln, die die Bewunderung der beiden Amerika – und diese wiegen ja allein die andern vier Erdteile auf – herausfordern dürften.«

In dieser Weise sprach Georges B. Higginbotham unter sichtbarer Teilnahme und Erregung der Zuhörer. Es schien, als müßte William J. Hypperbone jeden Augenblick leibhaftig auftauchen, um mit der einen Hand das Testament, das seinen Namen unsterblich machen sollte, zu schwenken und mit der anderen den »Sechsen« die Millionen seines Vermögens an den Kopf zu werfen.

Den Worten des vertrautesten Freundes des Verschiedenen antworteten die nächsten Anwesenden mit einem schmeichelhaft zustimmenden Murmeln, das sich nach und nach bis zu den letzten Reihen innerhalb der Oakswoods weiterverbreitete. Wer die Worte des Redners hatte verstehen können, teilte den davon erhaltenen Eindruck den ferner Stehenden mit, die schon allein nicht am wenigsten ergriffen erschienen.

Jetzt vereinigten sich die Sänger und die Musiker unter weitschallendem Zusammenklang von Stimmen und Instrumenten, das überwältigende Halleluja aus dem »Messias« von Händel vorzutragen.

Die Feierlichkeit neigte sich ihrem Ende zu, die Programmnummern waren erschöpft und doch schien es, als wartete die Menge noch auf eine außerordentliche, vielleicht gar übernatürliche Überraschung. Ja, die Überhitzung der Geister hatte einen so hohen Grad erreicht, daß niemand eine plötzliche Veränderung der Naturgesetze, vielleicht die Erscheinung einer allegorischen Gestalt am Himmel, erstaunlich gefunden hätte, eine Erscheinung, wie die des Kreuzes mit den Worten *In hoc signo vinces*, die einst Konstantin hatte, oder etwa den Stillstand der Sonne, wie zur Zeit Josuas, um die großartige Kundgebung der Menge noch eine Stunde länger zu beleuchten – kurz, eines jener wunderbaren Dinge, die dann auch die rabiatesten Freigeister nicht hätten ableugnen können ...

Für diesmal blieb es freilich bei der Unveränderlichkeit der Naturgesetze, das Weltall wurde durch keine Erscheinungen höherer Ordnung gestört.

Jetzt war die Zeit herangekommen, den Sarg vom Wagen zu heben, ihn ins Innere des Mausoleums zu befördern und im Grabe beizusetzen. Er sollte von acht Dienern des Verstorbenen, die in Galalivrée gegenwärtig waren, getragen werden. Diese traten nun heran, schlugen die Vorhänge zurück, setzten ihn sich auf die Schultern und schritten auf die Pforte des Gitters zu.

Die »Sechs« begleiteten sie in derselben Anordnung und Reihenfolge wie seit dem Aufbruche von dem Prachtgebäude in der La Salle Street. Die zur Rechten hielten mit der linken Hand, die zur Linken mit der rechten die silbernen Handgriffe des Sarges, wie ihnen das von dem Zeremonienmeister gesagt worden war.

Die Mitglieder des Excentric Club, die Zivil- und Militärbeamten folgten ihnen nach. Dann schloß sich schon die Gittertür, und doch konnte der Vorraum, der Saal und der Chorbau kaum die Eingetretenen aufnehmen.

Draußen schlossen sich die übrigen eingeladenen Zugteilnehmer enger zusammen, die Menge ließ sich an verschiedenen Stellen des Oakswoodsfriedhofs nieder und viele Menschen hatten die das Mausoleum umgebenden Bäume erklettert.

In diesem Augenblick schmetterten die Trompeten der Miliz, daß die Lungen der Bläser davon hätten platzen mögen, und man hätte glauben können, ins Tal Josaphat zur Abhaltung des Jüngsten Gerichts versetzt zu sein.

Gleichzeitig flatterten unzählige, mit vielfarbigen Bändern geschmückte Vögel auf, die sich über dem Weiher und unter den Baumkronen tummelten und voller Freude über die wiedergewonnene Freiheit zwitscherten und schrien – das Ganze hatte den Anschein, als schwebe die Seele des Entschlafenen, von ihnen getragen, dem Himmel entgegen.

Sobald die Stufen des Vorbaues erstiegen waren, verschwand der Sarg durch das erste Portal, dann durch das zweite und hielt nun wenige Schritte vor dem offenen Grabe an, in das die Träger ihn niederließen.

Nochmals erklang die Stimme des Pfarrers Bingham in dem Gebete, daß Gott dem entschlafenen William J. Hypperbone die Tore des Himmels gnädig öffnen und ihm die ewige himmlische Seligkeit gewähren möge.

»Ehre dem ehrbaren Hypperbone!« rief laut und deutlich die Stimme des Zeremonienmeisters.

»Ehre ihm! Ehre ihm! Ehre ihm!« antworteten dreimal die Umstehenden.

Und nach ihnen schallte draußen das gleiche letzte Lebewohl von Tausenden von Stimmen durch die Luft.

Hierauf schritten die »Sechs« feierlich um die Grabstätte herum, wurden dabei von Georges B. Higginbotham dankend begrüßt und schickten sich dann an, den Saal zu verlassen.

Jetzt war also nur noch die schwere Marmorplatte auf das Grab zu legen, auf die später Namen und Titel des Verstorbenen eingemeißelt werden sollten.

Da trat aber der Notar einige Schritte vor, zog das Schriftstück mit den für die Bestattung getroffenen Bestimmungen aus der Tasche und las daraus die letzten Zeilen folgenden Inhalts vor:

»Es ist mein Wille, daß mein Grab noch zwölf Tage offen stehen bleibe und daß nach dieser Frist, am Morgen des zwölften Tages, die sechs durch das Los bestimmten Personen, die meinem Begräbnis beigewohnt haben, ihre Visitenkarten auf meinen Sarg niederlegen. Dann wird der Deckstein aufgelegt werden und Meister Tornbrock soll am genannten Tage Schlag zwölf Uhr im Saale des Auditoriums erscheinen und mein in seiner Hand befindliches Testament öffentlich bekanntgeben.

William J. Hypperbone.«

Er war entschieden ein Original, der Verstorbene, und wer konnte wissen, ob diese Schrulle von ihm die letzte sein werde.

Die Leidtragenden zogen sich nun zurück; der Friedhofswärter verschloß die Türen des Mausoleums und dann die des Gitters.

Es war nahe an acht Uhr. Das Wetter hatte sich recht gut gehalten. Ja, der Himmel schien trotz der Abenddunkelheit völlig klar zu sein. Unzählige Sterne flimmerten am Firmament und mischten ihren sanften Lichtschein mit dem der elektrischen Lampen, die das Mausoleum umgaben.

Langsam verschwand auch die Menschenmenge aus dem Friedhofe – die Leute mochten von dem anstrengenden Tage tüchtig ermüdet sein. Kurze Zeit hörte man aus den Nachbarstraßen noch das Geräusch von Schritten, dann zog in das entlegende Quartier der Oakswoods die nächtliche Ruhe ein.

Viertes Kapitel

Die »Sechs«

Am folgenden Tage gab sich Chicago wieder seiner vielseitigen Tätigkeit hin. Die verschiedenen Quartiere der Stadt zeigten wieder das alltägliche Aussehen. Drängte sich die Bevölkerung auch nicht wie am Tage vorher zur Beiwohnung eines glänzenden Begräbnisses auf den Avenuen und Boulevards hin, so blieb ihr Interesse für die Überraschungen, die William J. Hypperbones Testament noch erwarten ließ, doch rege genug. Welche Klauseln mochte es enthalten, welche Bedingungen, sonderbare oder gewöhnliche, würde es den »Sechs« noch zu erfüllen auferlegen und wie würden diese in den Besitz der Erbschaft kommen, vorausgesetzt, daß das Ganze nicht auf eine ... Nasführung hinauslief, die ja eines Mitgliedes des Excentric Club ganz würdig gewesen wäre? ...

Und doch, diese Möglichkeit wollte niemand zugeben. Man

sträubte sich allgemein, zu glauben, daß Miß Lissy Wag, sowie die Herren Urrican, Kymbale, Titbury, Crabbe und Real bei der Geschichte nur Täuschungen erleben und der Lächerlichkeit preisgegeben werden sollten.

Nun hätte es ja ein sehr einfaches Mittel gegeben, einesteils die öffentliche Neugierde zu befriedigen und andrerseits die bei der Sache besonders Beteiligten ihrer Ungewißheit, die ihnen Schlaf und Appetit zu rauben drohte, zu entreißen. Es genügte dazu, das Testament zu eröffnen und davon Einsicht zu nehmen. Das war aber ausdrücklich vor dem 15. des laufenden Monats verboten, und der Notar Tornbrock hätte sich niemals bestimmen lassen, die ihm von dem Testator auferlegten Pflichten zu verletzen. Am 15. April zu Mittag und im Saale des Auditoriums würde er vor so vielen Anwesenden, als dort Platz finden konnten, das Testament William J. Hypperbones verlesen . . . am 15. April um zwölf Uhr, keinen Tag eher, keine Minute später.

Hier mußte man sich also fügen, ein Zwang, der die Spannung der Chicagoer Bevölkerung freilich immer mehr steigern mußte, je näher der große Tag herankam. Überdies sorgten die zweitausendfünfhundert Tageszeitungen und die fünfzehntausend übrigen Wochen-, Monats- und Zweimonatsblätter der Union dafür, daß die hohe Erregung nicht ermattete. Waren diese auch nicht, nicht einmal durch Vermutung, imstande, den über den Geheimnissen des Verstorbenen lagernden Schleier zu lüften, so unterließen sie es wenigstens nicht, die »Sechs« der Pein eines Interviews zu unterwerfen, um zunächst über deren gesellschaftliche Stellung Aufklärung verbreiten zu können.

Wenn wir hier einfügen, daß sich die Fotografie von den Zeitungen nicht überholen ließ, daß große und kleine Bilder in ganzer Figur, in Kniestücken und Büsten zu Hunderttausenden in Verkehr gebracht wurden, so wird man gern zugestehen, daß die »Sechs« bestimmt waren, zu dem Range der am meisten gesehenen Persönlichkeiten der Vereinigten Staaten von Amerika erhoben zu werden.

Die Berichterstatter der »Chicago Mail«, die bei Hodge Urrican, Randolph Street 73, vorsprachen, fanden einen recht üblen Empfang.

»Was wollen Sie von mir?« erhielten sie mit keineswegs erkünstelter Heftigkeit als erste Antwort. »Ich weiß nichts ... habe Ihnen nichts zu sagen! Es waren ja außer mir noch fünf dort neben dem Leichenwagen, die ich ebensogut wie den Adam und seine Eva kenne! Und wenn das für den oder jenen davon schlecht abliefe, würde es mich gar nicht wundern! ... Ich fühlte mich da wie ein Frachtkahn am Tau eines Schleppschiffs und mußte die Galle, die mir überlaufen wollte, mit Gewalt zurückhalten. Ah, dieser William Hypperbone – Gott hat jetzt seine Seele und möge sie ja behalten – wenn er mich genarrt hat, wenn er mich zwingt, die Flagge vor jenen fünf Eindringlingen zu streichen, dann nehme er sich in acht ... wenn er auch tot und schon begraben ist, ja wenn ich bis zum Jüngsten Gericht warten müßte, dann soll ihn ...«

»Es berechtigt Sie, Herr Urrican«, bemerkte einer der sich unter diesem Sturme beugenden Berichterstatter, »es berechtigt Sie doch nichts, zu glauben, daß Sie einer Mystifikation entgegengingen, daß Sie zu bedauern hätten, einer der vom Schicksal Auserwählten gewesen zu sein. Und wenn Ihnen von der Erbschaft auch nur ein Sechstel zufällt ...«

»Ein Sechstel! ... Ein Sechstel!« erwiderte der Hitzkopf mit Donnerstimme. »Ja, wer steht denn dafür ein, daß ich auch nur dieses Sechstel ungeschmälert erhalte?«

»Beruhigen Sie sich doch ... ich bitte Sie ...«

»Nein, ich beruhige mich nicht ... das liegt einmal nicht in meiner Natur! ... Ich bin an Stürme gewöhnt und habe mich stets noch stürmischer als diese gezeigt.«

»Jetzt ist aber von keinen Stürmen die Rede«, bemerkte der Reporter, »der Himmel ist ganz klar ...«

»Das werden wir ja noch sehen«, schnitt ihm der wütende Amerikaner das Wort ab, »und wenn es Ihnen einfällt, der Öffentlichkeit Mitteilungen über meine Person, meine Handlungen oder mein Auftreten zu machen, so überlegen Sie sich wohl, was Sie sagen ... sonst ... sonst haben Sie's mit dem Commodore Urrican zu tun!«

Hodge Urrican war in der Tat ein seit sechs Jahren verabschiedeter Commodore, ein ehemaliger Offizier der Kriegsflotte der Vereinigten Staaten – über seine Verabschiedung hatte er sich übrigens auch heute noch nicht getröstet – ein mutiger und tüchtiger Seemann, der vor dem Feuer des Feindes wie vor dem des Himmels stets seine Schuldigkeit getan hatte. Trotz seiner zweiundfünfzig Jahre war seine natürliche Reizbarkeit aber die gleiche geblieben. Stelle man sich unter ihm einen kräftig gebauten, hochgewachsenen Mann vor mit mächtigem Kopfe und unter buschigen Brauen rollenden großen Augen, etwas niedriger Stirn, kurz geschnittenem Haar, mit viereckigem Kinn, das ein starrer Bart umrahmte, durch den er immer mit fieberhafter Handbewegung strich, ferner mit muskulösen Armen und mit nach vorn gebogenen Beinen, die dem Körper der Teerjacken die bekannte schaukelnde Bewegung verleihen. Bei seinem erregbaren, immer bissigen Charakter, seiner Unfähigkeit, sich zu beherrschen, war er im privaten wie im öffentlichen Leben kein angenehmer Gesellschafter, und es gab wohl niemand, der ihn seinen Freund genannt hätte. Es wäre zu verwundern gewesen, wenn ein solcher Mann sich verheiratet hätte. Das war auch nicht der Fall, und »Welches Glück für seine Frau!« pflegten Spaßvögel sich deshalb zu äußern. Er gehörte zu der Sorte von Brauseköpfen, die der Zorn infolge einer Art Herzkrampfes erbleichen macht, deren Körper sich dabei wie zum Angriff vorbeugt, deren glühende Pupillen immer eng zusammengezogen sind und deren Stimme noch hart und rauh ist, wenn sie verhältnismäßig ruhig, und die brüllend wird, wenn sie das nicht sind.

Als die Berichterstatter des »Chicago Globe« an die Tür des Ateliers in der South Halsted Street Nr. 3997 klopften – man sieht, diese Straße muß leidlich lang sein – fanden sie niemand vor außer einem jungen, siebzehnjährigen Neger im Dienste bei Max Real. Der Schwarze öffnete die Tür.

»Wo ist dein Herr?« fragte man ihn.

»Weiß nicht.«

»Wann ist er ausgegangen?«

»Weiß nicht.«

»Wann wird er denn zurückkommen?«

»Weiß nicht.«

Tommy wußte tatsächlich nichts, da Max Real sehr frühzeitig ausgegangen war und Tommy nichts davon gesagt hatte. Der Neger schlief gewöhnlich wie ein Kind, und sein Herr hatte ihn so zeitig nicht wecken wollen.

Konnte Tommy auf die Fragen der Eindringlinge auch keine Antwort geben, so darf man deshalb nicht glauben, daß es dem »Chicago Globe« an Auskunft bezüglich Max Reals gefehlt habe. O nein! Die »Sechs« waren durch zahlreiche Interviews bereits in den ganzen Vereinigten Staaten bekannt geworden.

Real war ein junger begabter Maler, ein Landschafter, dessen Bilder in Amerika recht ansehnliche Preise erlangten und dem die Zukunft eine schöne Stellung im Gebiete der Kunst versprach. Er war trotz seines französischen Namens ein Eingeborner von Chicago, der Abkömmling einer kanadischen Familie in Quebec. Dort wohnte auch noch die seit mehreren Jahren verwitwete Frau Real, die sich aber jetzt zur Übersiedlung zu ihrem Sohn in der Hauptstadt von Illinois anschickte.

Max Real verehrte seine Mutter ebenso wie diese ihn – sie war eben eine vortreffliche Mutter wie er ein vortrefflicher Sohn. Er hatte sich auch beeilt, sie nicht einen Tag über das Vorkommnis der letzten Tage ununterrichtet zu lassen, und hatte ihr geschrieben, daß er bestimmt worden sei, bei dem Begräbnis William J. Hypperbones mit fünf andern einen hervorragenden Platz einzunehmen. Dazu erklärte er übrigens, daß er sich um die etwaigen Folgen des Testaments des Entschlafenen keine Kopfschmerzen mache. Die ganze Sache komme ihm nur »drollig« vor.

Max Real hatte eben das fünfundzwanzigste Jahr erreicht. Von seiner Geburt an war ihm die Anmut, die Vornehmheit und die Eleganz des französischen Typus eigen geblieben. Von etwas über mittlerer Gestalt, hatte er braunes Kopf- und Barthaar, tiefblaue Augen und zeigte einen erhobenen Kopf ohne Stolz oder Rauhigkeit, einen lächelnden Mund und zwanglosen Gang – lauter Zeichen innerlicher Befriedigung, die ja die Mutter des freudigen und felsenfesten Selbstvertrauens ist. Dabei sprühte er sozusagen von gesunder Lebenskraft, die sich gern in Beweisen von Mut und Hochherzigkeit kundgibt.

Nachdem er sich als talentvoller Maler erwiesen hatte, entschloß er sich, Kanada mit den Vereinigten Staaten, Quebec mit Chicago zu vertauschen. Sein Vater, ein früherer Offizier, hatte nur wenig hinterlassen, und wenn er sein Glück zu machen strebte, geschah das mehr um seiner Mutter als um seiner selbst willen.

Kurz, nachdem sich herausgestellt hatte, daß Max Real sich nicht in Nr. 3997 der Halsted Street befand, verlohnte es sich nicht besonders, Tommy um ihn auszufragen. Der »Chicago Globe« wußte genug, die Neugierde seiner Leser, soweit es sich um den jungen Künstler handelte, zu befriedigen. War Max Real heute nicht in Chicago, so war er doch gestern hier gewesen und würde sicherlich am 15. April wieder erscheinen, wäre es auch nur, um der Testamentseröffnung beizuwohnen und die Gruppe der »Sechs« im Saale des Auditoriums vollmachen zu helfen.

Ganz anders gestalteten sich die Dinge, als die Abgesandten des »Daily News Record« die Wohnung Harris T. Kymbales aufsuchten. Nach dessen Hause, Milwaukee Avenue 213, hätte man sich gar nicht zu bemühen brauchen, er wäre schon allein gekommen, um seine Kollegen über alles Wissenswerte aufzuklären.

Harris T. Kymbale war selbst Journalist, der erste Stadtberichterstatter der so verbreiteten »Tribune«. Siebenunddreißig Jahre alt, mittelgroß, von kräftiger, aber angenehmer Erscheinung, mit einer echten Spürnase ausgestattet, mit kleinen, scharf blickenden Augen, mit feinen Ohren, die geschaffen schienen, alles zu hören, und einem Munde, der es gar nicht erwarten zu können schien, alles zu wiederholen, so zeigte sich der Mann – beweglich wie Quecksilber, tätig, alles durchschauend, anregend, plauderlustig, ausdauernd, unermüdlich, energisch und als Freund von »Bluffs« (lustiger Streiche), den Gasconnaden der Amerikaner. Im Gefühl seiner Kraft und immer zur Tätigkeit bereit, sowie mit einer Willenskraft ausgerüstet, die stets sich in Handlungen zu übersetzen bereit war, hatte er Hagestolz bleiben wollen, wie sich das ja einem Manne geziemt, der täglich die das Privatleben schirmenden Mauern zu übersteigen versuchen muß. Im ganzen ein braver, zuverlässiger und von seinen Kollegen geschätzter Mann, dem niemand das Glück mißgönnte, zu den berühmten »Sechsen« zu gehören, im Fall, daß diese sich wirklich in die irdischen Schätze William J. Hypperbones zu teilen hätten.

Nein, es war unnötig, Harris T. Kymbale überhaupt um etwas zu befragen, denn er rief schon anfangs seinen Berufskollegen zu:

»Ja, ja, liebe Freunde, ich bin es, ich in leibhaftiger Person, der zu dem Rate der Sechs gehört! Sie haben mich doch gestern an dem Ehrenplatze neben dem Leichenwagen marschieren sehen? – Haben Sie auch meine würdige und streng angepaßte Haltung beobachtet und wie ich mich bemühte, meine freudige Stimmung zu unterdrücken, obwohl mir ein so lustiges Begräbnis in meinem Leben noch nicht vorgekommen ist? ... Wissen Sie, was ich mir dabei sagte? ... Wenn der ehrbare Mann nun gar nicht tot wäre ... wenn seine Stimme aus dem Sarge herausgedrungen ... und er erzlebendig erschienen wäre! Und wenn das gechah, wenn sich William J. Hypperbone in ganzer Länge aufrichtete, wie ein neuer Lazarus sein Grab sprengte, ich hätte nicht den bösen Gedanken gehabt, ihm darob zu zürnen, ihm seine unzeitige Auferstehung vorzuwerfen! Man hat doch wahrlich das Recht, wieder aufzuerstehen, wenn man nicht ganz tot ist!«

So etwa äußerte sich Harris T. Kymbale ... doch man hätte ihn nur dabei hören müssen.

»Und was meinen Sie«, fragte man ihn, »wird wohl am 15. April geschehen?«

»Was? Nun, jedenfalls wird Meister Tornbrock Schlag zwölf Uhr das Testament eröffnen ...«

»Und Sie zweifeln nicht daran, daß die ›Sechs‹ zu alleinigen Erben des Verstorbenen eingesetzt werden?«

»Gewiß nicht! ... Warum, ich bitte Sie, sollte uns William J. Hypperbone zur Begleitung seines Leichenzugs bestimmt haben, wenn er uns nicht sein Vermögen zukommen lassen wollte?«

»Ja ... wer weiß? ...«

»Das fehlte bloß noch, uns ohne Schadloshaltung so arg belästigt zu haben! ... Bedenken Sie nur ... ein Weg von elf Stunden!«

»Ist aber nicht zu vermuten, daß das Testament mehr oder weniger sonderbare Bestimmungen enthalten werde?«

»Das ist wohl möglich, und wenn man sich das Original von Mann vorstellt, ist ja etwas derartiges zu erwarten. Nun wohl, ist was er verlangt überhaupt möglich, so wird es erfüllt werden, ist es unmöglich, so ... nun, das weiß ich nicht. Jedenfalls, liebe Freunde, dürfen Sie auf Harris T. Kymbale zählen ... er wird vor nichts zurückschrecken!«

Nein, schon um der Ehre des Journalismus willen würde er nicht zurückweichen, darauf konnten sich alle verlassen, die ihn kannten und auch alle, die ihn nicht kannten, wenn es unter der Bevölkerung Chicagos solche Leute gab. Welche Bedinungen der Verstorbene auch gestellt haben mochte, der erste Stadtberichterstatter der »Tribune« nahm sie im voraus an und wollte sie erfüllen. Handelte es sich um eine Reise nach dem Monde, so würde er eben abreisen, und wenn ihm nicht aus Mangel an Luft der Atem ausging, würde er unterwegs auch nicht verweilen.

Welch ein Unterschied zwischen diesem entschlossenen Amerikaner und seinem Miterben für ein Sechstel, jenem Hermann Titbury, der in dem Handelsviertel wohnte, das von Norden nach Süden von der langgestreckten Robey Street durchschnitten wird.

Als die Vertreter der »Staatszeitung« an die Haustür der Nr. 77 geklopft hatten, gelang es ihnen nicht einmal, über die Schwelle zu kommen.

»Herr Hermann Titbury«, riefen sie durch die ganz wenig geöffnete Tür, »ist er vielleicht zu Hause?«

»Ja«, antwortete eine Art Riesin, deren schlecht geordnetes Haar und nachlässige Kleidung sie als weiblichen Drachen erscheinen ließ.

»Könnten wir ihn sprechen?«

»Das will ich Ihnen sagen, wenn ich Herrn Titbury darum gefragt habe.«

Es gab hier nämlich eine Frau Titbury im Alter von fünfzig Jahren, die zwei Jahre älter als ihr Gatte war. Die Antwort aber, die diese Matrone sandte und die eine Dienerin getreulich übermittelte, lautete:

»Herr Titbury kann Sie nicht empfangen, er wundert sich, daß sich überhaupt jemand erlaubt, ihn zu stören!«

Und hier handelte es sich doch nur darum, Zutritt in sein Büro, nicht in sein Speisezimmer zu erhalten, ihn um einige Auskunft über seine Person zu ersuchen, nicht aber, an seiner Tafel Platz zu nehmen.

Das Haus blieb jedoch verschlossen; die Berichterstatter der »Staatszeitung« mußten als »Schneider« abziehen.

Hermann und Kate Titbury bildeten das geizigste Paar, das sich je zusammengefunden hatte, um vereint durch dieses Tränental zu wandern – obwohl sie übrigens noch keine Träne etwa aus Mitleid für Unglückliche vergossen hatten. Es waren zwei verdorrte, gefühllose Herzen mit übereinstimmendem Schlage. Zum Glück hatte der Himmel diesem Bunde seinen Segen vorenthalten – ihre Linie sollte mit ihnen erlöschen. Sie waren reich, doch stammte ihr Vermögen weder vom Handel noch von einem Gewerbe her. Beide – die Frau hatte nämlich ebensoviel wie der Mann darin gearbeitet – hatten sich den Schmuggelgeschäften des Winkelbankiers, des Pfandleihers, des Aufkäufers von Forderungen zu niedrigem Preise, des Bewucherers der kleinen Leute, kurz, des Halsabschneiders gewidmet, die ihre Mitmenschen ohne Übertretung der Gesetze plündern – Gesetze, hat ein großer französischer Romandichter gesagt, die eine herrliche Sache für alle Schurken wären, wenn es . . . keinen Gott gäbe!

Ihre Vorfahren, soweit man diese »Ahnenreihe« verfolgen konnte, schienen deutscher Abstammung gewesen zu sein, wofür auch der Vorname Hermann des letzten Vertreters der Sippe sprach.

Dieser war ein dicker, untersetzter Mann mit rotem Barte, und auch sein Ehegespons hatte rotes Haar. Eine eiserne Gesundheit ersparte es den Leuten, je einen Dollar für Arzneien oder für den Besuch eines Arztes opfern zu müssen. Mit einem Magen, der alles zu verdauen fähig war, und um den sie viele ehrbare Leute beneideten, lebten sie sozusagen von nichts und ihre Magd hatte sich schließlich auch darein gefunden. Seit Titbury sich von den Geschäften zurückgezogen hatte, unterhielt er keine Beziehungen mit der Außenwelt mehr und ließ sich völlig von seiner Frau leiten, einer Haustyrannin von schlimmster Art, die, wie man sagt, gleich mit dem Schlüsselbunde schlief.

Das Paar bewohnte ein Haus mit schmalen, vergitterten Fenstern, das schon mehr an einen versteckten eisernen Geldschrank erinnerte. Seine Tür öffnete sich übrigens niemals, weder für einen Fremden noch für ein Mitglied der Familie, weil die Leute eine solche nicht hatten, auch für keinen Freund, weil sie nie einen gehabt hatten. Heute blieb sie natürlich auch vor den abgeschickten Auskunftsjägern hartnäckig geschlossen.

Immerhin war es auch ohne unmittelbare Befragung des Ehepaares Titbury leicht genug, dessen Gemütsverfassung zu beurteilen, wenigstens von dem Tage an, wo sie der Gruppe der »Sechs« zuzuzählen waren. Welch wunderbare Wirkung schon, als Hermann Titbury in der berühmten ersten Aprilnummer der »Tribune« seinen Namen las! Doch gab es denn keine andern Chicagoer dieses Namens? – Keinen einzigen, wenigstens nicht in Nr. 77 der Robey Street. Von dem Argwohn, daß er das Opfer eines Spaßvogels sein könnte, war bei ihm gar keine Rede, Hermann Titbury sah sich schon im Besitz des sechsten Teils jenes ungeheuren Vermögens, und sein größtes Bedauern, ja sein Ärger war es nur, vom Schicksal nicht als einziger Erbe ausersehen zu sein. Er empfand gegen seine Miterben auch mehr als Neid, einen wirklichen Haß – ganz ebenso wie der Commodore Urrican – und was Frau Titbury und er von den andern fünf dachten, das überlassen wir besser dem Leser sich selbst auszumalen.

Unzweifelhaft hatte das Schicksal einen seiner gewohnten groben Irrtümer begangen, als es diese uninteressante, wenig ansprechende Persönlichkeit berief, einen Teil der Hinterlassenschaft William J. Hypperbones zu erhalten, wenn das überhaupt in der Absicht dieses Sonderlings gelegen hatte.

Schon am Tage nach der Bestattung hatten Herr und Frau Titbury ihre Wohnung des Morgens um fünf Uhr verlassen und sich nach dem Oakswoodsfriedhofe begeben, wo sie den Grabwärter wecken ließen.

»Nichts Neues . . . vergangene Nacht?« fragten sie mit lebhaft vor Unruhe zitternder Stimme.

»Nicht das geringste«, antwortete der Wärter.

»Er ist also wirklich tot?«

»So tot wie irgend möglich! Beruhigen Sie sich getrost!« antwortete der brave Mann, der vergebens eine Belohnung für seine tröstliche Auskunft erwartete.

Ja, sie konnten wohl etwas ruhiger sein! Der Verstorbene war aus dem ewigen Schlummer nicht erwacht und nichts hatte die Ruhe der stillen Bewohner des Oakswoodsfriedhofs gestört.

Herr und Frau Titbury kehrten nach Hause zurück, doch am Nachmittage und am Abend machten sie nochmals, und darauf auch am folgenden Morgen, den langen Weg, um sich persönlich zu überzeugen, daß William J. Hypperbone nicht in diese niedre Welt zurückgekommen sei.

Nun war das Paar, das in dieser seltsamen Geschichte eine Rolle mitspielen sollte, seiner Sache endlich sicher und auf jedem Schritte brachten ihm Nachbarsleute ihren Glückwunsch zu den glänzenden Aussichten, die es hätte, mehr oder weniger aufrichtig entgegen.

Als die beiden Reporter der »Freien Presse« nach dem nicht weit von der Mitte der Stadt gelegenen Calumetsee und der in einem volkreichen, gewerbetätigen Viertel gelegenen Calumet Street gekommen waren, erkundigten sie sich bei den Schutzleuten nach dem Hause Tom Crabbes.

Das Haus Tom Crabbes, oder richtiger das seines Trainers, hatte die Nr. 7. In der Tat war es John Milner, der ihn zu den denkwürdigen Kämpfen abrichtete, aus denen die teilnehmenden Herren sehr häufig mit geschwollenen Augen, zerschmetterter Kinnlade, von ein oder zwei Seiten eingedrückter Brust und mit um einige Zähne gekommenem Munde, zur Ehre der Meisterschaft im volkstümlichen Boxen, hervorgehen.

Tom Crabbe war ein Berufsboxer, zur Zeit der Champion der Neuen Welt, seitdem es ihm gelungen war, den berühmten Fitzsimons, der 1897 den nicht weniger berühmten Corbett besiegt hatte, zweifellos zu überwinden.

Die Berichterstatter drangen ohne Schwierigkeiten in das Haus John Milners ein und wurden hier im Erdgeschoß von diesem Faustkampflehrer empfangen. Das war ein Mann von mittlerer Größe, aber von unglaublicher Magerkeit, dessen Haut unmittelbar über die Knochen gespannt zu sein schien – dagegen war alles an ihm Muskel, alles Nerv; dazu hatte er durchdringende Augen, spitze Zähne, ein glatt rasiertes Gesicht und zeigte die Beweglichkeit der Gemse und die Gewandtheit des Affen.

»Tom Crabbe?...« fragte man ihn.

»Der vollendet eben sein erstes Frühstück«, antwortete eine scharfe Stimme.

»Können wir ihn sehen?«

»Um was handelt es sich?«

»Um das Testament William J. Hypperbones; auch wollten wir von ihm in unsrer Zeitung sprechen.«

»Ah, wenn von Tom Crabbe öffentlich die Rede sein soll, ist er immer zu sprechen.«

Die Reporter traten in das Speisezimmer ein und sahen sich hier dem Gesuchten gegenüber. Er verschlang eben die sechste Schnitte rohen Schinkens, die sechste Scheibe Butterbrot, die sechste Pinte Halb und Halb in Erwartung des Tees, der in einem großen Kessel angesetzt war, und die sechs Gläschen Whisky, die gewöhnlich sein erstes Frühstück abschlossen, welches er früh halb acht Uhr verzehrte und dem im Laufe des Tages noch fünf andre regelmäßige Mahlzeiten folgten. Man erkennt hieraus schon die hervorragende Rolle, die die Zahl sechs im Leben des berühmten Boxers spielte, und vielleicht war es deren geheimer Einfluß gewesen, dem er seine Zugehörigkeit zur Gruppe der Erben William J. Hypperbones verdankte.

Tom Crabbe war ein Koloß, zehn Zoll über sechs englische Fuß hoch und drei Fuß von einer Schulter zur andern breit. Er hatte einen großen Kopf mit straffem schwarzem Haar, das auf dem Schädel fast ganz glatt weggeschoren war, unter dichten Brauen runde, glotzende Augen, eine niedrige, stark abfallende Stirn, abstehende Ohren, mächtige Kiefer, einen starken, an der Verbindungsstelle der Lippe abgeschnittenen Schnurrbart, noch alle seine Zähne, denn auch die heftigsten Faustschläge hatten keinen davon in ihrer Grube lockern können, einen Brustkasten wie eine Biertonne, Arme wie Pleuelstangen und Beine wie Granitpfeiler, die auch notwendig waren, dieses gewaltige menschliche Bauwerk sicher zu tragen.

Menschliche? ... Ist das richtig? ... Nein, tierische, denn aus der ganzen riesigen Erscheinung sprach etwas Tierisches. Seine Organe fungierten wie eine Maschine, die man in Gang gesetzt hatte – eine Maschine, deren Mechaniker John Milner war. Berühmt in Nord- und in Südamerika, kümmerte er sich doch kaum um seine Berühmtheit. Essen, trinken, boxen, schlafen, darum drehte sich, ohne jede geistige Tätigkeit, sein ganzes Dasein. Begriff er wohl, was der Zufall für ihn getan hatte, als er ihn der Gruppe der »Sechs« angliederte? Wußte er, zu welchem Zwecke er gestern unter dem Zujauchzen der Volksmenge mit dröhnend schwerem Schritte neben dem Leichenwagen hergetrottet war? ... Vielleicht ein wenig; sein Trainer wußte es dafür aber um so besser und würde auch später wissen, alles zum eigenen Vorteil mit auszunutzen, was jener diesem Glücksfall etwa verdankte.

Es folgt hieraus, daß es John Milner war, der die Fragen der Reporter bezüglich Tom Crabbes beantwortete. Er gab diesen Aufschluß über alle Einzelheiten, die für die Leser der »Freien Presse« von Interesse sein konnten: über das Gewicht des Mannes – fünfhundertdreiunddreißig (amerikanische) Pfund vor dem Essen und fünfhundertvierzig nachher – über seinen Taillenumfang von genau sechs Fuß zehn Zoll, über seine Körperkraft, die am Dynamometer gemessen fünfundsiebzig Meterkilogramm, das heißt eine Pferdekraft, erreichte, über die Kraft, mit der er die Kiefer zusammenpressen konnte, gleich zweihundertvierunddreißig Pfund, über sein Alter: dreißig Jahre sechs Monate und siebzehn Tage, über seine Eltern, den Vater, der Packer oder Schlächter im Hause Armour, und über die Muttter, die öffentliche Ringkämpferin im Zirkus von Swansea gewesen war.

Was brauchte es mehr, um einen Artikel von hundert Zeilen über Tom Crabbe zu schreiben?

»Er spricht ja kaum ein Wort«, bemerkte einer der Journalisten.

»Ja, so wenig wie möglich«, antwortete John Milner. »Wozu

sollte es auch dienen, sich die Zunge abzunutzen?«

»Vielleicht ... denkt er auch nicht viel mehr? ...«

»Was könnte ihm das Denken nützen? ...«

»Freilich ... freilich ... wohl nichts, Herr Milner.«

»Tom Crabbe ist weiter nichts als eine Faust«, setzte der Trainer hinzu, »eine geschlossene Faust und gleich bereit zum Angriff wie zur Abwehr!«

Die Reporter der »Freien Presse« zogen sich hierauf zurück.

»Das reine Tier! ...« meinte der eine, als sie auf der Straße waren.

»Und was für ein Tier!« antwortete der zweite.

Natürlich meinten sie damit John Milner nicht.

Begibt man sich nach dem Nordwesten der Stadt, so kommt man nach Überschreitung des Boulevard Humboldt in deren siebenundzwanzigstes Quartier. Hier ist der Verkehr weniger lebhaft, die Bevölkerung weniger geschäftig. Wer dahin kommt, könnte sich in die Provinz versetzt glauben, obgleich es in den Vereinigten Staaten eine solche im landesüblichen Sinne gar nicht gibt. Jenseits der Wabansia Avenue trifft man auf den untern Teil der Sheridan Street. Geht man hier bis zur Nr. 19, so sieht man sich vor einem einfachen, siebzehnstöckigen und von vielen Mietsparteien bewohnten Hause. In dessen neuntem Stockwerk hatte Lissy Wag eine kleine Wohnung von zwei Zimmern, nach der sie erst heimkehrte, wenn sie als Unterkassiererin im Modemagazin von Marshall Field ihr Tagewerk vollendet hatte.

Lissy Wag stammte aus einer achtbaren, doch wenig bemittelten Familie, von der sie allein noch übrig war. Gut erzogen und wohl unterrichtet, wie die meisten jungen Amerikanerinnen, hatte sie sich nach traurigen Schicksalsschlägen, nach dem vorzeitigen Ableben ihres Vaters und ihrer Mutter die Mittel zu ihrer Existenz müssen durch Arbeit zu gewinnen suchen. Ihr Vater war durch eine unglückliche See-Versicherungsangelegenheit um seine ganze Habe gekommen, und eine im Interesse der Tochter durchgeführte Liquidation hatte dieser auch nichts übriggelassen.

Begabt mit entschlossenem Charakter, sicherem Urteil, klarer Intelligenz und ruhiger Selbstbeherrschung, hatte Lissy

Wag moralische Kraft genug, den Mut nicht zu verlieren. Dank der Fürsprache einiger Freunde ihrer Familie, war sie dem Inhaber der Firma Marshall Field empfohlen worden und nahm bei diesem seit fünfzehn Monaten eine recht angenehme Stellung ein.

Es war ein sehr hübsches junges Mädchen von einundzwanzig Jahren und von Mittelgröße, mit blondem Haar, tiefblauen Augen und hübscher, von Gesundheit zeugender Hautfarbe. Dabei hatte sie einen eleganten Gang und etwas ernste Gesichtzüge, nur zuweilen belebt von sanftem Lächeln, das dann zwei Reihen schöner Zähne zwischen den Lippen aufleuchten ließ. Immer liebenswürdig, gefällig, zuvorkommend und wohlwollend, hatte sie unter ihren Bekannten nur Freunde.

Von einfachem Geschmack, sehr bescheiden, ohne Ehrgeiz und ohne sich je Träumereien hinzugeben, zu denen sich viele ja so leicht verirren, wurde Lissy Wag sicherlich am allerwenigsten von den »Sechs« erregt, als sie erfuhr, daß der Zufall sie rief, an dem Leichenbegängnisse teilzunehmen. Anfänglich wollte sie es ablehnen, eine solche Art öffentlichen Auftretens widerstrebte ihr. Ihren Namen und ihre Person der öffentlichen Neugierde preisgegeben zu sehen, das erfüllte sie mit tiefem Widerwillen. Sie mußte ihren, doch gewiß ganz ehrenhaften Gefühlen Gewalt antun, und nur mit schwerem Herzen und düstrer Stirn nahm sie ihren Platz neben dem Wagen ein.

Wir müssen hier hervorheben, daß eine ihrer vertrautesten Freundinnen alles aufgeboten hatte, den Widerstand des jungen Mädchens zu besiegen. Das war die lebhafte, heitre, lachlustige, zweiundzwanzigjährige Jovita Foley, die, wie sie recht gut wußte, weder schön noch häßlich war, durch ihre geistvollen, wenn auch etwas spottlustigen und feinen Gesichtszüge und ihre liebenswürdige Natur aber überall den besten Eindruck machte und die mit Lissy Wag in engster Freundschaft verbunden war.

Die beiden jungen Mädchen wohnten auch beisammen, und nachdem sie im Geschäft von Marshall Field, wo Jovita Foley erste Verkäuferin war, den Tag verbracht hatten, gingen sie miteinander heim. Nur selten sah man die eine ohne die andre.

Wenn Lissy Wag unter diesen Umständen dem eifrigen Zureden ihrer Freundin nachgab, so stimmte sie doch nicht zu, die Berichterstatter des »Chicago Herald« zu empfangen, die sich noch am Abend in Nr. 19 der Sheridan Street einfanden. Vergebens redete ihr Jovita Foley zu, nicht so zugeknöpft zu sein – sie wollte von einem Interview einmal nichts wissen. Nach den Reportern kämen dann die Fotografen, um ihr indiskretes Objektiv auf sie zu richten ... nach den Fotografen noch Neugierige aller Art ... Nein, es sei besser, die Wohnung gegen alle unwillkommenen Besucher verschlossen zu halten. Was Jovita Foley auch einwenden mochte – jedenfalls war das das klügste, und dem »Chicago Herald« entging die Gelegenheit, seinen Lesern mit einem sensationellen Artikel aufzuwarten.

»Nun«, meinte Jovita Foley, als die Journalisten mit herabhängenden Ohren abgezogen waren, »deine Tür hast du ja verschanzt, der öffentlichen Aufmerksamkeit wirst du aber darum doch nicht entgehen. Ah, wenn ich es gewesen wäre! ... Und das sage ich dir im voraus, Lissy, ich werde dich zu zwingen wissen, allen Bedingungen des Testaments nachzukommen. Bedenke doch, meine beste ... dieser Anteil an einem fast unerhörten Vermögen ...«

»Oh, an diese Erbschaft glaub' ich blutwenig, liebe Jovita«, erwiderte Lissy Wag, »und wenn es sich dabei nur um den tollen Einfall eines überspannten Spaßvogels handelt, wird es mir keine großen Schmerzen machen.«

»Daran erkenne ich meine Lissy«, rief Joviata Foley, sie an sich heranziehend, »keine Schmerzen, wo von einem solchen Vermögen die Rede ist ...«

»Sind wir beide denn nicht glücklich? ...«

»Zugegeben, doch wenn ich es gewesen wäre! ...« wiederholte das ehrgeizige junge Mädchen.

»Nun ... und wenn du es wärst? ...«

»Da würde ich zuerst mit dir teilen, Lissy ...«

»Ganz wie ich es selbstverständlich tun würde!« antwortete Miß Wag, die über die in der Luft schwebenden Versprechungen ihrer Freundin lachen mußte.

»Du mein Himmel, wenn's nur erst der 15. April wäre!« rief Jovita Foley. »Wie lang wird mir die Zeit bis dahin werden! ...

Ich zähle schon die Stunden ... die Minuten ...«

»Verschone mich nur mit den Sekunden!« fiel ihr Lissy ins Wort. »Wahrlich, das wären ihrer zu viele!«

»Kann man noch scherzen, wo es sich um eine so ernste Angelegenheit handelt ... um Millionen von Dollars, die dabei ins Spiel kommen ...«

»Oder eher Millionen von kleinen Ärgernissen, von Beschwerden, wie ich sie schon diesen ganzen Tag gekostet habe!« erklärte Lissy Wag.

»Du bist zu empfindlich, Lissy!«

»Und siehst du, Jovita, ich frage mich immer, womit die Sache enden werde ...«

»Ei, die endet mit dem Ende«, rief Jovita Foley, »ganz wie alle Dinge dieser Welt!«

Das war also die sechste der Miterben – niemand zweifelte ja daran, daß diese sich die ungeheure Hinterlassenschaft teilen sollten – die William J. Hypperbone zu seinem Begräbnis eingeladen hatte. Diese unter allen bevorzugten Sterblichen brauchten sich nur vierzehn Tage in Geduld zu fassen.

Endlich verstrichen die zwei langen Wochen ... der 15. April kam heran.

An diesem Morgen legten, entsprechend der letztwilligen Vorschrift und in Gegenwart Georges B. Higginbothams und des Notars Tornbrock, Lissy Wag, Max Real, Tom Crabbe, Hermann Titbury, Harris T. Kymbale und Hodge Urrican ihre Karten auf den Sarg William J. Hypperbones nieder. Dann wurde der Deckel über die Ruhestätte gelegt. Der exzentrische Entschlafene hatte nun auf dem Oakswoodsfriedhofe keine Besucher mehr zu empfangen.

Fünftes Kapitel

Das Testament

Am 15. April war das neunzehnte Quartier von ganz früh an von Menschen überfüllt. Der Andrang der Menge schien tatsächlich ebenso groß zu werden wie damals, als der endlose Leichenzug William J. Hypperbone nach seiner letzten Wohnstätte geleitete.

Die dreizehnhundert täglichen Bahnzüge Chicagos hatten schon am Tage vorher viele tausend Fremde nach der Stadt befördert. Das Wetter versprach herrlich zu werden. Ein frischer Morgenwind hatte den Himmel von den Dünsten der Nacht gesäubert. Die Sonne schwebte lachend über dem fernen Horizonte des Michigansees, der an der Oberfläche leichte Wellenstreifen zeigte und dessen Brandung wie spielend das Ufer koste.

Durch die Michigan Avenue und die Congreß Street wälzte sich der brausende Menschenstrom einem ungeheuren Gebäude zu, das an einer Ecke ein dreihundertzehn Fuß hoher viereckiger Turm überragte.

Die Liste der vornehmeren Gasthäuser der Stadt ist ziemlich lang. Dem Reisenden wurde deshalb die Wahl recht schwer. Doch wohin ihn die Cabs für die fünfundzwanzig Cents die (amerikanische) Meile auch führen mochten, nie kam er in die Verlegenheit, keinen Platz zu finden. Ein in europäischer Weise ausgestattetes Zimmer erhielt er für den Tagespreis von zwei bis drei, eins in amerikanischem Geschmack für den von vier bis fünf Dollar.

Unter den Hotels ersten Ranges nennt man das Palmer House in der State and Monroe Street, das Continental in der Wabash Avenue and Monroe Street, das Commercial und das Fremont House in der Dearborn und Lake Street, die Alhambra in der Archer Avenue, ferner die Hotels Atlantic, Wellington, Saratoga und noch zwanzig andre. An Umfang, Ausstattung, lebhaftem Verkehr, wie durch vernünftige Hausordnung, die es jedermann anheimgibt, nach europäischer oder nach amerikanischer Sitte zu leben, übertrifft alle das Auditorium, eine mächtige Karanwanserei, deren zehn Stockwerke sich an der Ecke der Congreß Street und der Michigan Avenue gegenüber dem Lake-Park aufeinandertürmen.

Das ungeheure Bauwerk kann aber nicht allein Tausenden von Reisenden Unterkommen bieten, es enthält auch ein Theater für nicht weniger als achttausend Zuschauer.

Während dieser »Matinée« – ein Ausdruck, der von jenseits des Atlantischen Ozeans her hier übernommen wurde – sollte das Haus fast noch mehr als das Maximum an Gästen haben und dasselbe dürfte bezüglich der Einnahme gelten. Ja, der baren Einnahme, denn nach dem glücklichen Einfall, die Namen der »Sechs« nur dem Höchstbietenden mitzuteilen, hatte der Notar Tornbrock auch noch den gehabt, alle, die der Verlesung des Testaments im Theater des Auditoriums beiwohnen wollten, ihren Platz bezahlen zu lassen. Das ergab weitere zehntausend Dollar zugunsten der Armen, denn die Einnahme sollte zu gleichen Teilen den Hospitälern der Alexian Brothers und des Maurice Porter Memorial for Children zugewendet werden.

Die Neugierigen aus der ganzen Stadt beeilten sich denn auch heranzuströmen, ja die Leute kämpften noch um die geringsten Plätze. Auf der Bühne sah man den Bürgermeister und die Stadträte, etwas dahinter die um ihren Vorsitzenden Georges B. Higginbotham gescharten Mitglieder des Excentric Club, ein wenig mehr im Vordergrunde und schon nahe der Rampe in einer Reihe die »Sechs« – jeden davon in der Erscheinung, die seiner gesellschaftlichen Stellung entsprach.

Lissy Wag, sehr eingeschüchtert, sich in dieser Weise vor Tausenden begieriger Augen ausgestellt zu sehen, bewahrte auf ihrem Armstuhl mit gesenktem Kopfe die gewohnte bescheidene Haltung.

Harris T. Kymbale machte es sich freudestrahlend auf dem seinigen bequem und begrüßte eine Menge Kollegen von Zeitungen jeder Richtung, die sich mehr in die Mitte des Parketts gedrängt hatten.

Der mit wild rollenden Augen dasitzende Commodore Urrican schien Streit mit jedem beliebigen zu suchen, der es wagen würde, ihm ins Gesicht zu starren.

Max Real betrachtete sorglos die bis in die höchsten Ränge verteilte dichte Menge, an der eine Neugier nagte, die er kaum teilte, er blickte vielmehr fast ausschließlich auf die reizende junge Dame, seine Nachbarin, hin, deren gedrückte Haltung ihm lebhaftes Interesse einflößte.

Hermann Titbury berechnete für sich, wie hoch die heutige Einnahme hier sein werde – ein Wassertropfen gegenüber den Millionen der Erbschaft.

Tom Crabbe wußte eigentlich nicht, warum er hier sei. Er saß auf keinem Armstuhl – der seine ungeheure Masse gar nicht hätte aufnehmen können –, sondern auf einem breiten Sofa, dessen Beine unter seiner Last ächzten.

Selbstverständlich befanden sich in der ersten Reihe der Zuhörer der Trainer John Milner, Frau Kate Titbury, die ihrem Gatten immerfort unverständliche Zeichen machte, und die nervöse Jovita Foley, ohne deren Drängen und Zureden Lissy Wag nie zugestimmt hätte, sich vor dieser entsetzlichen Menschenmenge hinzusetzen. In dem ganzen weiten Raume, im Amphitheater, auf den entferntesten Sitzreihen, an jeder Stelle, in der sich ein Menschenkörper nur einklemmen, in jeder Öffnung, durch die ein Menschenkopf nur schlüpfen konnte – überall wimmelte es von Männern, Frauen und Kindern aus den reichen bis zu den einigermaßen bemittelten Kreisen der Einwohnerschaft.

Und draußen, längs der Michigan Avenue und der Congreß Street, an den Fenstern der Häuser, auf den Balkonen der Hotels, auf den Fußsteigen und auf den Fahrbahnen, wo der Wagen- und Straßenbahnenverkehr völlig unterbrochen war, harrte eine wie der Mississippi zur Zeit der Hochflut überschäumende Menschenmasse, deren letzter Wogenschlag über die Grenzen des Quartiers hinausreichte.

Der Schätzung nach waren an diesem Tage fünfzigtausend Fremde, und zwar aus verschiedenen Teilen von Illinois und aus den angrenzenden Staaten, doch auch aus New York, Pennsylvanien, Ohio und Maine, nach Chicago gekommen. Eine geräuschvolle, immer anwachsende Gärung herrschte in dem erwähnten Teile der Stadt und dröhnte im ganzen Lake-Park wider, bis sie sich auf der Fläche des sonnenbestrahlten

Michigansees verlor.

Jetzt schlug die Mittagsstunde. Ein allgemeines »Ah!« erfüllte die Luft auch außerhalb des Auditoriums.

Im gleichen Augenblick hatte Meister Tornbrok sich erhoben, und die Lufterschütterung davon erregte, wie der Wind, der durch dichtes Gebüsch streicht, auch die Menge auf den Straßen.

Dann trat ein tiefes Schweigen ein; alle fühlten sich so bedrückt, wie in den beängstigenden Sekunden zwischen Blitz und Donnerschlag.

Vor dem in der Mitte der Bühne befindlichen Tische mit gekreuzten Armen und ernster Miene stehend, wartete Tornbrock nur noch auf den letzten Glockenschlag der Mittagsstunde.

Auf dem Tische lag eine Mappe, deren drei rote Siegel die Anfangsbuchstaben des Namens des Erblassers zeigten. Diese Mappe enthielt den Letzten Willen William J. Hypperbones und im Hinblick auf ihre Größe jedenfalls auch noch andre darauf bezügliche Schriftstücke. Auf ihrer Außenseite standen einige Zeilen, deren Inhalt es bestimmte, daß die Mappe nicht eher als vierzehn Tage nach dem Ableben des Erblassers geöffnet werden solle; darin war auch angegeben, daß die Eröffnung im Theatersaale des Auditoriums pünktlich zu Mittag zu erfolgen habe.

Mit leise zitternder Hand erbrach der Notar Tornbrock die drei Siegel und zog aus der Mappe zunächst ein Pergamentheft hervor, auf dessen Seiten man die kräftige Handschrift des Testators leicht erkannte, dann kam daraus eine vierfach zusammengefaltete Karte und endlich ein kleiner, einen Zoll langer und breiter und einen halben Zoll hoher Kasten zum Vorschein.

Hierauf verlas Meister Tornbrock, nachdem seine mit einer Aluminiumbrille bewaffneten Augen die ersten Zeilen des Pergaments überflogen hatten, mit einer den ganzen weiten Raum erfüllenden Stimme folgendes:

»Das Vorliegende ist mein Testament, das ich eigenhändig geschrieben und am 3. Juli 1895 aufgesetzt habe.

Gesund an Leib und Seele und im Vollbesitz meiner Geisteskräfte habe ich dieses Schriftstück, das meinen Letzten Willen kundgeben soll, ausgefertigt. Meine letztwilligen Verfügungen wird Meister Tornbrock im Verein mit meinem Kollegen und Freunde Georges B. Higginbotham streng zur Ausführung kommen lassen, wie es mit denen bezüglich meines Begräbnisses dann schon geschehen sein wird.«

Endlich sollten also das Publikum und die näheren Interessenten erfahren, woran sie sich zu halten hätten. Jetzt sollte die Lösung und Aufklärung kommen über alle seit vierzehn Tagen aufgetauchten Fragen, über alle Vermutungen und Hypothesen, die alle Welt zwei Wochen lang in fieberhafter Spannung erhalten hatten.

Meister Tornbrock fuhr in folgender Weise fort:

»Bisher hat sich kein Mitglied des Excentric Club durch irgendwelche Aufsehen erregende Exzentrizitäten bemerkbar gemacht. Selbst der Schreiber dieser Zeilen hat sich niemals über die niedrige Alltäglichkeit des Lebens erhoben. Was aber bisher nicht geschehen ist, das soll – es war sein ernstliches Gelübde – wenigstens nach seinem Tode einmal eintreten.«

Ein zustimmendes Murmeln lief durch die Reihen der Zuhörer. Meister Tornbrock mußte warten, bis es sich gelegt hatte, so daß er die unterbrochene Vorlesung erst nach einer halben Minute wieder aufnehmen konnte.

Die nun folgenden Worte lauteten:

»Meine lieben Kollegen werden sich erinnern, daß ich, wenn irgendeiner Leidenschaft, nur dem Edlen Gänsespiel frönte, das in Europa und vor allem in Frankreich so wohlbekannt ist. In Frankreich glaubt man, daß es durch die Griechen wieder aufgebracht worden sei, obgleich es Hellas niemals einen Plato, Themistokles, Aristides, Leonidas, Sokrates oder sonst eine geschichtliche berühmte Person des Landes hat spielen sehen. Dieses Spiel habe ich erst in unserm Verein eingeführt. Es hat mir durch seine abwechslungsvollen Einzelheiten, durch seine mannigfaltigen Kombinationen, wo der reine Zufall die Spieler leitet, die zur Gewinnung des Sieges auf dem Schlachtfelde kämpfen, das lebhafteste Vergnügen bereitet.«

Hierzu legten sich viele die Frage vor, was das »Edle Gänsespiel« wohl mit dem Testamente William J. Hypperbones zu tun haben könne.

Der Notar fuhr fort:

»Zu diesem Spiel – in Chicago kennt es jetzt wohl jedermann – gehört eine Tafel mit neben- und übereinander liegenden und mit eins bis dreiundsechzig numerierten Feldern. In vierzehn von diesen Feldern findet sich die Abbildung einer Gans, jenes so ungerechterweise als dumm verschrienen Tieres, das doch mindestens seit dem Tage, wo es das Kapitol vor dem Überfalle des Brennus und der Gallier rettete, hätte zu Ehren kommen sollen.«

Einige Zweifelsüchtige unter den Zuhörern begannen sich schon zu fragen, ob der selige William J. Hypperbone sich mit dieser unzeitgemäßen Ehrenrettung des Gänsegeschlechts dem Publikum gegenüber nur einen schlechten Witz erlaube.

Das Testament lautete weiter:

»Bei der erwähnten Anordnung bleiben, jene vierzehn Felder abgerechnet, noch neunundvierzig solche übrig, wovon nur sechs den Spieler zur Entrichtung eines Einsatzes verpflichten, nämlich den einfachen Einsatz auf dem sechsten Felde, von dem eine Brücke gleich nach dem zwölften hinüberführt, den doppelten auf dem neunzehnten, wo er im Gasthause warten muß, bis alle Mitspieler zweimal gewürfelt haben, den dreifachen Einsatz auf dem einunddreißigsten Felde, wo sich ein Schacht befindet, in dem der Spieler zu bleiben hat, bis ein andrer seine Stelle einnimmt, ferner den doppelten auf dem zweiundvierzigsten Felde, dem des Labyrinths, von wo aus er sofort zum dreißigsten, das einen Blumenstrauß zeigt, zurückkehren muß, den dreifachen Einsatz auf dem zweiundfünfzigsten Felde, wo er gefangen sitzen bleibt, bis ein Mitspieler, der ebendahin gelangt, ihn ablöst und endlich noch einmal den dreifachen Einsatz auf dem achtundfünfzigsten Felde mit einem grinsenden Totenkopfe und der Verpflichtung, die Partie wieder von vorn anzufangen.«

Als der Notar Tornbrock jetzt schwieg, um nach diesem langen Satze einmal aufzuatmen, erhob sich mehrfaches Murmeln, das jedoch durch die Mehrheit der Zuhörer, die dem Entschlafenen offenbar günstig gestimmt war, bald unterdrückt wurde, obwohl sich gewiß niemand in das Auditorium gedrängt hatte, um einen Vortrag über das »Edle Gänsespiel« anzuhören.

Der Notar fuhr mit folgenden Worten fort:

»In dieser Mappe wird man eine Karte und ein Kästchen finden. Die Karte ist die des Edlen Gänsespiels, doch mit einer neuen Bezeichnung ihrer Felder, die ich ersonnen habe und die der Allgemeinheit bekanntzugeben ist. Das Kästchen enthält zwei Würfel, die völlig denen gleichen, deren ich mich in unserm Club zu bedienen pflegte.

Die Karte einer- und die Würfel andrerseits, sind zu einer Partie bestimmt, die unter folgenden Bestimmungen gespielt werden soll.«

Wie ... ein Spiel? ... Es handelte sich um eine Partie Gänsespiel? ... Offenbar hatte man es mit einem, der die Leute nur foppen wollte, zu tun. Die Geschichte lief auf einen »Humbug«, wie man in Amerika sagt, hinaus.

Ein kräftiges »Ruhe!« wurde den Unzufriedenen zugeschleudert, und Meister Tornbrock setzte seine Vorlesung fort.

»Was ich zu tun gedenke zur Ehre unsres Landes, das ich mit der Glut eines Patrioten liebe und dessen verschiedene Staaten ich besucht habe, je nachdem ein neuer die Sterne in der Flagge der amerikanischen Republik vermehrte, ist folgendes.«

Jetzt erdröhnte eine dreifache Salve von Hurras, die das Echo im Saale des Auditoriums noch einmal widerhallte, und dann trat, die Neugierde war jetzt auf dem höchsten Punkte, tiefes Stillschweigen ein.

»Wenn man von Alaska absieht, das außerhalb der Grenzen der Union liegt, sich dieser aber bald einfügen wird, wenn Kanada erst an uns gekommen ist, zählt die Bundesrepublik fünfzig Staaten, die eine Fläche von nahezu acht Millionen Quadratkilometer einnehmen.

Betrachtete ich nun diese fünfzig Staaten als nebeneinander liegende Felder und rechnete ich einen davon vierzehnmal, so erhielt ich eine Karte mit dreiundsechzig Feldern ganz wie beim Edlen Gänsespiel, das hiermit zum ›Edlen Vereinigte Staatenspiel‹ geworden war.«

Von den Anwesenden begriffen die, die mit dem fraglichen

Spiel bekannt waren, sofort den Gedankengang William J. Hypperbones. Es konnte in der Tat als glücklicher Umstand angesehen werden, daß er die Staaten der Union genau auf dreiundsechzig Felder verteilen konnte. Die Zuhörerschaft ließ ihren Beifallsbezeugungen freien Lauf und bald jubelte auch die Straße dem geistreichen Einfalle des Testators zu.

Meister Tornbrock las weiter.

»Ich hatte nun noch den von den fünfzig Staaten zu bestimmen, der oder dessen Name auf der Karte dreizehnmal vorkommen sollte. Wie hätte ich da einen bessern wählen können, als den, dessen prächtige Ufer der Michigansee badet, den, der sich einer Stadt wie der unsrigen rühmen kann, einer Stadt, die Cincinnati schon seit fast einem halben Jahrhundert den Titel ›Königin des Westens‹ entrissen hat, unser Illinois, das begnadete Land, das der Michigansee im Norden, der Ohio im Süden, der Mississippi im Westen und der Wabash im Osten einrahmt, den Staat, der gleichzeitig ein Festland und eine Insel bildet und sich zum ersten Range unter den Staaten der Bundesrepublik emporgeschwungen hat.«

Neue donnernde Hurras und Hipps, bei denen die Wände des Saales erzitterten und deren Schall, als sie von einer übermäßig erregten Menge wiederholt wurden, das ganze Quartier der Stadt erfüllte.

Diesmal mußte der Notar seine Lektüre mehrere Minuten lang unterbrechen. Endlich trat wieder etwas Ruhe ein.

»Weiter handelt es sich«, so las er vor, »darum, die Personen zu bestimmen, die berufen sein sollten, auf dem ungeheuren Gebiete der Vereinigten Staaten, zu spielen, indem sie sich nach der in dieser Mappe enthaltenen Karte richteten, die in Millionen von Abzügen verbreitet werden soll, damit jeder Bürger den Wechselfällen des sich entwickelnden Spiels folgen könne. Die Teilnehmer, sechs an der Zahl, sollen aus den Einwohnern unsrer Stadt durch das Los bestimmt werden und müssen bei der Eröffnung meines Testaments auf der Bühne des Auditoriums anwesend sein. Sie werden sich persönlich nach jedem Staate zu begeben haben, den die Zahl der geworfenen Augen angibt, und dort nach dem Orte, den ihnen mein Testamentsvollstrecker entsprechend einer unten angeführten

Bestimmung mitteilen wird.«

Das war also die den »Sechsen« vorbehaltene Rolle. Die Laune des Würfelfalls sollte ihnen den Weg durch die Vereinigten Staaten vorschreiben! ... Sie waren die Steine oder Figuren dieser ohnegleichen dastehenden Partie ...

Wenn Tom Crabbe von der Idee William J. Hypperbones nichts begriff, lag das doch anders bei dem Commodore Urrican, bei Harris T. Kymbale, Hermann Titbury, Max Real und bei Lissy Wag. Diese sahen einander an und die übrigen Anwesenden starrten sie wie ganz besondre, außerhalb der Menschheit gestellte Geschöpfe an.

Jetzt erübrigte es sich noch, die letzten, von dem Entschlafenen ausgeklügelten Bedingungen kennenzulernen.

»Von vierzehn Tagen nach der Verlesung meines Testaments an«, sagte er hierüber, »wird Meister Tornbrock pünktlich um acht Uhr morgens und im Beisein von mehreren Mitgliedern des Excentric Club alle zwei Tage eigenhändig den Würfelbecher schütteln, die geworfene Augenzahl laut ansagen und diese Zahl mittels Telegrammes nach dem Orte melden, wo sich jeder Spielteilnehmer bei Strafe des Ausschlusses von der Partie eben aufzuhalten hat. Bei der Leichtigkeit und Schnelligkeit der Personenbeförderung im ganzen Bundesgebiete, dessen Grenzen keiner der ›Sechs‹ unter Strafe der Disqualifizierung überschreiten darf, habe ich vorausgesetzt, daß vierzehn Tage für jede Ortsveränderung, wie groß die dabei zurückzulegende Strecke auch sein mag, völlig ausreichen müßten.«

Es liegt auf der Hand, daß Max Real, Hodge Urrican, Harris T. Kymbale, Hermann Titbury, Tom Crabbe und Lissy Wag, wenn sie sich zur Teilnahme an dem nicht von den Griechen, sondern von den Franzosen erneuerten und jetzt von William J. Hypperbone wenigstens »erweiterten« Spiele entschlossen, auch verpflichtet sein würden, dessen Regeln streng einzuhalten. Unter welchen Verhältnissen sollten aber jene tollen Fahrten durch die Vereinigten Staaten vor sich gehen?

»Die ›Sechs‹«, sagte Meister Tornbrock inmitten tiefen Schweigens, »werden auf eigne Kosten reisen und auch aus eignem Beutel die bei der Erreichung des oder jenes Feldes, mit andern Worten, des oder jenes Staates fällig werdenden Einsätze decken. Der einfache Satz dafür wird tausend Dollar betragen. Der Spieler, der auch nur mit einer einzigen Zahlung im Rückstande bleibt, ist von der weiteren Teilnahme ausgeschlossen.«

Tausend Dollar, und wenn man obendrein – bei einigem Mißgeschick – befürchten muß, die mehrere Male zu opfern, das konnte schon eine recht hübsche Summe ausmachen.

Es wird also nicht wundernehmen, daß Hermann Titbury jetzt eine Grimasse machte, die sich gleichzeitig in dem vollblütigen Gesicht seiner Gattin wiederholte. Die Verpflichtung, Einsätze von je tausend Dollar zu leisten, wenn der Verlauf des Spieles sie verlangte, war, wenn nicht für alle, doch jedenfalls für einige der Teilnehmer ziemlich drückend.

Freilich fanden sich gewiß willige Leute, die von den »Sechs«, die die beste Aussicht zu gewinnen hatten, mit Geld zu unterstützen. Hier eröffnete sich ja ein neues Gebiet für die brennende Spekulationswut der Bürger des freien Amerika.

Das Testament enthielt noch einige interessante Bestimmungen. Zunächst geben wir hier die Erklärung über die Vermögensverhältnisse William J. Hypperbones wieder.

»Mein Vermögen an bebauten oder unbebauten Grundstükken, an Industriepapieren, Bank- und Eisenbahnaktien, die im Büro des Notars Tornbrock niedergelegt sind, wird etwa sechzig Millionen Dollar betragen.«

Diese Mitteilung wurde mit einem Murmeln der Befriedigung aufgenommen. Man wußte es dem Verstorbenen Dank, ein so ansehnliches Erbe hinterlassen zu haben, denn diese Zahl erschien auch in dem Lande der Gould, Bennett und Vanderbilt, der Astor, Bradley-Martin, Hatty Green und Hutchinson, der Corrol, Prior und Morgan Slade, der Lennox, Rockefeller, Schemeorn, der Richard King wie der May Gaclet, der Königinnen der Schülerinnen und weiblichen Pfleglinge und andrer Milliardäre, der Zucker-, Getreide-, Mehl-, Erdöl-, Eisenbahnen-, Kupfer-, Silber- und Goldkönige nicht zu verachten. Jedenfalls konnten der oder die von den »Sechs«, denen diese Hinterlassenschaft ganz oder zum Teil zufiel, damit zufrieden sein. Doch was gehörte dazu, sie zu erlangen?

Auf diese Frage antwortete das Testament mit folgenden Zeilen:

»Bekanntlich ist der Sieger im Edlen Gänsespiel der, der zuerst das dreiundsechzigste Feld erreicht. Dieses Feld wird aber nur endgültig erobert, wenn die Zahl der Augen des letzten Wurfes den Spieler genau dahin bringt. Würden mehr Augen geworfen, so muß er um so viele Felder, wie es zu viel Augen waren, zurückgehen. Bei strenger Befolgung aller Regeln wird der Erbe meines ganzen Vermögens dann der von den Partnern sein, der von dem dreiundsechzigsten Felde Besitz nimmt, mit andern Worten zuerst in den dreiundsechzigsten Bundesstaat, d. h. zum vierzehnten Male nach Illinois kommt.«

Also nur ein Gewinner... der zuerst Ankommende!... Nach so vielen Mühen, Gemütserregungen und Geldopfern lohnte dessen Reisegenossen nichts... gar nichts?...

Doch, doch; der zweite sollte eine Entschädigung erhalten und in gewissem Grade belohnt werden.

»Der zweite«, hieß es im Testament, »das heißt, der bei Beendigung der Partie dem dreiundsechzigsten Felde am nächsten sein wird, soll die Summe erhalten, die sich durch die eingekommenen Tausenddollareinsätze ergibt und die durch das Spiel des Zufalls eine recht beträchtliche werden kann. Möge er davon einen recht nützlichen und vernünftigen Gebrauch zu machen verstehen!«

Diese Klausel wurde von den Anwesenden weder gut noch schlecht aufgenommen; so wie sie lautete, konnte sie zu keinem Meinungsaustausch Anlaß geben.

William J. Hypperbone hatte dann noch hinzugefügt:

»Sollten sich aus irgendwelchem Grunde einer oder mehrere Mitspieler vor dem Ende der Partie von dieser zurückziehen, so ist diese von dem oder denen, die dabei ausgeharrt haben, dennoch bis zum Ende zu spielen. Im Fall aber alle sie aufgegeben hätten, fällt meine Hinterlassenschaft der Stadt Chicago als Universalerbin zu, die sie in ihrem Interesse verwenden möge!«

Endlich schloß das Testament mit folgenden Zeilen:

»Das ist mein ausgesprochener Wille, dessen Beachtung Georges B. Higginbotham, der Vorsitzende des Excentric Club, und mein Notar, Meister Tornbrock, überwachen werden. Er muß nach allen Seiten befolgt werden, wie ich das auch bezüglich der Regeln des Edlen Vereinigte Staatenspiels bestimmt voraussetze.

Und nun leite Gott die Partie, bestimme er ihren Verlauf und begünstige er den würdigsten der daran Teilnehmenden!«

Ein letztes Hurra begleitete diesen schließlichen Appell an die Vorsehung zugunsten eines der Teilnehmer und die Zuhörer wollten sich schon entfernen, als Meister Tornbrock, durch eine entschiedene Geste Ruhe gebietend, ihnen noch »Halt!« zurief.

»Es ist noch ein Kodizill vorhanden!«

Ein Kodizill? . . . Sollte das etwa das ganze Testament wieder umstoßen und die Mystifikation an den Tag bringen, deren sich schwergläubig angelegte Leute von dem Verstorbenen immer noch versahen?

Da verlas der Notar noch die Worte:

»Den durch das Los bestimmten sechs Partnern wird sich auch ein von mir gewählter siebenter anschließen, der in der Partie nur unter den Buchstaben X. K. Z. erscheint, doch dieselben Rechte wie seine Mitbewerber genießt und sich auch den gleichen Vorschriften zu fügen hat. Sein wirklicher Name wird nur genannt werden, wenn er die Partie gewönne, und die für ihn getanen Würfe werden ihm ausschließlich unter jener Chiffre telegrafisch mitgeteilt werden.

Das ist mein Letzter Wille.«

Die Sache erschien auffallend. Was verhüllte diese Klausel des Kodizills? Es war darüber freilich ebensowenig zu rechten wie über die andern, und die lebhaft ergriffenen Anwesenden, wie die Berichterstatter sagen, verließen langsam den Theatersaal des Auditoriums.

Sechstes Kapitel

Die Karte des »Vereinigte Staatenspiels«

Am heutigen Abend und am nächsten Morgen riß man sich förmlich um die Zeitungen und kämpfte vor den Verkaufsständen von solchen, wenn für ein Exemplar auch der doppelte, der dreifache Preis gezahlt werden mußte. Achttausend Personen hatten ja nur der Verlesung des Testaments beiwohnen können, Hunderttausende von Amerikanern in Chicago und Millionen derselben in den Vereinigten Staaten war das nicht vergönnt gewesen.

Wenn die Leitartikel, die Interviews und Berichte der Blätter die Massen auch in hohem Maße befriedigten, so verlangte man doch allgemein und dringlich die Veröffentlichung eines Belegstückes, das zu dem Testamente gehörte.

Man wollte die Karte des Edlen Vereinigte Staatenspiels sehen, die William J. Hypperbone entworfen hatte und die sich völlig der für das Edle Gänsespiel gebrauchten anschließen sollte. Alle Welt fragte sich, wie das ehrenwerte Mitglied des Excentric Club die fünfzig Staaten der Union geordnet habe, welche die seien, die einen längern oder kürzern Aufenthalt der reisenden Spieler, ein Wiederanfangen der ganzen Partie oder ein Zurückversetzen derselben mit Erlegung des einfachen, doppelten oder gar dreifachen Einsatzes bedingten.

Natürlich lag, noch mehr als dem Publikum, den »Sechsen« und deren persönlichen Freunden daran, hierüber zuverlässigen Aufschluß zu erhalten.

Dank dem Fleiß und Eifer Georges B. Higginbothams und Meister Tornbrocks wurde die, der des Entschlafenen getreu nachgebildete Karte in weniger als vierundzwanzig Stunden gezeichnet, graviert, coloriert und gedruckt, so daß sogleich mehrere Millionen Exemplare zu zwei Cents über ganz Amerika verbreitet werden konnten. Der niedrige Preis machte sie allen Leuten zugänglich; jedermann konnte darauf, etwa durch hineingesteckte Nadeln, jeden Würfelfall bezeichnen und dem Verlaufe der merkwürdigen Spielpartie folgen.

Die fünfzig, damals die Republik der Vereinigten Staaten

bildenden Einzelländer waren auf der Karte in folgender Ordnung numeriert:

Feld 1. Rhode Island.
Feld 2. Maine.
Feld 3. Tennessee.
Feld 4. Utah.
Feld 5. Illinois.
Feld 6. New York.
Feld 7. Massachusetts.
Feld 8. Kansas.
Feld 9. Illinois.
Feld 10. Colorado.
Feld 11. Texas.
Feld 12. New Mexico.
Feld 13. Montana.
Feld 14. Illinois.
Feld 15. Mississippi.
Feld 16. Connecticut.
Feld 17. Iowa.
Feld 18. Illinois.
Feld 19. Louisiana.
Feld 20. Delaware.
Feld 21. New Hampshire.
Feld 22. Südcarolina.
Feld 23. Illinois.
Feld 24. Michigan.
Feld 25. Georgia.
Feld 26. Wisconsin.
Feld 27. Illinois.
Feld 28. Wyoming.
Feld 29. Oklohama.
Feld 30. Washington.
Feld 31. Nevada.
Feld 32. Illinios.
Feld 33. Norddakota.
Feld 34. New Jersey.
Feld 35. Ohio.
Feld 36. Illinois.
Feld 37. Westvirginia.
Feld 38. Kentucky.
Feld 39. Süddakota.
Feld 40. Maryland.
Feld 41. Illinois.
Feld 42. Nebraska.
Feld 43. Idaho.
Feld 44. Virginia.
Feld 45. Illinois.
Feld 46. Distr. Kolumbia.
Feld 47. Pennsylvanien.
Feld 48. Vermont.
Feld 49. Alabama.
Feld 50. Illinois.
Feld 51. Minnesota.
Feld 52. Missouri.
Feld 53. Florida.
Feld 54. Illinois.
Feld 55. Nordkarolina.
Feld 56. Indiana.
Feld 57. Arkansas.
Feld 58. Kalifornien.
Feld 59. Illinois.
Feld 60. Arizona.
Feld 61. Oregon.
Feld 62. Indianer-Territ.
Feld 63. Illinois.

Das war die Reihenfolge der Staaten in den dreiundsechzig Feldern, unter denen Illinois vierzehnmal vorkam.

Zunächst ist hierbei darauf hinzuweisen, welche die von William J. Hypperbone ausgewählten Staaten waren, wo einesteils Einsätze erlegt werden mußten und sich andernteils vom Unglück verfolgte Spieler genötigt sahen, entweder zu verweilen oder gar einen höchst beklagenswerten Rückzug anzutreten.

Solcher Felder, hier Staaten, gab es sechs.

1. Das sechste Feld (der Staat New York) entsprach dem der Brücke im Edlen Gänsespiel, das der Spieler, sobald er es erreicht hatte, verlassen mußte, um sich nach dem zwölften Felde (dem Staate New Mexico) zu begeben. Gleichzeitig hatte er da den einfachen Einsatz zu bezahlen.

2. Das neunzehnte Feld (der Staat Louisiana) entsprach dem, das ein Gasthaus aufwies, worin der Partner warten mußte, bis zweimal für die übrigen gewürfelt war. Außerdem war hier der zweifache Einsatz zu erlegen.

3. Das einunddreißigste Feld (der Staat Nevada) entsprach dem des Schachtes, in dem der Partner bleiben muß, bis ihn, nach Leistung des einfachen Einsatzes, ein andrer ersetzt.

4. Das zweiundvierzigste Feld (der Staat Nebraska) entsprach dem mit den vielfach verschlungenen Gängen eines Labyrinths, von dem aus der betreffende Spieler, nach Erlegung des dreifachen Einsatzes, nach dem dreißigsten Felde (dem Staate Washington) umkehren mußte.

5. Das zweiundfünfzigste Feld (der Staat Missouri) entsprach dem, wo das Gefängnis den Spieler aufnahm, der hier den dreifachen Einsatz zu opfern hatte, und von wo er nicht eher herauskam, als bis ein andrer, der ebensoviel zu zahlen hatte, seine Stelle einnahm.

6. Das achtundfünfzigste Feld (der Staat Kalifornien) entsprach dem, welches einen Totenkopf zeigte und das nach unerbittlicher Vorschrift den Spieler zwingt, sowohl den einfachen Einsatz zu zahlen, als auch ganz zurückzukehren und die Partie vom ersten Felde (dem Staate Rhode Island) aus aufs neue zu beginnen.

Der Staat Illinois, der auf der Karte vierzehnmal, nämlich auf dem fünften, neunten, vierzehnten, achtzehnten, dreiundzwanzigsten, siebenundzwanzigsten, zweiunddreißigsten, sechsunddreißigsten, einundvierzigsten, fünfundvierzigsten, fünfzigsten, vierundfünfzigsten, neunundfünfzigsten und auf dem dreiundsechzigsten Felde vorkam, entsprach den Feldern mit dem Bilde der Gans. Die Teilnehmer dürfen hier aber nicht verweilen, sondern ziehen um die Zahl der Augen, die sie durch den letzten Wurf erhalten hatten, weiter, bis sie auf ein Feld treffen, das nicht dem sympathischen Vogel vorbehalten war, um dessen Ehrenrettung William J. Hypperbone sich bemühte.

Bekam der Spieler beim ersten Würfeln freilich die Augenzahl neun, so würde er, von Gans zu Gans springend, sofort nach dem dreiundsechzigsten Felde gelangt sein. Da die Zahl neun nun mit zwei Würfeln nur auf zweierlei Weise erzielt werden kann, durch drei und sechs oder durch fünf und vier Augen, muß sich der Partner im ersten Falle nach dem sechsundzwanzigsten Felde (dem Staate Wisconsin), im zweiten nach dem dreiundfünfzigsten Felde (dem Staate Florida) begeben.

Ein solcher begünstigter Teilnehmer gewann damit augenscheinlich einen großen Vorsprung gegenüber seinen Mitbewerbern. Dieser Vorteil war indes mehr ein scheinbarer als ein wirklicher, weil es ja darauf ankommt, das lezte Feld durch einen an Augenzahl genau passenden Wurf zu erreichen und der Spieler um so viele Felder wieder zurückgehen muß, als er etwa zu viele Augen bekam.

Endlich ist nicht zu vergessen, daß jeder Partner, wenn ein andrer ihn einholte, diesem sein Feld überlassen, auf dessen zuletzt innegehabtes zurückweichen und außerdem noch einen einfachen Einsatz bezahlen mußte. Hiervon wurde er nur dann nicht betroffen, wenn er das betreffende Feld schon am Tage vor der Ankunft des zweiten Spielers verlassen hatte. Diese Ausnahme war von dem Testator in Hinblick auf die durch jede Ortsveränderung bedingten Verzögerungen zugestanden worden.

Nun gab es aber auch noch eine zweite, sicherlich recht interessante Frage, die durch Betrachtung der Karte allein nicht zu beantworten war.

Welches war in jedem Staate der Ort, wohin sich jeder der Spieler zu begeben hatte? War das die offizielle Hauptstadt (der Regierungssitz), die durch ihre Bedeutung am meisten hervorragende Stadt, oder vielleicht eine geographisch oder geschichtlich merkwürdige Örtlichkeit?

Lag nicht die Vermutung nahe, daß der Verstorbene aufgrund seiner vielfachen Reisen den durch irgend etwas berühmten Orten den Vorzug gegeben habe? Eine dem Testamente angefügte Bemerkung enthielt zwar diese Ortsbestimmungen, der einzelne durfte darüber aber nichts erfahren, außer was ihm, nachdem für ihn gewürfelt war, telegrafisch mitgeteilt wurde. Diese Depesche hatte der Notar Tornbrock an jeden Teilnehmer dahin abzulassen, wo dieser sich entsprechend dem Verlaufe des Spiels zur Zeit grade befinden sollte.

Selbstverständlich veröffentlichten die amerikanischen Zeitungen diese Nebenbestimmungen und erinnerten dabei daran, daß die Regeln des Edlen Gänsespiels in voller Strenge eingehalten werden müßten.

Was die Zeitbewilligung dafür betraf, daß sich die Spieler von einem Orte nach dem ihnen gemeldeten nächsten begaben, so war diese mehr als hinreichend, wenn auch an jedem zweiten Tage einmal gewürfelt werden sollte. Da es sich um sieben Spieler handelte, hatte jeder siebenmal zwei, also vierzehn Tage Zeit, und so viel brauchte er nicht, wenn die Depesche ihn auch von einem Ende der Union zum andern, z. B. von Maine nach Texas oder von Oregon nach dem äußersten Süden von Florida zu gehen vorschrieb. Jenerzeit war das ganze Bundesgebiet schon von einem engmaschigen Schienennetz bedeckt, und unter Benutzung der Fahrpläne und Verkehrskarten konnte man sehr schnell überallhin gelangen.

Das waren die Vorschriften, woran nicht zu mäkeln war. Hier hieß es entweder – oder, biegen oder brechen.

Die Betreffenden beugten sich.

Natürlich taten das nicht alle mit dem nämlichen Eifer. In dieser Beziehung kamen dem Commodore Urrican nur Tom Crabbe – oder vielmehr John Milner – und etwa Hermann Titbury gleich. Max Real und Harris T. Kymbale betrachteten die Geschichte mehr vom touristischen Standpunkte, der eine, um Vorwürfe für Bilder zu wählen, der andre, um Stoff für Zeitungsartikel zu sammeln. Jovita Foley aber erklärte Lissy Wag in bezug auf diese Angelegenheit folgendes:

»Ich werde, liebe Lissy, Herrn Marshall Field darum ersuchen, daß er dir und auch mir einen Urlaub bewilligt, denn ich werde dich unbedingt bis zum dreiundsechzigsten Felde begleiten . . .«

»Die ganze Geschichte ist ja eine Tollheit!« antwortete das junge Mädchen.

»Oh, das gerade Gegenteil«, erwiderte Jovita Foley, »und da du es bist, die die sechzig Millionen Dollar des ehrenwerten Herrn Hypperbone gewinnen wird . . .«

»Ich? . . .«

»Ja, ja, du Lissy. Du trittst mir dann für meine Bemühungen die Hälfte davon ab.«

»Alles . . . wenn du es wünschest . . .«

»Angenommen!« rief Jovita Foley im größten Ernste.

Es versteht sich wohl, daß Frau Titbury ihrem Hermann auf allen seinen Kreuz- und Querzügen folgten sollte, obgleich das die doppelte Ausgabe verursachte. Würde es ihnen nicht ausdrücklich untersagt, zusammen zu reisen, so wollten sie es tun. Das schien für beide Teile besser zu sein.

Übrigens drang Frau Titbury darauf, ebenso wie sie es durchgesetzt hatte, daß Herr Titbury seine Rolle als Partner übernahm, denn solches Hin- und Herfliegen von Ort zu Ort im Verein mit den dabei unumgänglichen Ausgaben erschreckten das ebenso furchtsame wie geizige Männchen gewaltig. Die herrschsüchtige Kate hatte aber einmal ihren Kopf aufgesetzt, und Hermann mußte wohl oder übel gehorchen.

Ganz ähnlich lag es mit Tom Crabbe, dem sein Trainer ebenfalls nicht von der Seite weichen wollte und der, das konnte man glauben, jenen schon tüchtig herumschleppen würde.

Ob der Commodore Urrican, Max Real und Harris T. Kymbale allein oder in Begleitung eines Dieners reisen wollten, darüber hatten sich die Genannten noch nicht ausgesprochen. Eine Testamentsklausel, die ihnen verboten hätte, einen Begleiter mitzunehmen, gab es nicht. Sie hatten also freie Wahl und konnten auch auf den einen oder den andern wetten, wie man auf Rennpferde zu wetten pflegt.

Wir brauchen hier wohl nicht besonders hervorzuheben,

daß die posthume Exzentrizität William J. Hypperbones in der Neuen und sogar in der Alten Welt ein ungeheures Aufsehen erregt hatte.

Bei der Spekulationswut der Amerikaner war nicht zu bezweifeln, daß sie ungeheure Summen auf den Ausgang der aufregenden Partie verwetten oder sich mit solchen daran mittelbar beteiligen würden.

Auf die eignen Hilfsmittel gestützt, konnten freilich nur Hermann Titbury und Hodge Urrican, beide sehr reiche Leute, und etwa John Milner, der durch die Ringkämpfe Tom Crabbes viel Geld verdiente, darauf rechnen, daß sie unterwegs, wegen Nichterlegung der Einsätze, nicht aufgehalten würden. Ihrem Mitarbeiter Harris T. Kymbale erbot sich die »Tribune« – das war ja eine unschätzbare Reklame für das Blatt – den notwendigen Kredit zu eröffnen.

Max Real bekümmerte sich blutwenig um diese finanzielle Verpflichtung, die er werde erfüllen oder nicht erfüllen können. Das wollte er erst im eingetretenen Fall beurteilen.

Was Lissy Wag anging, so suchte Jovita Foley deren Bedenken zu zerstreuen.

»Fürchte dich nur nicht, meine Liebe, wir verwenden alle unsre Ersparnisse auf die Kosten der Reise.«

»Damit werden wir nicht weit kommen, Jovita . . .«

»Sehr weit, Lissy!«

»Wenn wir aber in die Lage kommen, Einsätze zahlen zu müssen . . .«

»Das kommt nicht vor . . . wir haben nur zu gewinnen!« erklärte Jovita Foley so bestimmten Tones, daß Lissy Wag es vorzog, ihr nicht weiter zu widersprechen.

Höchstwahrscheinlich wurden weder Lissy Wag noch Max Real die Objekte der amerikanischen Spekulanten, da die Nichtzahlung eines Einsatzes sie zugunsten ihrer Mitbewerber von der Partie ausschloß.

Was bei dem oder jenem vielleicht zum Vorteile Max Reals sprechen konnte, war der Umstand, daß es ihm durch das Los beschieden war, zuerst abzureisen. Der Commodore Urrican gebärdete sich wegen seines »Pechs« wie ein Wahnsinniger. Er konnte nun einmal nicht darüber hinwegkommen, daß ihm nach Max Real, Tom Crabbe, Hermann Titubury, Harris T. Kymbale und Lissy Wag erst die Nummer sechs zugefallen war. Und doch war das, wie hier wiederholt sei, von gar keiner ernsten Bedeutung. Der zuletzt Abreisende konnte ja alle seine Partner mit einem Schlage überholen, wenn er durch fünf und vier Augen beim ersten Würfeln sogleich nach dem dreiundfünfzigsten Felde, nach dem Staate Florida, versetzt wurde. Denn so wunderbar kann ja der Verlauf des Spieles sein, das man – wir folgen hier der Legende – der feinen und dichterischen Veranlagung der alten Hellenen verdankt.

Offenbar wollte die von Anfang an sehr erregte Allgemeinheit nichts von den Schwierigkeiten und noch weniger von den Anstrengungen der bevorstehenden Reise wissen. Sicherlich war es möglich, daß die ganze Sache in wenigen Wochen abgemacht war, sie konnte sich aber auch Monate, ja Jahre hindurch hinziehen. Die Mitglieder des Excentric Club, die Zeugen oder Teilnehmer der von William J. Hypperbone täglich veranlaßten, oft endlosen Partien gewesen waren, konnten darüber aus Erfahrung sprechen. Sich bei solcher Überanstrengung und mit der vorgeschriebenen Schnelligkeit von einem Orte zum andern zu begeben, legte die Gefahr nahe, daß einige der Partner durch Erkrankung aufgehalten werden und gezwungen sein könnten, selbst die besten Aussichten auf Erreichung des Zieles zugunsten eines energischeren oder vom Zufall mehr begünstigten Teilnehmers unbenutzt zu lassen.

Um eine derartige Möglichkeit kümmerte sich zunächst freilich niemand. Alle konnten es kaum noch erwarten, daß die Sache in Gang käme, um dann, wenn die »Sechs« unterwegs waren, an allem, was ihnen zustieß, teilzunehmen, sie im Geiste zu begleiten oder ihnen gar wirklich zu folgen, wie es oft Herrenradfahrer tun, wenn sie mit Berufsfahrern bei deren Rennen durch Amerika Schritt zu halten suchen.

Wie lief den Hotelwirten der von den Reisenden berührten Staaten da schon im voraus das Wasser im Munde zusammen!

Überlegte sich das Publikum auch nicht die Hindernisse jeder Art, die sich vor den Spielern auftürmen konnten, so tauchte bei einigen von diesen jetzt doch ein übrigens recht naheliegender Gedanke auf. Warum sollten sie denn nicht untereinander ein Abkommen treffen – ein Abkommen, wonach der Gewinner sich verpflichtete, seinen Gewinn mit denen, die das Schicksal nicht begünstigt hatte, zu teilen, oder wenigstens, wenn er etwa die Hälfte des ungeheuren Vermögens für sich behielt, doch die andre Hälfte den minder Glücklichen abzutreten? Dreißig Millionen Dollar für ihn und der Rest für die Verlierenden, das erschien ja annehmbar. In jedem Falle gesichert zu sein, fünf Millionen einzuheimsen – diese Aussicht schien praktischen und nicht abenteuersüchtigen Leuten einer ernsten Erwägung wert zu sein.

Irgendwelche Verletzung der Vorschriften des Erblassers war damit nicht verbunden; die Partie wurde auf jeden Fall in der von ihm geregelten Weise gespielt und dem Gewinner war es freigestellt, über seinen Gewinn nach Gutdünken zu verfügen.

Die Mitbewerber und sonstigen Interessierten wurden denn auch, auf Betrieb des einen von ihnen – offenbar des klügsten – zu einem Zusammentreten eingeladen, wo der erwähnte Vorschlag besprochen werden sollte. Hermann Titbury war sofort bereit, ihn anzunehmen – man bedenke nur: fünf Millionen Dollar, die einem jeden garantiert wären! Bei dem ihr eignen Temperament einer alten Spielerin zögerte Frau Titbury anfänglich, ihrem Gatten die Erlaubnis, dem Vorschlage zuzustimmen, zu erteilen, schließlich gab sie aber doch nach. Nach einiger Überlegung, denn er war ein etwas abenteuerlustiger Charakter, fügte sich auch Harris T. Kymbale jenem Vorschlage und ebenso Lissy Wag auf Anraten ihres Chefs des Herrn Marshall Field und trotz des Widerspruchs der ehrgeizigen Jovita Foley, die entweder alles oder nichts haben wollte. Was John Milner betraf, so wünschte er gar nichts mehr, als daß das Abkommen, bei dem er von Tom Crabbes Anteil auch nicht wenig zu erhalten hoffte, zustande käme, und wenn sich Max Real erst ein wenig bitten ließ, so lag das daran, daß bei Künstlern ja gewöhnlich eine Schraube etwas locker ist. Übrigens ließ er sich, wenn es ihm auch nur darum zu tun war, Lissy Wag, für deren Lage er sich lebhaft interessierte, nicht entgegenzutreten, leicht genug bereitfinden, das geplante schriftliche Abkommen zu unterzeichnen.

Um dieses aber in jedem Falle wirksam werden zu lassen, bedurfte es der Unterschrift aller Teilnehmer der Spielpartie. Fünf stimmten nun der Übereinkunft zu, den Starrsinn des sechsten vermochten jedoch die besten Vernunftgründe nicht zu beugen. Der Leser errät wohl, daß es Hodge Urrican war, der keine Vernunft annehmen wollte. Er war vom Schicksal auserkoren, an dem Spiele teilzunehmen und wollte das auch bis zum Ende ausführen. Die Besprechung mußte abgebrochen werden, denn der Commodore blieb bei seinem unüberwindlichen Widerspruch, trotz der Drohung eines kräftigen Faustst0ßes, den Tom Crabbe auf Anstiften John Milners schon bereit war, ihm zukommen zu lassen und der ihn gewiß einige gesunde Rippen gekostet hätte. Überdies vergaß man noch eine Sache, daß nach dem Kodizill nicht sechs, sondern sieben Spieler vorhanden waren; es kam doch der Unbekannte, jener von William J. Hypperbone gewählte X. K. Z. hinzu. Wer war es?... Wohnte er in Chicago?... Hatte vielleicht Meister Tornbrock nähere Kenntnis von ihm?... Das Kodizill bestimmte, daß der Name der geheimnisvollen Persönlichkeit nur genannt werden sollte, wenn diese die Partie gewönne. Das ließ den Geistern nun gar keine Ruhe übrig und verlieh der Geschichte ein neues Objekt der Neugier. Da dieser X. K. Z. das vorgeschlagene Abkommen gutzuheißen nun gar nicht imstande war, konnte es also auch nicht zu einem völlig befriedigenden Abschlusse kommen, selbst wenn der Commodore Urrican seine Zustimmung dazugegeben hätte.

Es blieb nun nichts andres übrig, als zu warten, wie die Würfel das erstemal fallen würden, und das sollte am 30. April im Theatersaale des Auditoriums bekanntgegeben werden.

Heute war der 24. April – sechs Tage dauerte es noch bis zu dem schicksalsschweren Termine. Was die nötigen Reisevorbereitungen anging, so fehlte es dazu dem Commodore Urrican, der erst als sechster aufbrechen sollte, nicht an Zeit, auch nicht den vier andern, Tom Crabbe, Hermann Titbury, Harris T. Kymbale und Lissy Wag, die alle noch vor ihm abreisen sollten.

Grade der aber, der sich als erster auf den Weg machen sollte, schien sich über die Reise am wenigsten den Kopf zu zerbrechen. Der phantastische Max Real verriet wenig oder gar nicht, daß er an die ganze Geschichte dachte. Frau Real, die nach ihrem Weggange von Quebec nun ebenfalls in dem Hause ihres Sohnes in der Halsted Street wohnte, ging die Angelegenheit offenbar mehr zu Herzen; sie ermahnte den jungen Maler deshalb, seine Vorbereitungen zu beschleunigen.

»Ich habe ja noch Zeit genug!« antwortete er darauf.

»O nein . . . nicht mehr viel Zeit, mein Kind!«

»Aber, liebe Mutter, was hat es denn nur für Zweck, sich in dieses törichte Abenteuer einzulassen?«

»Wie, Max, du wolltest die sich bietende Gelegenheit nicht beachten . . .«

»Ein vielfacher Millionär zu werden?«

»Ja, freilich«, fuhr die vortreffliche Dame fort, die sich denselben Träumereien wie alle Mütter für ihre Söhne hingab.

»Morgen . . . liebe Mutter . . . übermorgen! . . . Doch nein . . . am Tage vor der Abfahrt!«

»Sage nur wenigstens, was du auf die Fahrt alles mitnehmen willst.«

»Meinen Pinsel, meinen Farbenkasten, Malerleinwand . . . meinen Rucksack, wie ein Soldat.«

»Bedenke doch, daß du nach dem äußersten Ende Amerikas verschlagen werden könntest.«

»Höchstens nach dem der Vereinigten Staaten«, erwiderte der junge Mann, »und nötigenfalls mache ich eine Reise um die Erde mit nichts als einem Handkoffer!«

Eine weitere Antwort war ihm nicht zu entlocken, denn er kehrte jetzt schon nach seinem Atelier zurück. Frau Real beharrte aber dabei, ihn eine so schöne Gelegenheit, ein Vermögen zu erwerben, nicht verfehlen zu lassen.

Lissy Wag mangelte es nicht an Zeit, da sie erst zehn Tage nach Max Real abreisen sollte, worüber die ungeduldige Jovita Foley sich nicht wenig beklagte.

»Welches Unglück, meine arme Lissy«, rief sie wiederholt, »daß du erst die Nummer fünf hast!«

»Oh, beruhige dich nur darum, liebste Freundin«, antwortete das junge Mädchen, »diese Nummer fünf ist so gut . . . oder so schlecht wie die andern!«

»Sage so etwas nicht, Lissy! Solche Gedanken darfst du nicht hegen ... das könnte uns Unglück bringen!«

»Ich bitte dich, Jovita, sieh mir einmal gerade ins Gesicht! ... Könntest du im Ernste glauben ...«

»Glauben, daß du gewinnen müßtest? ...«

»Ja.«

»Dessen bin ich sicher, meine Liebe, so sicher, wie daß ich noch meine vollen zweiunddreißig Zähne habe!«

Lissy Wag schlug darüber ein so lautes Lachen an, daß Jovita Foley ihr darüber fast ernstlich böse geworden wäre.

Über die Gemütsverfassung des Commodore Urrican brauchen wir kaum vieles zu sagen. Er lebte eigentlich gar nicht mehr. Zehn Minuten nachdem für ihn die Würfel gefallen wären, wollte er von Chicago abreisen, wollte sich keinen Tag, keine Stunde irgendwo aufhalten, selbst wenn man ihn nach den äußersten Evergladen der Halbinsel Florida schickte.

Das Ehepaar Titbury dachte nur an die fast Strafgeldern gleichenden Einsätze, die im unglücklichen Falle zu bezahlen waren – daran noch mehr, als an den gezwungenen Aufenthalt im Gefängnisse zu Missouri oder im Schachte von Nevada. Doch wer weiß – vielleicht lächelte den Titburys das Glück und hielt sie von jenen verderblichen Orten fern.

Zum Schluß noch ein Wort über Tom Crabbe.

Der Boxer nahm, ohne sich um die Zukunft zu kümmern, täglich die gewohnten sechs Mahlzeiten ein und gedachte, an diesem löblichen Gebrauch auch im Verlaufe der Reise nichts zu ändern. Ein wie starker Esser er auch war, jedenfalls fand er, selbst in den unbedeutendsten Ortschaften, Gasthäuser, die seinen Bedarf allemal decken konnten. John Milner würde ja dabei sein und darüber wachen, daß ihm nichts abginge. Das mochte viele Kosten verursachen, bildete für den Champion der Neuen Welt aber auch eine ausgezeichnete Reklame, und vielleicht ließen sich unterwegs da und dort kleine Faustkämpfe veranstalten, aus denen der Kinnladenzertrümmerer jedenfalls mit Ehren und mit Gewinn hervorginge.

In Chicago und vielen andern Städten der Union hatten sich bereits Wettbüros aufgetan, um über jeden einzelnen Partner besonders Buch zu führen. Natürlich konnten sie vor Beginn der großen Spielpartie noch nicht eigentlich in Tätigkeit treten. Und wenn die Ungeduld des Publikums schon zwischen dem 1. und dem 15. April – dem Tage der Testamentseröffnung – sehr groß gewesen war, so verminderte sie sich auch nicht zwischen dem 15. und 30. April, wo zum ersten Male die Würfel über die von William J. Hypperbone entworfene Karte rollen sollten. Alle Leute, die bei Pferderennen zu wetten liebten, konnten jetzt kaum noch die Stunde erwarten, um auf die »Sechs« – jetzt die »Sieben« – mehr oder weniger gewagte Wetten einzugehen, obwohl man hier gar keine Unterlagen für die Schätzung des möglichen Ausgangs benutzen konnte. Bei Rennpferden bieten solche Unterlagen ja z. B. die schon heimgebrachten Preise, die Abstammung von berühmten Hengsten und Stuten oder die Zuverlässigkeit der Zureiter. Hier aber konnte man nur die persönlichen, rein moralischen Eigenschaften der Partner gegeneinander abwägen.

Auf jeden Fall verhielt sich Max Real so seltsam, daß er sich die Gunst der Wettenden vollständig verscherzte. Wer würde es glauben, daß er am 29. April, also am Tage vor dem Termine, der für seine Abreise bestimmt war, Chicago verlassen hatte! Vor achtundvierzig Stunden war er, mit den Malgeräten auf der Schulter, aufs Land hinausgegangen. Seine im höchsten Grade beunruhigte Mutter konnte nicht einmal sagen, wann er zurückkehren werde. Ah, wenn er irgendwo zurückgehalten würde, wenn er morgen nicht anwesend wäre, um auf den Aufruf seines Namens zu antworten, welche Befriedigung würde das dem sechsten Partner gewähren, der dadurch ja zum fünften aufrückte. Dieser fünfte wäre dann nämlich Hodge Urrican, und dieser höchst merkwürdige Mann jubelte schon bei dem Gedanken, daß er in der Reihenfolge um eine Stelle vorrückte und nur fünf Mitbewerber zu bekämpfen hätte.

Noch am Morgen des 30. April hätte niemand sagen können, ob Max Real von seinem Ausfluge zurück sei, noch ob er sich im Saale des Auditoriums befinde.

Schlag zwölf Uhr schüttelte hier vor einer unruhigen Zuschauermenge Meister Tornbrock unter Aufsicht Georges B. Higginbothams und umgeben von den Mitgliedern des Excentric Club den Würfelbecher mit fester Hand und ließ die beiden Würfel auf der Karte hinrollen ...

»Vier und vier!« rief er laut.

»Acht!« antwortete mit einer Stimme der ganze Zuschauerkreis.

Die Zahl war die, mit der der Testator den Staat Kansas bezeichnet hatte.

Siebentes Kapitel

Der erste reist ab

Am folgenden Tage zeigte der große Bahnhof von Chicago ein Bild ganz besondrer Belebtheit. Was die Ursache derselben war? ... Offenbar die Anwesenheit eines Reisenden in Touristentracht mit seinen Malgerätschaften auf dem Rücken und begleitet von einem jungen Neger, der eine leichte Reisetasche und über die Schultern gehängt einen Rucksack trug. Der junge Mann schickte sich an, den Achtuhr-Vormittagszug zu benutzen.

Der Bundesrepublik fehlt es nicht an Bahnlinien; diese durchziehen ihr Gebiet nach allen Richtungen. Der Buchwert aller Eisenbahnen der Vereinigten Staaten übersteigt vierundvierzig Milliarden Mark, und ihr Betrieb erfordert ein Personal von siebenhunderttausend Beamten und Angestellten. In Chicago allein verkehren täglich dreihunderttausend Reisende, und im Laufe eines Jahres kommen daselbst zehntausend Tonnen Zeitungen und Briefe zur Beförderung.

Es liegt also auf der Hand, daß jeder der sieben Partner, wohin ihn die Laune der Würfel auch verschlug, stets schnelle Gelegenheit fand, sich dahin zu begeben. Neben den vielverzweigten Eisenbahnen gab es dazu ja auch noch größere und kleinere Strom- und Seedampfer und Fahrgelegenheiten auf Kanälen und Flüssen. Grade Chicago liegt sehr bequem, dahin zu gelangen oder von da wegzureisen.

Max Real, der von seinem Ausfluge am vergangenen Abend heimgekehrt war, verbarg sich noch unter der das Auditorium füllenden Menschenmenge, als die Zahlen vier und vier von Meister Tornbrock verkündigt wurden. Niemand wußte, daß er anwesend war, keiner hatte von seiner Rückkehr Kenntnis. Bei der Aufrufung seines Namens entstand denn auch ein beängstigendes Stillschweigen, das aber bald von der schmetternden Stimme des Commodore Urrican unterbrochen wurde.

»Nicht da!« rief er von seinem Platze aus.

»Hier!« erschallte es als Antwort.

Vom Beifallsjubel der Menge begrüßt, hatte Max Real die Bühne erstiegen.

»Sind Sie bereit, abzureisen?« fragte der Vorsitzende des Excentric Club, der sich dem Künstler näherte.

»Bereit abzureisen und ... zu gewinnen!« antwortete der junge Maler lächelnd.

Der Commodore Urrican hätte ihn am liebsten wie ein Papuakannibale mit Haut und Haar verschlungen.

Der liebenswüridge Harris T. Kymbale trat freundlich an ihn heran.

»Glückliche Reise, Kamerad!« sagte er ganz aufrichtig.

»Die wünsche ich auch Ihnen, wenn der Tag kommt, wo Sie Ihr Bündel zu schnüren haben werden!« erwiderte Max Real.

Damit wechselten beide noch einen herzlichen Händedruck.

Weder Hodge Urrican noch Tom Crabbe, der eine wütend, der andre stumpfsinnig wie immer, hielt es für angezeigt, sich den Glückwünschen des Journalisten anzuschließen.

Das Ehepaar Titbury vereinigte sich nur in dem einen Wunsche, daß sich alle ungünstigen Wechselfälle des Spiels auf das Haupt des ersten Abreisenden niedersenken möchten, daß er in den Schacht von Nevada geraten, sich in das Gefängnis von Missouri verirren möchte, und sollte er auch gleich bis ans Ende seines Lebens darin sitzen bleiben müssen.

An Lissy Wag vorüberkommend, verbeugte sich Max Real respektvoll.

»Mein Fräulein«, sagte er, »Sie werden mir gestatten, Ihnen recht viel Glück zu wünschen ...«

»Damit sprechen Sie aber gegen Ihr eignes Interesse, mein Herr«, erwiderte das junge Mädchen etwas verwundert.

»Das tut nichts, mein Fräulein, seien Sie überzeugt, daß ich

Ihnen den besten Erfolg wünsche!«

»Ich danke Ihnen, Herr Real!« antwortete Lissy Wag.

»Ein recht netter Mann, dieser Max Real«, flüsterte da Jovita Foley ihrer Freundin zu, »und noch hübscher von ihm, wenn er, seinem Wunsche entsprechend, dich wirklich zuerst ans Ziel kommen läßt!«

Nach Schluß dieser Vorgänge entleerte sich allmählich der Saal des Auditoriums, und das Ergebnis des ersten Wurfs verbreitete sich sofort durch die ganze Stadt.

Der »Match Hypperbone« – wie man allgemein zu sagen pflegte – hatte seinen Anfang genommen.

Im Laufe des Abends vollendete Max Real seine Reisevorbereitungen, die ihm keine Schwierigkeiten machten, und am folgenden Morgen umarmte er zum Abschied seine Mutter, unter dem Versprechen, ihr möglichst oft zu schreiben. Dann verließ er die Nr. 3997 der Halsted Street mit dem getreuen Tommy, und zehn Minuten vor Abgang des gewählten Zuges trafen beide zu Fuß auf dem Bahnhofe ein.

Daß das Schienennetz um die Stadt Chicago nach jeder Richtung hin ausstrahlt, wußte Max Real schon längst; er konnte also zwischen den zwei oder drei Bahnlinien, die von hier nach Kansas führen, leicht die ihm passendste wählen. Kansas grenzt zwar nicht an Illinois, wird von diesem aber nur durch den Staat Missouri geschieden. Die von dem jungen Maler zurückzulegende Strecke betrug auch nur fünfhundertfünfzig bis sechshundert (amerikanische) Meilen, je nachdem er die eine oder die andre Linie vorzog.

»Ich kenne Kansas noch nicht«, sagte er für sich, »und das ist ja eine Gelegenheit, die ›amerikanische Wüste‹, wie man das Land früher nannte, in Augenschein zu nehmen. Unter den dortigen Ansiedlern befinden sich obendrein nicht wenige französische Kanadier . . . ich werde da also unter Landsleuten sein, denn es ist mir ja nicht verwehrt, den Weg nach dem Orte, wo ich bleiben soll, nach Belieben zu wählen.«

Nein, das war nicht verboten. Auch der darum befragte Meister Tornbrock hatte sich in diesem Sinne ausgesprochen. William J. Hypperbones hinterlassene Vorschrift bestimmte nichts weiter, als daß er sich nach Fort Riley in Kansas zu begeben habe, und daß er dort am vierzehnten Tage nach der Abreise eingetroffen sein müsse, um durch Telegramm die Augenzahl des zweiten, ihn betreffenden Wurfs, des achten in der Spielpartie, mitgeteilt zu erhalten. Unter den fünfzig Staaten, die auf der Karte in der uns bekannten Weise geordnet waren, gab es nicht mehr als drei, wohin und nach dem darin bestimmten Orte die Partner sich so schnell als möglich zu begeben hatten, da sie dort möglicherweise schon durch die nächste Entscheidung der Würfel abgelöst werden konnten, das waren Louisiana, das neunzehnte Kartenfeld mit dem Gasthause, Nevada, das einunddreißigste Feld mit dem Schachte, und Missouri, das zweiundfünfzigste Feld mit dem Gefängnisse.

Max Real konnte nun gar nicht besser tun, als seinem Bestimmungsorte auf dem »Schülerwege«, wie man in Frankreich sagt, zuzustreben. Ein Hitzkopf, wie der Commodore Urrican, oder ein Geizhals, wie Hermann Titbury, würde freilich nicht so viel Geduld und Geld daransetzen, gemächlich zu reisen. Solche Leute begäben sich mit Volldampf möglichst schnell und ohne unterwegs auch etwas sehen zu wollen nach ihrem Reiseziele.

Max Real hatte sich folgenden Weg ausgewählt: Statt unmittelbar nach Kansas City, schräg von Osten nach Westen durch Illinois und Missouri zu fahren, wollte er den Grand Trunk benützen, den Schienenweg, der bei einer Länge von dreitausendsiebenhundertsechsundachtzig Meilen von New York nach San Francisco – »von Ozean zu Ozean«, sagt man in Amerika – hinführt. Eine weitere Fahrt von etwa fünfhundert Meilen sollte ihn nach Omaha an der Grenze von Nebraska bringen, und von da wollte er sich auf einem der Dampfer, die den Missouri hinabfahren, nach der Hauptstadt von Kansas begeben. Endlich würde er, als Tourist und als reisender Künstler, am bestimmten Tage in Fort Riley eintreffen.

Als Max Real den Bahnhof betrat, fand er da viele Neugierige versammelt. Ehe sie große Summen an die von heute ab geltende Partie wagten, wollten die Wettenliebhaber mit eigenen Augen den ersten sehen, der sich auf die Reise machte. Obwohl bisher noch keine Wetteinsätze, die nach größerer oder geringerer Wahrscheinlichkeit des Erfolgs zu bemessen waren, angenommen wurden, wollte man sich den jungen Maler bei seiner Abreise doch wenigstens angesehen haben. Flößte sein Auftreten Vertrauen ein?... War er in »guter Form«?... Konnte man ihn als Favorit ansehen, obwohl die Möglichkeit, daß er mehrfache Einsätze zahlen müßte, die Befürchtung erweckte, ihn unterwegs aufgehalten zu sehen?

Max Real hatte, wir müssen es gestehen, nicht das Glück – doch was kümmerte er sich darum! – seinen Mitbürgern zu gefallen, schon weil er alle seine Malgerätschaften bei sich trug. Jonathan, ein praktischer Mann, meinte, es handle sich hier nicht darum, Landschaften zu sehen und Bilder zu malen, sondern als Partner, nicht aber als Künstler zu reisen. Seiner Ansicht nach hatte die von William J. Hypperbone erklügelte Partie die Bedeutung einer nationalen Frage, die es verdiente, ernst genommen zu werden. Ging einer der »Sieben« nicht mit allem Eifer, mit aller ihm zu Gebote stehenden Kraft daran, so war das eine Nichtachtung der großen Mehrzahl der Bürger des freien Amerika. Die Folge dieser Betrachtungen war denn auch, daß keiner der enttäuschten Anwesenden sich entschloß, denselben Zug zu besteigen, um Max Real wenigstens bis zu dessen erstem Ziele zu begleiten und ihm sozusagen als Schrittmacher zu dienen. Die Bahnwagen füllten sich nur mit Leuten, die aus geschäftlichen Gründen von Chicago weggerufen wurden.

Max Real konnte es sich also ganz nach Belieben auf einer der Bänke bequem machen, und Tommy konnte noch neben ihm Platz nehmen, denn die Zeit war vorbei, wo die Weißen die Anwesenheit eines Farbigen in ihrem Wagenabteil nicht geduldet hätten.

Endlich ertönte die Pfeife, der Zug setzte sich in Bewegung, und die mächtige Lokomotive atmete fauchend durch ihre oben erweiterte Esse, aus der mit Dampf vermischte Funkengarben emporsprühten.

Unter der auf dem Bahnsteig zurückgebliebenen Menge aber hätte man den Commodore Urrican bemerken können, der dem ersten Abreisenden drohende Blicke nachschleuderte.

Was die Witterung betraf, ließ sich die Reise schlecht an. Man darf nicht vergessen, daß in Amerika unter dieser Breite –

obwohl sie der des nördlichen Spanien entspricht – der Winter im April noch nicht zu Ende ist. Über den weiten, von keinem Berge unterbrochenen Landstrecken hält er bis zu dieser Zeit des Jahres an, und die aus den Polargebieten heranziehenden atmosphärischen Strömungen machen sich da oft noch recht empfindlich bemerkbar. Weicht später die Kälte auch vor den Strahlen der Maisonne, so toben doch Stürme noch häufig genug. Auch heute verhüllten niedrig stehende Wolken, aus denen der Regen bald herunterprasselte, den Horizont und zogen ihm recht enge Grenzen. Das war recht verdrießlich für einen Maler, der Lichteffekte und sonnige Landschaften zu sehen wünscht. Immerhin war es ratsamer, die Vereinigten Staaten im zeitigen Frühjahr zu durchstreifen, denn später herrscht dort oft eine unerträgliche Hitze. Es war ja auch zu erwarten, daß das schlechte Wetter nicht über den laufenden Monat hinaus anhalten werde, und schon verkündeten einzelne Anzeichen eine bevorstehende klimatische Änderung.

Hier noch ein Wort über den jungen Neger, der schon seit zwei Jahren bei Max Real in Diensten stand und diesen auf seiner, an Überraschungen jedenfalls reichen Fahrt begleiten sollte.

Wie der Leser weiß, war es ein siebzehnjähriger, also frei geborener Jüngling, da die Emanzipation der Sklaven bereits vor mehr als dreißig Jahren bei Beendigung des großen Bürgerkrieges, zur Ehre Amerikas und der Menschheit, erfolgt war.

Der Vater und die Mutter Tommys lebten zur Zeit der Sklaverei als Eingeborne des Staates Kansas, wo der Kampf zwischen Abolitionisten und virginischen Farmern besonders heftig getobt hatte. Tommys Eltern war – es verdient das hervorgehoben zu werden – kein so hartes Los beschieden gewesen, sie hatten ein besseres Dasein gehabt als viele ihresgleichen. Unter einem guten Herrn, einem mitfühlenden und gerechten Manne stehend, hatten sie sich fast wie zur Familie gehörig betrachtet. Als dann das Gesetz, das die Sklaverei aufhob, erschien, wollten sie ihren Herrn ebensowenig verlassen, wie diesem der Gedanke kam, sich von ihnen zu trennen.

Tommy war also von Geburt an frei, und nach dem Tode seiner Eltern und ihres Herrn fühlte er sich – war es ein Einfluß von Atavismus oder der Erinnerung an die glücklichen Tage der Kindheit – sehr bedrückt, als er plötzlich dem Leben und dessen Bedürfnissen ganz allein gegenüberstand. Vielleicht begriff sein junges Gehirn noch nicht die Vorteile, die der große Akt der Emanzipation ihm sicherte, wenn er nur auf seine eigne Kraft, sich durchs Leben zu schlagen, angewiesen war, wenn er an den nächsten Tag denken mußte, er, der sich niemals um die Zukunft bekümmert hatte und für den die Gegenwart alles war. Es gibt tatsächlich solche arme Farbige noch weit mehr, als man wohl allgemein glaubt, die es – sie sind eben Kinder geblieben – beklagen, daß sie freie Diener geworden sind, nachdem sie früher Sklaven gewesen waren.

Zum Glück für Tommy war dieser unserm Max Real empfohlen worden. Er war intelligent, offenherzig, führte sich gut und schenkte denen treue Zuneigung, die ihm nur einige Liebe bewiesen. So schloß er sich an den jungen Künstler an, bei dem er auch eine recht gesicherte Stellung finden sollte.

Eins nur beklagte er, ohne daraus ein Hehl zu machen, daß er seinem Herrn nicht ganz und gar, mit dem Leibe ebenso wie mit der Seele gehörte.

»Doch warum?« fragte Max Real.

»Weil ich, wenn Sie mein Herr so wie früher einer wären, wenn Sie mich gekauft hätten, ganz Ihnen gehörte.«

»Welchen Vorteil hättest du davon, mein Junge?«

»Ei, doch den, daß Sie mich nicht kurzerhand wegschicken könnten, wie einen Diener, mit dem man nicht mehr zufrieden ist.«

»Aber, Tommy, wer spricht denn davon, dich wegzuschikken? ... Übrigens, wenn du mein Sklave wärst, könnt' ich dich ja verkaufen ...«

»O, mein lieber Herr, das wäre doch ein Unterschied und jedenfalls sichrer ...«

»In keiner Weise, Tommy.«

»Doch ... doch ... und dann stünde es auch mir nicht frei, zu gehen!«

»Na, sei nur ruhig; ich bin ja mit dir zufrieden. Ich werde dich schon noch kaufen.«

»Und von wem? ... Ich gehöre doch niemand ...«

»Von dir . . . von dir selbst . . . wenn ich einmal reich bin . . . und so teuer, wie du dann willst!«

Tommy nickte wie zustimmend mit dem Kopfe, seine Augen leuchteten glänzender auf und er lächelte, wobei eine Doppelreihe blendend weißer Zähne zum Vorschein kam, so glücklich machte ihn der Gedanke, sich noch einmal an seinen Herrn zu verkaufen, um diesen nur noch mehr zu lieben.

Selbstverständlich war der junge Farbige hoch erfreut, ihn auf dieser Reise durch die Vereinigten Staaten begleiten zu dürfen. Es hätte ihm schweren Kummer bereitet, jenen allein abreisen zu sehen, auch wenn es sich nur um eine Trennung auf wenige Tage gehandelt hätte. Wer konnte aber wissen, ob die unter so seltsamen Umständen zustande gekommene Partie, wenn kein merkwürdiger Zufall ihre schnelle Beendigung herbeiführte, nicht wochenlang, vielleicht viele Monate lang dauerte, ehe einer den dreiundsechzigsten Staat erreichte.

Mochte die Reise nun kurz oder lang werden, jedenfalls war der erste Tag zwischen den von Dunst und Regen erblindeten Fenstern des Waggons recht häßlich. Man fuhr durchs Land dahin, ohne etwas davon zu sehen. Alles – Himmel, Felder, Städte, Flecken, Häuser, Bahnhöfe – verlor sich in dem von den Malern verabscheuten grauen Tone. Nur schattenhaft trat das Landschaftsbild von Illinois aus den auf der Erde lagernden Dunstmassen hervor. Man sah nur die hohen Schornsteine der Mehlmühlen von Napiersville und die Dächer der Uhrenfabriken von Aurora – doch so gut wie nichts von Oswego, Yorkville, Sandwich, Mendoza, von Princeton oder Rock Island und seiner prächtigen Brücke über den Missouri, dessen geschäftiges Wasser die »Insel des Felsens« umrauscht, nichts von dem zu einem Arsenal verwandelten Staatsbesitztum, wo Hunderte von Kanonen mit den Mündungen nach einem grünen Hag und blütenprangenden Büschen hinausstarren.

Max Real war recht enttäuscht. Flog er so unter Regenschauern dahin, so konnte er keine später verwendbaren Eindrücke von der Landschaft in sich aufnehmen. Er hätte ebensogut den ganzen Tag schlafen können – was Tommy übrigens gewissenhaft tat.

Gegen Abend hörte der Regen auf, die Wolken zogen hoch

am Himmel hin. Die Sonne verschwand hinter dem rotgolden leuchtenden Horizonte. Das war ein Hochgenuß für Künstleraugen. Fast sofort brach dann aber die Dämmerung herein und verdunkelte die Gegend, durch die die geodätische Grenze zwischen Jowa und Illinois verläuft. Trotz einer klaren Nacht bot auch die Fahrt durch den Nachbarstaat Max Real keine Befriedigung, so daß ihm bald die Augen zufielen, die er erst mit dem nächsten Frührot wieder aufschlug.

Vielleicht hatte er aber doch Ursache zu bedauern, am Tage vorher bei Rock Island nicht ausgestiegen zu sein.

»Ja . . . das war unrecht . . . sehr unrecht«, murmelte er beim Erwachen vor sich hin. »Die Zeit ist mir ja nicht so knapp zugemessen, und jetzt bin ich kaum vierundzwanzig Stunden von zu Hause weg. Den Tag, den ich für Omaha bestimmt habe, hätte ich Rock Island widmen sollen. Von da nach Davenport, der Stadt am Ufer des Mississippi, hat man nur den mächtigen Strom zu überschreiten, und dabei hätte ich ihn endlich gesehen, den berühmten »Vater der Gewässer«, dessen ganzen Verlauf ich vielleicht zu befahren berufen bin, wenn der Zufall mich nach den Gebieten in der Mitte der Union verschlägt!«

Für solche Betrachtungen war es jetzt freilich zu spät. Der Zug flog schon mit vollem Dampf durch die Ebenen von Iowa. Max Real konnte nichts sehen von Iowa City im gleichnamigen Tale, das sechzehn Jahre lang die Hauptstadt des Staates bildete, noch von Des Moines, der wirklichen Hauptstadt, an deren Stelle zuerst ein altes, an der Vereinigung des Flusses dieses Namens mit dem Racoon errichtetes Fort stand, und die jetzt eine, von einem dichten Eisenbahnnetz umschlossene Stadt von fünfzigtausend Einwohnern geworden ist.

Die Sonne stieg endlich herauf, als der Zug bei Council Bluff, nahe der Grenze des Staates, anhielt, nur drei Meilen von Omaha, einer bedeutenden Stadt von Nebraska, dessen natürliche Grenze der Missouri bildet.

Hier erhob sich einst das »Riff des Rates«, auf dem sich die Indianerstämme des Fernen Westens versammelten. Von hier gingen auch die Kriegszüge und Handelsexpeditionen aus, die allmählich nähere Kenntnis über die von der vielfachen Verzweigung der Felsengebirge bedeckten Gebiete und über Neumexiko verbreiten sollten.

Max Real sollte diese erste Station der Union Pacificbahn nicht »verpassen«, wie er am Tage vorher schon so viele andre Städte »verpaßt« hatte.

»Aussteigen!« sagte er laut.

»Sind wir denn schon angekommen?« fragte Tommy, mühsam die Augen öffnend.

»Man ist allemal angekommen, wenn man sich irgendwo befindet.«

Nach dieser nicht mißzuverstehenden Antwort sprangen beide, der eine den Rucksack auf dem Rücken, der andre eine Reisetasche in der Hand, auf den Bahnsteig hinaus.

Das nächste Dampfboot sollte vom Kai von Omaha erst um zehn Uhr vormittags abgehen. Jetzt war es erst um sechs, es fehlte demnach nicht an Zeit, Coucil Bluff am linken Ufer des Missouri zu besuchen. Das geschah denn auch nach einem schnell eingenommenen Frühstück. Dann wanderten der zukünftige Herr und der zukünftige Sklave zwischen den beiden Bahnstrecken hin, die nach zwei über den Strom führenden Brücken verlaufen und so zwei Verbindungswege mit der Hauptstadt von Nebraska bilden.

Der Himmel hatte sich aufgeheitert. Die Sonne sandte schon frühzeitig ihre Strahlenbündel durch die Risse der Wolken, die ein leichter Ostwind über die Ebene trieb. Wie schön war es, nach vierundzwanzigstündiger Einsperrung im Bahnwagen so freien, elastischen Schrittes dahinzuwandern!

Max Real konnte freilich nicht daran denken, eine Skizze der vor ihm liegenden Landschaft aufzunehmen. Vor seinen Augen dehnte sich ein langes, dürres Ufergelände hin, das für den Pinsel eines Malers ganz und gar nicht verlockend aussah. Der junge Mann ging auch gradenwegs auf den Missouri zu, auf den großen Nebenstrom des Mississippi, der ehemals Misé Souri, Peti Kanoui, d. h. in der Indianersprache der »Schlammige Fluß«, hieß und dessen Lauf von der Quelle an hier schon dreitausend Meilen (etwa 5000 Kilometer) lang war.

Max Real hatte einen Gedanken, der ohne Zweifel weder dem Commodore Urrican noch dem Trainer Tom Crabbes, ja nicht einmal Harris T. Kymbale gekommen wäre: Er wollte sich so viel wie möglich der Neugier des Publikums entziehen. Deshalb hatte er auch schon in Chicago über den von ihm einzuschlagenden Weg gegen niemand gesprochen. Die Stadt Omaha interessierte sich nicht weniger als die übrigen Städte für diese Partie des Edlen Vereinigte Staatenspiels, und hätte sie gewußt, daß der zuerst Abgereiste diesen Morgen in ihren Mauern weilen sollte, so wäre einer so wichtigen Persönlichkeit gewiß ein ehrenvoller Empfang bereitet worden.

Omaha ist eine ziemlich bedeutende Stadt und zählt, einen Vorort im Süden eingerechnet, reichlich hundertfünfzigtausend Einwohner. Es war der Boom – von Reclus treffend die Periode der Reklame, der Spekulation, der Agiotage und gleichzeitig die emsiger Arbeit genannt – der sie, wie manche andre Stadt, mit allem Zubehör von Industrie und Zivilisation aus einer Wüste aufwachsen ließ. Wie hätten die Omahier als geborene Spieler der Versuchung widerstehen können, auf den oder jenen Partner zu wetten, den der blinde Zufall durch die Gebiete der Union sendete? Und hier war einer, der sich nicht herabließ, ihnen seine Anwesenheit zu verraten! Offenbar tat Max Real nichts, sich die Gunst seiner Mitbürger zu erwerben. Er begnügte sich, in einem bescheidenen Hotel zu speisen, ohne seinen Namen und Stand bekanntzugeben. Es war ja möglich, daß der Zufall ihn noch mehrmals nach Nebraska oder nach den Staaten zurückführte, wohin der westliche Teil des Grand Trunk verlief. In Omaha nimmt der lange Schienenweg seinen Anfang, der zwischen dieser Stadt und Ogden den Namen Pacific Union, und zwischen Ogden und San Francisco den Namen Southern Pacific führt. Unter den Linien, die Omaha mit New York verbinden, hat der Reisende nur die Qual der Wahl.

Max Real spazierte also unerkannt durch die hervorragendsten Quartiere dieser Stadt, deren Straßen, ganz wie die des benachbarten Council Bluff, an ein Schachbrett erinnern, so regelmäßig und rechtwinklig liegen die von ihnen gebildeten vierundfünfzig Felder aneinandergereiht.

Um zehn Uhr kehrte der junge Maler mit Tommy durch den nördlichen Teil der Stadt nach dem Missouri zurück und ging am Kai bis zur Landungsstelle des Dampfers hinunter.

Der »Dean Richmond« lag zur Abfahrt bereit. Seine Kessel schnauften wie ein Betrunkener, sein Balancier wartete nur auf den Befehl, sich über dem Spardeck in Bewegung zu setzen. Die Zeit eines Tages sollte für den »Dean Richmond« ausreichen, die hundertfünfzig Meilen (250 Kilometer) bis Kansas City zurückzulegen.

Max Real und Tommy nahmen ihre Plätze auf dem Oberdeck des Hinterteils ein.

Hätten die Passagiere gewußt, daß hier ein Teilnehmer an der berühmten Partie mit ihnen auf den Wogen des Missouri bis Kansas City fahren wollte, das hätte einen begeisterten Empfang gegeben! Max Real bewahrte aber auch hier das strengste Inkognito, und Tommy hätte es nicht gewagt, ihn zu verraten.

Um zehn Uhr zehn Minuten wurden die Sorrtaue losgeworfen, die mächtigen Schaufeln der Räder peitschten das Wasser und der Dampfer glitt in der Strömung des Flusses hin, worauf zahlreiche Bimssteinstücke schwammen, die an den Quellen in den Schluchten der Felsengebirge losgerissen worden waren.

Längs der flachen, grünenden Ebenen von Kansas bieten die Ufer des Missouri nirgends den malerischen Anblick, den ihnen stromaufwärts vielfache Anhäufungen von Felsen verleihen. Hier wird der gelbliche Strom nicht mehr von Katarakten, Barren oder Schleusen unterbrochen, auch nicht durch Wirbel und Stromschnellen gestört. Schon angeschwellt durch die Wassermassen vieler, aus fernen Gegenden Kanadas kommender Zuflüsse, gewinnt er hier durch zahlreiche Nebenflüsse, deren wichtigster der Yellowstone River ist, bedeutend an Breite.

Der »Dean Richmond« glitt hurtig inmitten der Flottille von kleineren Dampfern und Segelfahrzeugen hin, die die untere Stromstrecke beleben, denn die obere, stromaufwärts liegende Strecke ist kaum schiffbar, da sie im Winter vom Eise verschlossen und in der Hitze des Sommers nahezu trocken gelegt wird.

Das Schiff gelangte zunächst nach Platte City, an dem Flusse, der dem Staate einen seiner Namen gibt, denn er heißt auch der Nebraska. Offenbar richtiger ist aber der Name

Platte, denn er windet sich zwischen flachen, grasbestandenen und fast waldlosen Gebieten hin und hat auch nur geringe Tiefe. Fünfundzwanzig Meilen weiter hin lief der Dampfer Nebraska City an, den Platz, der den eigentlichen Hafen von Lincoln, der Hauptstadt des Staates, bildet, obgleich diese noch um fünfundzwanzig Meilen westlich von dem Strome liegt.

Im Laufe des Nachmittags konnte Max Real in der Höhe von Atchinson einige Skizzen aufs Papier werfen und auch einen hübschen Punkt in der Nähe von Leavenworth, wo der Missouri mit einer der schönsten Brücken seines ganzen Verlaufs überspannt ist. Hier war es, wo 1827 ein Fort zum Schutze des Landes gegen wilde Indianerstämme errichtet wurde.

Kurz vor Mitternacht kamen der junge Maler und Tommy im Kansas City an. Sie hatten nun noch zwölf Tage übrig, das Fort Riley zu erreichen, wohin sie sich gemäß der Bestimmung William J. Hypperbones zu begeben hatten.

Zunächst suchte Max Real ein gutes Hotel auf, wo er nach vierundzwanzigstündiger Eisenbahn- und vierzehnstündiger Dampferfahrt eine ruhige Nacht verbrachte.

Der folgende Tag wurde dem Besuche der Stadt gewidmet, eigentlich der zwei Städte, denn es gibt zwei Kansas am rechten und am linken Ufer des Missouri, der hier eine enge Schleife bildet. Durch den Kansas River getrennt, gehört aber die eine Stadt zum Staate Kansas, die andre zum Staate Missouri. Die zweite ist bei weitem bedeutender, sie hat hundertdreißigtausend Einwohner, während die erstere deren nur achtunddreißigtausend zählt. Lägen beide in dem nämlichen Staate, so würden sie tatsächlich nur ein einziges Gemeinwesen bilden.

Übrigens lag es nicht in Max Reals Absicht, weder in dem Kansas von Kansas, noch in dem Kansas von Missouri länger als vierundzwanzig Stunden zu verweilen. Die beiden Städte gleichen sich wie zwei Damebretter, und wer die eine gesehen hat, hat auch die andre gesehen. Am Morgen des 4. Mai brach Max Real denn auch auf, um sich nach Fort Riley zu begeben; jetzt gedachte er aber als Künstler zu reisen. Wohl benutzte er wiederum die Eisenbahn, war aber entschlossen, an allen Stationen, die ihm gefielen, auszusteigen und die Umgebung zu durchstreifen, wovon er für seine Mappe manche Bereicherung erhoffte. Wenn er auch als erster abgereist war, brauchte er ja nicht auch als erster an dem bestimmten Ziele einzutreffen.

Hier dehnte sich nicht mehr die einstmalige »amerikanische Wüste« vor seinen Augen aus. Die weite Ebene erhebt sich nach Westen zu allmählich bis zur Höhe von fünfhundert Toisen (1 Toise gleich 1,95 Meter) an der Grenze von Colorado. Ihre seichten Bodenwellen sind von tiefen, bewaldeten Gründen unterbrochen und zuweilen durch unübersehbare Steppen getrennt, worauf einst die Kansas-, die Lochnasen-, die Oteasindianer und andre mit dem Sammelnamen Rothäute bezeichnete Stämme hausten. Die Ursache der vollständigen Veränderung der hiesigen Gegend war aber das Verschwinden der Zypressenhaine und Tannenwaldungen gewesen, an deren Stelle auf den Savannen Anpflanzungen von Millionen von Obstbäumen traten und die gleichzeitige Errichtung von Baumschulen zur Instandhaltung der Obst- und Weingärten. Ungeheure Flächen, die der Kultur des damals in Aufnahme gekommenen Sorgho zum Zwecke der Zuckergewinnung dienten, wechselten mit Gerste-, Roggen-, Buchweizen- und Weizenfeldern, die Kansas zu einem der reichsten Gebiete der Union machen.

Ein üppiger Flor von Blumen der verschiedensten Arten bekränzte die Ufer des Kansas, darunter vor allem zahllose Gruppen von Beifuß mit seinen wolleähnlichen Blättern, von dem hier mehr kraut- und dort mehr strauchartige Exemplare die Luft mit erfrischendem Terpentinduft sättigten.

Während er so von Station zu Station ging, vier bis fünf Meilen weit ins Land hinauswanderte und zahlreiche Bilderskizzen zeichnete, gebrauchte Max Real eine ganze Woche, ehe er nach Topeka kam, wo er am Nachmittage des 13. Mai eintraf.

Topeka ist die Hauptstadt von Kansas, die ihren Namen von den wild wachsenden Kartoffeln hat, welche auf den Talabhängen der Umgebung vielfach vorkommen. Die Stadt liegt am südlichen Ufer des Wasserlaufs und hat am andern Ufer noch eine dazugerechnete Vorstadt.

Hier sollte einen halben Tag Rast gemacht werden, eine Rast, die Max Real und dem jungen Neger gleichzeitig nötig war und die erst am nächsten Tage durch eine Besichtigung der Hauptstadt unterbrochen wurde. Ihre zweiunddreißigtausend Bewohner ahnten gar nicht, daß der berühmte Partner unter ihnen weilte, dessen Name schon auf allen Maueranschlägen prangte. Und doch erwartete man sozusagen schon, daß er hier durchkäme. Man sagte sich, daß er, um nach Fort Riley zu gelangen, keine andere Bahnlinie als die von Kansas nach Topeka benutzen könnte. Dennoch sollten sich die Leute in ihrer Erwartung getäuscht sehen, denn Max Real fuhr am Morgen des 14. weiter, ohne daß seine Anwesenheit auch nur einen Augenblick vermutet worden wäre.

Fort Riley, an der Vereinigung des Smoky Hill- und des Republicanflusses, liegt nur sechzig Meilen von hier. Max Real konnte da also bequem am heutigen Abend oder, wenn ihm der Einfall kam, auf dem Wege noch einmal einen kleinen Ausflug zu machen, doch am folgenden Tage eintreffen. Wirklich entschloß er sich, die Eisenbahn auf der Station Manhattan noch einmal zu verlassen. Es fehlte aber nicht viel, daß er hierdurch gleich im Anfange der Partie aufgehalten worden und des Rechtes der weiteren Beteiligung daran verlustig gegangen wäre.

Der Künstler in ihm hatte eben den Sieg davongetragen über die Schachfigur, die der Zufall durch diese Gegend führte.

An der vorletzten Station, kaum drei bis vier Meilen vor Fort Riley abgestiegen, hatten sich Max Real und Tommy am Nachmittage nach dem linken Ufer des Kansas begeben. Da ein halber Tag zum Wege dahin und zum Rückwege bequem ausreichen mußte, auch wenn sie ihn zu Fuß zurücklegten, glaubten sie das ohne Bedenken unternehmen zu können.

Daß Max Real gleich am Ufer des Stromes haltmachte, hatte seine Ursache in der lieblichen Landschaft, die sich hier plötzlich seinen Blicken darbot. An einer scharfen Biegung des Flusses, wo Schatten und Licht um den Vorrang stritten, erhob sich einer der letzten Bäume eines alten Zypressenhains. An seinem Fuße lag eine alte, verlassene Hütte, und dahinter dehnte sich eine weite Prärie mit vielen Blumen, vorzüglich mit

Sonnenblumen, bis über Sehweite hinaus. Jenseits des Kansas zeigte sich ein Hintergrund von Grün mit tiefdunklen Tönen, auf dem da und dort glänzendes Sonnenlicht spielte. Das Ganze erschien zu einem Bilde wie geschaffen.

»Welch herrliches Stückchen Erde!« sagte Max Real für sich. »Binnen zwei Stunden werde ich mit seiner Skizzierung fertig sein!«

Freilich war, wie wir sehen werden, er es, der dabei bald »fertig« geworden wäre.

Sein Skizzenbuch im Deckel des Farbenkastens eingeklemmt, saß der junge Maler am Uferabhange und arbeitete schon drei Viertelstunden, ohne seine Aufmerksamkeit etwas anderm zuzuwenden, als sich ein entferntes Getöse – ein *quadrupedante sonitu* Virgils – in der Richtung nach Osten zu erhob. Man hätte glauben können, es rühre von einer gewaltigen Reitermasse her, die über die an das linke Stromufer grenzende Ebene galoppierte.

Obwohl Tommy sich eben noch dem bei ihm beliebten Halbschlummer am Fuße eines Baumes hingab, war er es doch zuerst, der über den seltsamen Lärm stutzte.

Während sein Herr noch nichts hörte, wenigstens nicht einmal den Kopf umwandte, erhob er sich und stieg am Ufer einige Schritte hinauf, um einen weitern Ausblick zu haben.

Das Geräusch verdoppelte sich, und am Horizont wirbelte eine dichte Staubwolke auf, die eine ziemlich frische Brise nach Westen hin trieb.

Tommy eilte erschrocken zurück und auf seinen Herrn zu.

»Herr Real!« rief er.

Der in seine Arbeit vertiefte Maler schien gar nicht daran zu denken, eine Antwort zu geben.

»Herr Real!« wiederholte der Neger mit unruhiger Stimme, seinem Herrn die Hand auf die Schulter legend.

»Nun, was willst du denn, Tommy?« fragte dieser, während er sich nicht stören ließ, mit der Pinselspitze ein wenig Terra di Siena und Scharlach zu mischen.

»Lieber Herr . . . hören Sie denn nichts?« rief Tommy ängstlich.

Es hätte einer freilich taub sein müssen, um das Trappeln

der geräuschvollen Galoppade nicht zu hören. Max Real legte jetzt sofort die Palette ins Gras nieder, sprang empor und eilte selbst den Uferabhang hinauf.

Nur fünfhundert Schritt von ihm stürmte eine ungeheure Menge großer Tiere heran, die mächtige Staub- und Dampfwolken aufwirbelten ... eine Art Lawine, die sich über die Ebene hinwälzte und aus der ein wütendes Wiehern erschallte. In wenigen Augenblicken mußte diese Lawine das Stromufer erreichen. Nur nach Norden zu schien ein Entfliehen vor ihr möglich. Max Real raffte also seine Geräte zusammen und eilte, Tommy schon vor ihm, in dieser Richtung hin.

Die Tierherde, die sich mit größter Schnelligkeit näherte, bestand aus mehren Tausenden von Pferden und Mauleseln, die der Staat früher auf einem besonderen Weidegebiete am Ufer des Missouri gezüchtet hat. Seitdem aber die Automobile und die Fahrräder in Aufnahme gekommen sind, sind die »Hyppomobile« – man verirrte sich gelegentlich wirklich zu diesem Worte – sich selbst überlassen worden und schweifen nun beliebig durch das Land. Durch irgend etwas erschreckt, mochte die Herde wohl schon stundenlang umhergejagt sein und, da nichts sie aufhalten konnte, die Felder und jungen Anpflanzungen zerstört haben. Stellte auch der Strom ihr kein unüberwindliches Hindernis entgegen, so konnte niemand sagen, bis wohin die tollen Tiere noch galoppieren möchten.

Max Real und Tommy, die Hals über Kopf davonliefen, erkannten, daß sie sehr bald eingeholt sein und unter den Hufen der Herde zermalmt werden würden. Da gelang es ihnen im letzten Augenblicke, auf die niedrigen Äste eines Nußbaums zu klettern, des einzigen Baumes, der in der weiten Ebene aufragte.

Es war jetzt fünf Uhr nachmittags.

Auf den Ästen saßen beide gesichert und ließen so die ganze Tierherde nach dem Strome hin an sich vorübersausen.

»Schnell! ... Nun schnell!« rief Max Real, als jede Gefahr vorüber war.

Tommy beeilte sich kaum, den Ast, worauf er rittlings saß, zu verlassen.

»Schnell, sag' ich dir, oder ich komme um sechzig Millionen

Dollar und kann aus dir nie einen gewöhnlichen Sklaven machen!«

Max Real scherzte hier nur, denn noch lief er nicht Gefahr, in Fort Riley verspätet einzutreffen. Statt dem Bahnhofe zuzustreben, von dem er jetzt ziemlich entfernt war und wo er wahrscheinlich auch keinen zur Abfahrt bereiten Zug gefunden hätte, schlenderte er gelassen weiter in die Ebene hinaus, so lange, daß ihm in der Dunkelheit schließlich die am Himmel hell glänzenden Sterne als Wegweiser dienen mußten.

So endete also der letzte Ausflug der ersten Reisestrecke, und noch hatte es am Kirchturme der Stadt nicht acht Uhr geschlagen, als Max Real und Tommy vor dem Jackson Hotel standen.

Der zuerst Abgereiste befand sich damit an dem Orte, den William J. Hypperbone als achtes Feld gewählt hatte. Wie er darauf gekommen war? . . . Vielleicht weil, wenn Missouri wegen seiner Lage im geographischen Mittelpunkte der Union, der Zentralstaat genannt werden konnte, Kansas andrerseits diese Bezeichnung verdiente, weil es die geometrische Mitte einnimmt, und hier liegt Fort Riley wieder genau im Herzen des Staates.

In Hinsicht hierauf ist auch nahe bei Fort Riley ein Denkmal an der Stelle errichtet worden, wo sich die zwei Hauptflüsse des Staates, der Smoky Hill und der Republican, vereinigen.

Mochte der Grund der Wahl nun dieser oder sonst einer gewesen sein, jedenfalls befand sich Max Real heil und gesund in Fort Riley. Am nächsten Morgen ging er vom Jackson Hotel, wo er abgestiegen war, nach dem Postamte und erkundigte sich an dem betreffenden Schalter, ob ein Telegramm an seine Adresse eingelaufen sei.

»Ihr Name, mein Herr?« fragte der Beamte.

»Max Real.«

»Max Real . . . aus Chicago? . . .«

»Wie Sie sagen . . . in eigner Person . . .«

»Und einer der Teilnehmer an der großen Partie des Edlen Vereinigte Staatenspiels? . . .«

»Ganz richtig.«

Im vorliegenden Falle war es ja unmöglich, ein Inkognito zu bewahren, und schnell verbreitete sich nun in der Stadt die Neuigkeit, daß Max Real hier weile.

Der junge Maler kam infolgedessen zu seinem großen Ärger unter dröhnenden Hurras nach dem Hotel zurück. Hierher sollte ihm, sofort nach deren Eingange, die Depesche überbracht werden, die ihm mitteilte, wieviel Augen beim zweiten Würfeln für ihn gefallen waren und wohin ihn nun die Laune des unerforschlichen Schicksals verschlüge.

Achtes Kapitel

Tom Crabbe unter Führung John Milners

Elf durch fünf und sechs, das war immerhin kein zu verachtender Wurf, wenn nicht einem der Spieler neun durch sechs und drei oder vier und fünf zufielen und dieser damit nach dem sechsundzwanzigsten oder dem dreiundfünfzigsten Felde verwiesen wurde.

Zu beklagen war es vielleicht, daß der durch die Zahl elf bezeichnete Staat von Illinois sehr fern lag, und ohne Zweifel hatte sich Tom Crabbe, oder wenigstens sein Trainer John Milner, darüber etwas verdrossen gezeigt.

Das Schicksal sandte sie nach Texas, dem größten Einzelstaate der Union, der allein eine Ausdehnung von 688 340 Quadratkilometer hat. Dieser im Südwesten der Konföderation gelegene Staat grenzt an Mexiko, von dem er erst 1835 abgetrennt wurde, nachdem der General Houston den mexikanischen General Santa-Anna entscheidend besiegt hatte.

Auf zwei Hauptreisewegen konnte Tom Crabbe nach Texas gelangen. Er konnte sich von Chicago aus entweder nach Saint-Louis begeben und von hier aus einen der Dampfer des Mississippi bis New Orleans benutzen, oder mit der Eisenbahn durch die Staaten Illinois, Tennessee und Mississippi bis zur Hauptstadt von Louisiana fahren. Hier galt es dann, den kürzesten Weg nach Austin, dem Sitze der Regierung von Texas, zu wählen, wobei man sich für die Schienenwege oder für einen der Dampfer, die regelmäßig zwischen New Orleans und Galveston verkehren, entscheiden konnte.

John Milner glaubte, um Tom Crabbe nach Louisiana zu befördern, die Eisenbahn bevorzugen zu sollen. Jedenfalls hatte er, nicht wie Max Real, keine Zeit zu verlieren, keine Muße, unterwegs seiner Erholung nachzugehen, denn am 16. mußte er ja in Person am Ziele der Reise eingetroffen sein.

»Nun, Herr Milner«, fragte diesen der Lokalberichterstatter der »Freien Presse«, nachdem der Ausfall des Würfelns am 3. Mai im Saale des Auditoriums bekanntgegeben worden war ... »wann denken Sie abzureisen?«

»Noch heute abend.«

»Ihr Koffer ist bereit? ...«

»Mein Koffer ist ... Tom Crabbe«, antwortete John Milner, »und der ist gefüllt, verschlossen, verschnürt und ich habe ihn nur noch zur Bahn zu schaffen.«

»Und was sagt er dazu?«

»Gar nichts. Wenn er seine sechste Mahlzeit beendet haben wird, gehen wir nach dem Bahnhofe, und ich würde ihn gern im Gepäckwagen untergebracht sehen, aber ... aber ... das bedeutende Übergewicht! ...«

»Ich habe so ein Vorgefühl«, fuhr der Journalist fort, »als ob Tom Crabbe vom Zufall begünstigt werden sollte.«

»Ich auch«, erklärte John Milner.

»Glückliche Reise!«

»Danke schön!«

Dem Trainer kam gar nicht der Gedanke, dem Champion der Neuen Welt ein Inkognito aufzuerlegen. Eine – vom materiellen Standpunkte betrachtet – so bedeutende Persönlichkeit wie Tom Crabbe, konnte ja unmöglich unbemerkt bleiben. Seine Abreise wurde also nicht im geringsten geheimgehalten. Am Abend drängte sich eine große Menschenmenge auf dem Bahnsteige des Stationsgebäudes, um jenen sich unter lauten Hurras in den Wagen hissen zu sehen. John Milner stieg nach ihm ein. Dann ruckte der Zug an, vielleicht fühlte die Lokomotive aber dessen größere Belastung, da sie den gewichtigen Boxer zu befördern hatte.

Im Laufe der Nacht legte der Zug dreihundertfünfzig Meilen zurück und erreichte anderntags Fulten am Ende von Illinois und nahe der Grenze von Kentucky.

Tom Crabbe fiel es nicht ein, das Land, durch das er jetzt kam, zu betrachten – einen Staat übrigens, der im Bunde seiner Größe nach nur den vierzehnten Rang einnahm. Max Real und Harris T. Kymbale hätten es an seiner Stelle gewiß nicht unterlassen, wenigstens weiterhin Nashville, die heutige Hauptstadt von Tennessee, und das Schlachtfeld von Chattanooga zu besuchen, von dem aus Sherman den Bundestruppen den Weg nach Süden öffnete. Gewiß würde der eine als Künstler und der andre als Journalist einen Abstecher von hundert Meilen nach Great Junction gemacht haben, um Memphis mit ihrer Anwesenheit zu beehren. Das ist nämlich die einzige bedeutendere Stadt, die der Staat am linken Ufer des Mississippi besitzt und die einen recht schönen Anblick bietet, da sie auf dem steil ansteigenden Uferlande erbaut ist, das den Lauf des prächtigen, mit grünen Inseln besäten Stromes beherrscht.

Der Trainer glaubte sich aber nicht von dem einmal bestimmten Reisewege entfernen zu sollen, um Tom Crabbe auf seinen ungeheuren Füßen durch die Stadt mit dem ägyptischen Namen wandern zu lassen. Ebenso hatte er keine Gelegenheit, weder zu fragen, warum wohl, da Memphis vom Meere weit entfernt liegt, die Regierung hier vor sechzig Jahren habe Arsenale und Schiffswerften erbauen lassen, die jetzt übrigens gänzlich verlassen dastehen, noch darauf die Antwort zu hören: In Amerika begeht man eben Dummheiten, ganz wie in andern Ländern.

Der Zug führte den zweiten Partner und seinen gegen alles gleichgültigen Begleiter schnell durch die Ebenen des Staates Mississippi hin, wobei er Holly Springs, Grenada und Jackson berührte. Die letztgenannte Stadt ist die – übrigens ziemlich unbedeutende – Hauptstadt eines Gebietes, das infolge der ausschließlich betriebenen Baumwollkultur in bezug auf Gewerbefleiß und Handel stark zurückgeblieben ist.

Die Ankunft Tom Crabbes, der hier eine Stunde Aufenthalt hatte, brachte indes eine starke Wirkung hervor. Hunderte von Neugierigen hatten den berühmten Faustkämpfer einmal sehen wollen. Freilich hatte er nicht die Größe Adams, die man, vor der Berichtigung durch den berühmten Cuvier, auf neunzig Fuß schätzte, noch die Abrahams (angeblich achtzehn), oder die des Moses (angeblich zwölf Fuß), er bildete jedoch immerhin ein riesiges Muster der Menschenrasse.

Unter den Neugierigen befand sich ein Gelehrter, der hochachtbare Kil Kirney, der nach peinlich genauer Messung des Champions der Neuen Welt einige Bemerkungen über diesen nicht unterdrücken konnte und frischweg über den »Fall« zu dozieren anfing.

»Meine Herren! Bei den von mir angestellten historischen Untersuchungen ist es mir geglückt, die wichtigsten Ergebnisse der Messungen, die sich auf gigantographische Studien beziehen und in Zahlen nach dem Dezimalsystem ausgedrückt sind, wiederzuentdecken. Im siebzehnten Jahrhundert gab es einen gewissen Walter Parson, der zwei Meter siebenundzwanzig Zentimeter maß; im achtzehnten Jahrhundert tauchte ein Deutscher, Müller aus Leipzig, auf, der zwei Meter vierzig hoch war, ferner der Engländer Burnsfield, zwei Meter fünfunddreißig groß, der Irländer Magrath, zwei Meter dreißig, der Irländer O'Brien zwei Meter fünfundfünfzig, der Engländer Toller, von derselben Größe, und der Spanier Elacegin, der zwei Meter fünfunddreißig Zentimeter Körperlänge hatte. Aus dem neunzehnten Jahrhundert kennt man den Griechen Auvassab, zwei Meter dreiunddreißig groß, den Engländer Hales aus Norfolk, zwei Meter vierzig, den Deutschen Marianne, zwei Meter fünfundvierzig und den Chinesen Chang, zwei Meter fünfundfünfzig Zentimeter groß. Dem ehrenwerten Trainer des Herrn Tom Crabbe diene nun zur Aufklärung, daß sein Schüler von der Fußsohle bis zur Scheitelhöhe nur zwei Meter dreißig mißt . . .«

»Ja, was soll ich dabei tun«, erwiderte John Milner etwas bitter, »ich kann ihn doch nicht weiter in die Länge ziehen . . .«

»Nein, gewiß nicht«, bestätigte Herr Kil Kirney, »das verlange ich auch gar nicht. Und doch, er ist nicht wenig kleiner . . .«

»Tom«, unterbrach ihn John Milner, »gib dem gelehrten

Herrn doch einen tüchtigen Stoß in die Seite, damit er auch noch die Kraft deines Bizeps messen kann!«

Das gelehrte Männchen zog es jedoch vor, sich nicht zu einem Experimente herzugeben, das ihm voraussichtlich die normale Zahl seiner Rippen nicht übriggelassen hätte, und so zog sich Kil Kirney denn würdigen und gelassenen Schrittes zurück.

Tom Crabbe wurde auch mit reichen Beifallsbezeugungen überschüttet, als John Milner in seinem Namen die Liebhaber des Boxens zu einem Gange herausforderte. Niemand nahm aber die Herausforderung an, und der Champion der Neuen Welt hißte sich wieder in sein Coupé, während ihm die Umstehenden ihre Wünsche für gutes Gelingen zujubelten.

Die Bahnlinie verlief von hier in nordsüdlicher Richtung durch den Staat Mississippi und erreichte bei der Station Rocky Comfort die Grenze von Louisiana.

Dem Laufe des Tangipaohaflusses folgend, rollte nun der Zug bis zum Ponchartrainsee hinunter und an dessen westlichem Ufer über die lange Erdzunge hinweg, die diesen See von dem Maurepasee scheidet und auf der der große Viadukt von Mauchac erbaut ist. Bei der Station Carrolton trifft die Bahn wieder auf den hier etwa vierhundertfünfzig Toisen breiten Strom, der die Stadt mit einer mächtigen Schleife umwindet.

Nach einer von Chicago aus ziemlich neunhundert Meilen (1500 Kilometer) langen Fahrt verließen Tom Crabbe und John Milner in New Orleans endgültig die Eisenbahn. Sie waren hier am Nachmittage des 5. Mai eingetroffen; es blieben ihnen sonach noch dreizehn Tage, sich nach Austin, der Hauptstadt von Texas, zu begeben – eine reichlich genügende Zeit, wenn auch mit möglichen Verzögerungen zu rechnen war, die ja, ob man von hier aus mit der Southern Pacificbahn den Landweg wählte oder eine nicht lange Seefahrt vorzog, nicht ausgeschlossen waren.

Jedenfalls hätte man von John Milner nicht verlangen dürfen, daß er seinen Crabbe durch die Stadt spazieren führe, um ihn deren Merkwürdigkeiten bewundern zu lassen. Kam durch Zufall ein andrer von den »Sieben« hierher, so würde dieser das sicherlich getan haben. Austin lag aber noch mehr als vierhundert Meilen entfent von New Orleans, und John Milner hatte keinen andern Gedanken, als auf kürzestem und sicherstem Wege dahin zu kommen.

Den kürzesten Weg bot zwar die Eisenbahn, die beide Städte unmittelbar verband – vorausgesetzt, daß die Züge überall guten Anschluß hatten. Die Linie verläuft anfangs in westlicher Richtung quer durch Louisiana, und zwar über Lafayette, Rarelant, Terrebone, Tigerville, Ramos und Brashear zum Ende des Lake Grand, wo sie, hundertachtzig Meilen von New Orleans, die Grenze von Texas erreicht. Weiterhin ist sie dann, von der Station Orange bis Austin, noch zweihundertdreißig Meilen lang. Nichtsdestoweniger gab John Milner – vielleicht tat er unrecht daran – einem andern Reisewege den Vorzug und hielt es für besser, in New Orleans zu Schiffe zu gehen und nach dem Hafen von Galveston zu fahren, den eine andre Bahnlinie mit der texanischen Hauptstadt verbindet.

Der Zufall wollte, daß der Dampfer »Sherman« schon bereit lag, am nächsten Tage nach Galveston abzugehen. Diese günstige Gelegenheit galt es zu benutzen. Dreihundert Meilen (500 Kilometer) Seefahrt auf einem Schiffe, das gut zwölf Knoten in der Stunde zurücklegte, das bedeutete eine Sache von anderthalb Tagen – höchstens, bei ungünstigen Windverhältnissen, von achtundvierzig Stunden.

John Milner hielt es nicht für notwendig, Tom Crabbe hierüber zu fragen, so wenig, wie man seinen Koffer befragt, wenn dieser zur Abreise verschnürt ist. Nachdem der große Boxer in einem Hotel seine sechste Mahlzeit eingenommen hatte, legte er sich nieder und schlief in einem fort bis zum hellen Morgen.

Es war um sieben Uhr, als der Kapitän Curtis den Befehl erteilte, die Haltetaue des »Sherman« vom Kai loszuwerfen, gleich nachdem er den berühmten Champion der Neuen Welt mit der dem zweiten Partner des »Match Hypperbone« gebührenden Hochachtung an Bord begrüßt hatte.

»Sehr geehrter Herr Crabbe«, sagte er, »ich fühle mich ausnehmend geschmeichelt durch die Ehre, Sie auf meinem Schiffe zu haben!«

Tom Crabbe sah nicht so aus, als verstände er die Anrede des Kapitäns, seine Augen richteten sich vielmehr instinktiv nach der Tür des Speisesalons.

»Seien Sie überzeugt«, fuhr der Kapitän des »Sherman« fort, »daß ich alles mögliche tun werde, damit Sie in kürzester Frist glücklich im Hafen anlangen. Ich werde weder meine Kohlenvorräte schonen, noch meinen Dampf sparen. Ich werde die Seele meiner Zylinder, die Seele meines Balanciers und die meiner Schaufelräder sein, die sich mit möglichster Schnelligkeit drehen sollen, um Ihren Ruhm, Ihren Vorteil zu sichern!«

Tom Crabbes Mund öffnete sich, wie um zu antworten, schloß sich aber gleich wieder, um sich nochmals zu öffnen und zum zweiten Male zu schließen. Das war das Zeichen, daß die Magenuhr Tom Crabbes die erste Frühstückstunde geschlagen hatte.

»Die ganze Kombüse steht zu Ihrer Verfügung«, versicherte der Kapitän Curtis, »und verlassen Sie sich darauf, daß wir rechtzeitig in Texas landen, und sollte ich deshalb die Sicherheitsventile zuschrauben und die Kessel in die Luft gehen lassen . . .«

»Nein, nein, nichts in die Luft sprengen«, antwortete John Milner mit dem gesunden Menschenverstande, der ihm zu eigen war. »Das wäre immer ein Fehler . . . vorzüglich aber am Vorabend, wo es gilt, sechzig Millionen Dollar einzustecken!«

Das Wetter war schön, und übrigens ist in dem Fahrwasser von New Orleans niemals etwas zu fürchten, wenn dieses auch überraschende Veränderungen der Tiefe usw. zeigt, worauf die Marinebehörden stets ein wachsames Auge haben. Der »Sherman« folgte dem südlichen Stromarme zwischen den Rosendickichten und Binsen seiner flachen Ufer. Der Geruchsnerv der Reisenden mochte dabei wohl etwas unangenehm berührt werden, denn infolge der Zersetzung vieler organischer Abfälle auf dem Grunde steigen von ihm immer zahllose Kohlenwasserstoffblasen auf. Dafür kann man aber in diesem Kanale, der zur Haupteinfahrt des großen Stromes geworden ist, niemals auf dem Grunde auffahren.

Das Schiff dampfte an verschiedenen Werkstätten und Niederlagen, die gruppenweise auf beiden Ufern lagen, vorüber, weiterhin kam es an dem Flecken Algiers, an der Pointe de la

Hache und an Jump vorbei. Zur jetzigen Jahreszeit war übrigens der Wasserstand ein ziemlich hoher. Im April, Mai und Juni schwillt der Mississippi durch starke Regenfälle allemal an, und sein Wasser erreicht erst im November wieder den niedrigsten Stand. Der »Sherman« brauchte seine Schnelligkeit also nirgends zu mäßigen und erreichte ohne Zwischenfall den Port Eads, der nach dem Ingenieur benannt ist, dessen Bemühungen man die Verbesserung der südlichen Fahrstraße zu verdanken hat.

Hier ergießt sich nach einem Laufe von viertausendfünfhundert Meilen (7421 Kilometer) der mächtige Mississippi in den Meerbusen von Mexiko.

Als der »Sherman« über die letzten Landspitzen hinausgekommen war, steuerte er nach Westen zu.

Bis hierher hatte Tom Crabbe die Wasserpartie vorzüglich gut vertragen. Nachdem er immer zur gewohnten Stunde tüchtig gegessen hatte, legte er sich schlafen, und am nächsten Tage nahm er frisch und gesund seinen Platz auf dem Spardeck wieder ein.

Der »Sherman« war schon gegen fünfzig Meilen weit in der offenen See dahingedampft, und im Norden zeigte sich die niedrige Küste nur noch als schmaler Streifen.

Tom Crabbe hatte es hier zum ersten Male gewagt, eine Seefahrt zu unternehmen. Zu Anfang schien ihn das Stampfen und Schlingern des Schiffes nur erstaunen zu machen.

Dieses Erstaunen erzeugte aber auf seinem sonst so hochroten Gesicht doch eine verdächtige Blässe, die John Milner, der selbst gut seefest war, sofort bemerkte.

»Sollte er krank werden?« fragte er sich beim Herantreten an die Bank, auf die sein Gefährte sich hatte setzen müssen.

Er rüttelte diesen an der Schulter und sagte:

»Na, wie geht's denn?«

Tom Crabbe machte den Mund auf, diesmal war es aber nicht der Hunger, der seine Kaumuskeln in Bewegung setzte, obwohl die Stunde der ersten Mahlzeit herangekommen war. Da er ihn nicht rechtzeitig wieder schließen konnte, bekam er einen tüchtigen Spritzer Salzwasser grade in dem Augenblicke in die Kehle, wo der »Sherman« durch eine höhere Welle stark auf die Seite gelegt wurde.

Tom Crabbe rutschte von der Bank und fiel auf das Deck nieder.

»Komm, Tom . . .«, sagte John Milner.

Tom Crabbe wollte sich erheben, versuchte es jedoch vergeblich und fiel, so schwer er war, wieder auf das Deck hin.

Der Kapitän Curtis, der den Fall gehört hatte, kam nach dem Hinterdeck.

»Aha . . . sehe schon, was hier los ist«, rief er. »Hat übrigens nichts zu bedeuten, Herr Tom Crabbe wird sich daran gewöhnen. Es ist ja gar nicht zu glauben, daß ein solcher Riese der Seekrankheit verfallen sollte. Das kommt wohl bei Schwächlingen vor; bekäme sie aber ein so kräftig gebauter Mann, so würde dieser desto schlimmer davon zu leiden zu haben.«

Leider sollte das hier zutreffen, und wohl kaum je hatten Passagiere einem so jammervollen Schauspiele beigewohnt. Der Seekrankheit zu verfallen ist das gewöhnliche Los der Schwachen und Kränklichen; bei diesen verläuft sie dann normal und ohne bleibende Nachteile. Doch ein Mann von solcher Körperfülle, von solcher Kraft! . . . Er ist dabei mehr in der Lage wie mächtige Bauwerke bei einem Erdbeben gegenüber der Indianerhütte: Diese hält es aus, das große Bauwerk geht dabei aus den Fugen.

Und Tom Crabbe ging aus den Fugen; man mußte fürchten, daß er bald nur noch einen Haufen Ruinen bilden würde.

John Milner war recht ärgerlich über den Vorfall.

»Wir müssen ihn von hier wegschafen«, sagte er.

Der Kapitän Curtis rief den Hochbootsmann und ein Dutzend Matrosen zu der außergewöhnlichen Arbeit herbei. Doch obgleich alle ihre Kräfte vereinigten, wollte es nicht gelingen, den Champion der Neuen Welt emporzuheben. Es blieb schließlich nichts andres übrig, als ihn wie eine Tonne auf dem Spardeck hinzurollen, ihn dann mittels Flaschenzugs auf das Hauptdeck hinabzulassen und bis in die Mitte in die Nähe der Maschine zu schleppen, deren Balancier die hilflose Masse zu verspotten schien, und hier blieb er dann in sich zusammengesunken liegen.

»Nun ja«, äußerte John Milner gegen den Kapitän Curtis,

»daran ist das verwünschte Salzwasser schuld, das Tom grade ins Gesicht spritzte. Wenn's wenigstens Alkohol gewesen wäre ...«

»Oh, wenn das Meer aus Alkohol bestände«, erwiderte der Kapitän Curtis, »dann wär' es schon längst bis auf den letzten Tropfen ausgetrunken und von einer Schiffahrt wäre keine Rede mehr!«

Heute war die Seefahrt nicht besonders angenehm. Der in der Hauptsache aus Westen wehende frische Wind veränderte zuweilen seine Richtung, wodurch das Rollen und Stampfen nur noch verstärkt wurde. Da der Dampfer gegen die Wellen ankämpfen mußte, verminderte sich auch seine Schnelligkeit beträchtlich. Die Dauer der Fahrt drohte vielleicht um das Doppelte – auf siebzig bis achtzig, statt der gewöhnlichen vierzig Stunden – verlängert zu werden. Kurz, John Milner machte alle Stadien von Beunruhigung durch, während sein Gefährte alle Stadien der widerlichen Krankheit durchkostete, von dem Umhergeworfenwerden der Eingeweide, den Störungen im Blutgefäßsystem bis zu einem so argen Schwindel, wie er höchstens bei völliger Trunkenheit vorkommt. Der Kapitän Curtis gebrauchte darüber den Ausdruck, Tom Crabbe wäre zu nichts mehr gut, als mit der Schaufel zusammengelesen zu werden.

Endlich, am 9. Mai, und nach einem furchtbaren Windstoße, der zum Glück nicht lange anhielt, zeigten sich gegen drei Uhr nachmittags die Küsten von Texas mit ihren Dünen von blendend weißem Sande und einem schützenden Kranze kleiner Inseln, über denen ganze Völker großer Pelikane dahinflatterten. Die Schiffsküche hatte bei der Fahrt aber recht viel erspart, denn Tom Crabbe hatte, obwohl er häufig und fast zu häufig den Mund öffnete, seit der letzten Mahlzeit auf der Höhe von Port Eads nicht das geringste verzehrt.

John Milner wiegte sich in der Hoffnung, daß er sich erholen, daß er das abscheuliche Übel nun überwinden werde, daß er wieder eine menschliche Gestalt bekäme, in der er sich sehen lassen könnte, wenn der »Sherman«, den die Bai von Galveston dann gegen den Wogendrang des offenen Meeres schützte, nicht mehr umhergeworfen würde. Vergebliche Hoffnung! Auch im ruhigen Wasser wollte der Unglückselige noch nicht wieder genesen.

Die Stadt Galveston liegt am Ende einer Sandbank. Ein Viadukt verbindet sie mit dem festen Lande, und über diesen bewegt sich der ganze Handel, vorzüglich die sehr bedeutende Ausfuhr von Baumwolle.

Der »Sherman« glitt durch eine enge Wasserstraße und legte bald an seiner Landungsstelle fest.

John Milner konnte eine laute Verwünschung nicht unterdrücken. Am Kai standen mehrere hundert Neugierige. Durch ein Telegramm unterrichtet, daß Tom Crabbe sich in New Orleans nach Galveston eingeschifft habe, erwarteten sie hier seine Ankunft.

Anstelle des Champions der Neuen Welt, des zweiten im »Match Hypperbone« Abgereisten, konnte dessen Trainer jenen freilich nur eine formlose Masse vorführen, die mehr einem leeren Sacke als einer menschlichen Gestalt ähnelte.

John Milner versuchte noch einmal, Tom Crabbe aus seinem elenden Zustande aufzurütteln.

»Nun ... auf! ... Geht es denn nicht? ...«

Der Sack blieb jedoch ein Sack, und man mußte ihn auf einer Tragbahre nach dem Beach Hotel befördern, wo bereits Zimmer für die Reisenden bestellt waren.

Einige Scherzreden, einzelne Sticheleien wurden hörbar, als man ihn vorübertrug, nichts aber von den gewohnten Hurras, die ihn bei der Abfahrt von Chicago begleitet hatten.

Doch war ja noch nicht alles verloren. Nach einer Nacht ruhigen Schlafs und nach einer Reihe passend gewählter Mahlzeiten würde Tom Crabbe schon seine Lebensenergie, seine normale Kraft wiederfinden und nicht mehr das traurige Aussehen bieten ...

Wenn John Milner sich in dieser Weise getröstet hätte, würde er sich doch getäuscht haben. Die Nacht brachte noch keine Besserung im Gesundheitszustande seines Gefährten. Die tödliche Erschöpfung des Riesen war am nächsten Morgen noch dieselbe wie am Abend vorher. Und doch mutete man ihm irgendwelche geistige Tätigkeit, wozu er ja unfähig gewesen wäre, gar nicht zu, sondern erwartete nur eine rein körperliche Wiedereinsetzung in den *status quo*. Vergeblich!

Sein Mund blieb, seit er wieder festen Boden betreten hatte, hermetisch geschlossen. Er verlangte keine Nahrung, und sein Magen ließ die zu den gewohnten Stunden üblichen Hilferufe nicht ertönen.

So verlief der 10. Mai, nicht anders der 11., und am 16. war der letzte Tag, wo Tom Crabbe in Austin eintreffen mußte.

John Milner faßte da den einzigen Entschluß, der ihm geboten schien. Jedenfalls war es besser, zu zeitig als zu spät anzukommen. Sollte Tom Crabbe sich von seiner Erschöpfung erholen, so erfolgte das gewiß ebensogut in Austin wie in Galveston, und er befand sich dann wenigstens an dem ihm vorgeschriebenen Orte.

Tom Crabbe wurde also auf einem großen Karren nach dem Bahnhofe geschafft und gleich einem Frachtstücke in einen Wagen verladen. Als es halb neun Uhr abends schlug, setzte sich der Zug in Bewegung, während die Gruppen von Wettlustigen, die auf dem Perron zurückblieben, auf einen Partner in so jämmerlicher Form nicht die kleinste Summe – nicht einmal fünfundzwanzig Cents – zu setzen wagten.

Ein Glück, daß der Champion der Neuen Welt und sein Trainer nicht die fünfundsiebzig Millionen Hektar, die der Staat Texas einnimmt, zu durchmessen hatten. Sie brauchten nur die hundertsechzig Meilen zwischen Galveston und der Hauptstadt des Staates zurückzulegen.

Es wäre ja wünschenswert gewesen, die von dem prächtigen Rio Grande und so vielen andern Flüssen bewässerten Gegenden zu besuchen, den Antonio, den Brazos, und auch den Colorado zu besichtigen, dessen vielfach gewundene Ufer mit Perlenaustern übersät sind. Dieses Texas mit seinen endlosen Prärien, wo früher die Comanchen hausten, ist überhaupt ein herrliches Stück Erde. Im westlichen Teile mit Urwäldern bedeckt, die zahllose Magnolien, Sykomoren, Pekan-(Walnuß-)bäume, Akazien, Palmen, Eichen, Zypressen und Zedern enthalten, prangen hier auch die üppigsten Felder mit Orangen, Nopal-(Cochenille-)pflanzen und mit den wunderbarsten Kakteen, während im Nordwesten stolze Höhen schon an die Felsenberge erinnern. Dabei erzeugt das Land vorzüglicheres Zuckerrohr als das der Antillen, in seinem Tabak von Nocogdoches eine bessere Sorte als die von Maryland oder Louisiana; es enthält Farmen von vierzigtausend Acres (1 Acre gleich 0,405 Hektar) mit einem Tierbestand von ebensoviel Häuptern, und seine großen Ranchos züchten zu Hunderttausenden die schönsten, edelsten Pferde.

Doch, was konnte das Tom Crabbe interessieren, der niemals etwas sah, oder John Milner, der nie auf etwas andres als auf Tom Crabbe blickte?

Gegen Abend hielt der Zug zwei Stunden im Bahnhofe von Houston, bis wohin flachgehende Fahrzeuge gelangen können. Hier sind große Niederlagen für die Waren erbaut, die auf dem Trinity, dem Brazos und dem Colorado zugeführt wurden.

Am nächsten Tage, am 13. Mai, stieg Tom Crabbe am Ziele seiner Reise im Bahnhofe von Austin aus dem Wagen. Ein wichtiger Mittelpunkt der Industrie, begünstigt durch den Strom, der hier durch eine Barre gestaut wird, ist die Landeshauptstadt auf einer Terrasse des Nordufers des Colorado erbaut, in einer Gegend, wo Eisen, Kupfer, Mangan, Granit, Marmor, Gips und Ton in großer Menge vorkommen. Eine Stadt von mehr amerikanischem Charakter als viele andre in Texas, und erwählt zum Sitz der Regierung des Staates, zählt sie sechsundzwanzigtausend Einwohner fast ausschließlich angelsächsischer Herkunft. Sie ist nur eine einfache Stadt, während die am Rio Grande Doppelstädte sind – mit Holzhäusern an der einen Stromseite und Luftziegelbauten an der andern – wie die halb mexikanischen Ortschaften El Paso und El Presidio.

Eigentliche Amerikaner gab es in Austin nur solche, die jetzt aus Neugier hergekommen waren, vielleicht um ein paar Wetten einzugehen und den zweiten Partner kennenzulernen, den die Würfel aus dem fernen Illinois hierher verschlagen hatten.

Im ganzen waren die Leute hier mehr vom Glück begünstigt, als die in Galveston und in Houston. Als er den Fuß auf das Pflaster von Austin setzte, erwachte Tom Crabbe wieder aus der beunruhigenden Stumpfsinnigkeit, die alle Sorgen, alle Bitten, alle Beschwörungen John Milners nicht zu bannen vermocht hatten. Wohl erschien der Champion der Neuen Welt anfänglich etwas zusammengegangen, etwas schlaff und nicht so recht ungezwungen, doch das war ja nicht zu verwundern, da er, seit der »Sherman« im offenen Meere schaukelte, nichts andres als Seeluft geschluckt hatte. Der Riese hatte sich eben darauf angewiesen gesehen, sich vom eignen Fett zu ernähren; doch auch auf eine solche Kost gesetzt, hätte es ihm gewiß für längere Zeit noch nicht an Nährmitteln gefehlt.

Heute morgen nahm er aber eine tüchtige Mahlzeit ein – eine Mahlzeit, die gleich bis zum Abend dauerte – Rehkeulen, Hammel- und Rindfleisch, verschiedene Leckereien, Gemüse, Früchte, Käse, dazu Half and Half, Gin, Whisky und auch noch Tee und Kaffee! John Milner empfand schon einen leisen Schreck, wenn er an die Hotelrechnung dachte, die ihnen bei Beendigung ihres Aufenthalts zugestellt werden würde.

Dieses Spiel wiederholte sich am nächsten wie am übernächsten Tage, und so kam der 16. Mai endlich heran.

Tom Crabbe war wieder die erstaunliche menschliche Maschine geworden, vor der Corbett, Fitzsimons und andre nicht minder berühmte Boxer so vielmals hatten in den Staub beißen müssen.

Neuntes Kapitel

Eins und eins macht zwei

An demselben Tage empfing ein Hotel – oder richtiger ein nicht zu den renommierteren gehöriger Gasthof, der der Sandy Bar – als Gäste zwei Reisende, die mit dem ersten Zuge nach Calais, einem einfachen kleinen Orte im Staate Maine gekommen waren.

Die beiden Reisenden, ein Mann und eine Frau, die von einer langen und beschwerlichen Fahrt sehr angegriffen aussahen, schrieben sich als Herr und Frau Field ins Fremdenbuch ein. Dieser Name gehört etwa mit den Namen Smith, Johnson und mehreren andern in den Familien angelsächsischen Ursprungs zu den häufigsten. Man muß schon mit ganz besonderen Eigenschaften ausgestattet sein, in der Politik, den Künsten oder dem Waffenhandwerk eine hervorragende Stellung erklommen haben oder mit einem Wort ein Genie sein, um die öffentliche Aufmerksamkeit zu erregen, wenn man diesen weitverbreiteten Namen führt. »Herr und Frau Field«, das sagte also gar nichts, wies nicht auf bedeutendere Persönlichkeiten hin, und der Gastwirt übertrug die Namen in sein eignes Buch, ohne sich weitere Gedanken über deren Träger zu machen.

Zur Zeit waren übrigens in den Vereinigten Staaten keine Namen weiter verbreitet oder wurden von Millionen Lippenpaaren öfter wiederholt, als die der Partner und der des phantastischen Mitglieds des Excentric Club. »Field« hieß aber keiner von den »Sieben«. In Calais kümmerte man sich um die beiden Fields also ebensowenig wie um beliebige andre Fremde. Die in Rede stehenden machten äußerlich keinen besondern Eindruck, und der Gastwirt fragte sich vielleicht heimlich, wie es mit der Bezahlung stehen werde, wenn die Stunde der Abrechnung schlug.

Was wollte das Ehepaar hier in der kleinen dicht an der Grenze des Staates und auch im äußersten Nordosten der Union gelegenen Stadt? Warum hatten sie die sechshunderteinundsechzigtausend Einwohner des Staates, der die Hälfte des gewöhnlich Neuengland genannten Gebietes einnimmt, um zwei Einheiten vermehrt?

Das Zimmer im ersten Stockwerke, das Herrn und Frau Field im Gasthofe der Sandy Bar zugewiesen worden war, gehörte nicht zu den stattlichsten und bequemsten – ein Bett für zwei Personen, ein Tisch, zwei Stühle und ein Waschtisch bildeten seine ganze Ausstattung. Das Fenster darin lag nach dem Saint-Croixflusse zu, dessen linkes Ufer zu Kanada gehört. Ein einziger Koffer, der im Hausflur stand, war von einem Bahnbediensteten gebracht worden. In einer Ecke standen zwei dicke Regenschirme und lehnte ein alter Reisesack.

Als Herr und Frau Field, nachdem der Gastwirt, der sie nach diesem Zimmer geführt hatte, wieder fortgegangen war, sich allein sahen, schlossen sie die Tür ab, schoben den Riegel vor und legten das Ohr an die Türfüllung, um zu prüfen, ob sie auch niemand hören könne.

»Endlich«, sagte der eine, »wären wir ja am Ziele! . . .«

»Ja«, antwortete die andre, »nach wohlgezählten drei Tagen und drei Nächten seit unsrer Abreise!«

»Ich fürchtete schon, die Fahrt nähme gar kein Ende«, fuhr Herr Field fort, indem er die Arme herabsinken ließ, als ob alle seine Muskeln den Dienst versagten.

»Nun, die Geschichte ist ja noch nicht zu Ende«, meinte Frau Field.

»Und wird uns noch ein Heidenstück Geld kosten!«

»Es kommt hier nicht darauf an, was die Sache kosten wird«, entgegnete die Dame scharf, »sondern darauf, was sie einbringen kann . . .«

»Jedenfalls«, fiel der Herr ein, »war es von uns ein glücklicher Gedanke, unter angenommenem Namen zu reisen.«

»Ein Gedanke, der von mir herrührt . . .«

»Und der ein ganz vortrefflicher war! Stelle dir nur vor, wie wir sonst auf Gnade und Ungnade den Hoteliers, den Gastwirten, allen den Leuteschindern preisgegeben gewesen wären, allem Volke, das sich von denen mästet, die in seine Hände gerieten, und das unter dem Vorwande, daß uns ja doch die Dollars millionenweise zufallen würden!«

»Ja, wir haben recht getan«, erklärte Frau Field, »und werden auch späterhin alle Ausgaben so viel wie möglich beschränken. Wir haben unser Geld seit drei Tagen auch nicht an den Buffets der Bahnhöfe weggeworfen, und ich hoffe, das wird so weitergehen . . .«

»Wenn auch . . . klüger wär's doch gewesen, von der ganzen Geschichte abzusehen.«

»Schweig davon, Hermann!« rief Frau Field befehlerischen Tones. »Haben wir nicht ebensoviel Aussicht wie die andern, als die ersten anzukommen?«

»Gewiß, Kate; Das Vernünftigste wär' es aber dennoch gewesen, den Vertrag zu unterzeichnen . . . sich die Erbschaft zu teilen . . .«

»Das meine ich nicht. Übrigens erhob ja der Commodore Urrican dagegen Einspruch, und jener X. K. Z. war auch nicht da, seine Zustimmung geben zu können . . .«

»Ja«, unterbrach sie Herr Field, »ich muß dir gestehen, daß ich diesen X. K. Z. am meisten fürchte. Man weiß nicht, wer er ist, noch wo er sich heute oder morgen befindet. Niemand kennt ihn. Er nennt sich X. K. Z.... Ist denn das überhaupt ein Name?... Kann es erlaubt sein, sich X. K. Z. zu nennen?«

In dieser Weise machte Herr Field seinem Herzen Luft. Und doch, wenn er sich nicht hinter den Anfangsbuchstaben seines Namens versteckte, hatte er sich ja selbst Field statt Titbury genannt – der Leser wird ihn aus den wenigen, zwischen ihm und der Frau Field gewechselten Worten, aus denen der Geiz der beiden Leute genügend hervorleuchtete, leicht genug erkannt haben.

Es war in der Tat Hermann Titbury, der dritte Partner, den der Fall der Würfel – eins und eins – nach dem zweiten Felde, dem Staate Maine, verwiesen hatte. Und welches Pech, da dieser Wurf ihn nur um zwei Schritte von dreiundsechzigen vorwärtsbrachte, während er sich dabei nach der äußersten Nordostspitze der Union begeben mußte!

Maine grenzt nämlich schon an das Dominium von Kanada und an Neubraunschweig. In den Bundesstaat seit 1820 aufgenommen, hat es als Ostgrenze den Meerbusen von Passamaquoddy, in den der Saint-Croixstrom ausmündet, und der in zwölf Grafschaften zerteilte Staat sendet zwei Senatoren und fünfzig Deputierte in den Kongreß, jene nationale Bai, könnte man nicht mit Unrecht sagen, in die sich alle politischen Ströme der Vereinigten Staaten ergießen.

Herr und Frau Titbury hatten am Abend des 5. Mai ihr Haus in der Robey Street verlassen und wohnten jetzt in diesem recht mittelmäßigen Gasthofe von Calais. Die Gründe, weshalb sie sich eines andern Namens bedienten, sind ja bekannt. Da sie niemand Tag und Stunde ihrer Abreise verraten hatten, erfolgte diese im strengsten Inkognito, ganz wie – nur aus andern Gründen – die Max Reals.

Das brachte die Wettlustigen etwas in Verlegenheit, denn wir müssen gestehen, daß man Hermann Titbury bei diesem Wettrennen um Millionen ziemlich gute Aussichten andichtete. Im Laufe der Partie verbesserten sich diese gewiß noch weiter, so daß er wohl zum Favorit des Matches aufsteigen konnte. Er gehörte ja zu den Bevorzugten, denen hienieden alles gelingt, weil sie gewissenlos genug in der Auswahl der Mittel sind, die sie zur Sicherung des Erfolgs anwenden. Sein Vermögen gestattete es ihm, die Einsätze zu erlegen, wenn der Zufall ihn zu solchen nötigte, und so hoch sie auch sein mochten, er zögerte gewiß nicht, sie in klingender Münze einzuzahlen. Außerdem ließ er sich bei den verschiedenen Fahrten, die ihm doch jedenfalls noch bevorstanden, zu keinen Zerstreuungen oder Abstechern verleiten, wie das wohl von Max Real und Harris T. Kymbale zu erwarten war. Keiner brauchte zu fürchten, daß er auf dem Wege von einem Staate zum andern durch eigne Schuld eine Verzögerung erleiden werde – er befand sich mit absoluter Gewißheit am betreffenden Tage allemal an dem ihm zugewiesenen Orte. Das waren also schwerwiegende Garantien, die Hermann Titbury bot, ganz abgesehen von dem persönlichen Glücke, das ihn in seinem Leben als Geschäftsmann nie im Stiche gelassen hatte.

Das würdige Paar hatte sich bemüht, nicht nur den kürzesten, sondern auch den billigsten Reiseweg durch das fast unentwirrbare Netz von Eisenbahnen herauszufinden, das einem ungeheuren Spinnengewebe gleich das östliche Gebiet der Union bedeckt. Ohne sich irgendwo aufzuhalten, ohne Gefahr zu laufen, an den Bahnhofsbuffets oder in den Restaurants von Hotels ausgeplündert zu werden – denn sie lebten ausschließlich von mitgeführten Mundvorräten – von einem Zug zum andern so schnell übergehend, wie beim Taschenspieler die Kugel von der rechten zur linken Hand, für die Sehenswürdigkeiten des Landes mit ebensowenig Interesse wie Tom Crabbe, stets in dieselben Gedanken versunken, immer von Unruhe gepeinigt oder höchstens beschäftigt, die täglichen Ausgaben aufzuschreiben und die für die Fahrt mitgenommene Summe zu zählen und wieder zu zählen, sonst am Tage im Halbtraume, in der Nacht im Schlafe – so durchflogen Herr und Frau Titbury Illinois von Westen nach Osten, den Staat Indiana, dann Ohio, ferner New York und schließlich den Staat New Hampshire. Hiermit gelangten sie endlich am Morgen des 8. Mai an die Grenze von Maine, und zwar am Fuße des zur Gruppe der Weißen Berge gehörigen Mount Washington, dessen schneeiger, von Sturm und Hagel umbrauster, fünftausendsiebenhundertfünfzig Fuß (1676 Meter) aufragender Gipfel den Namen des größten Helden der amerikanischen Republik führte.

Von hier aus kamen Herr und Frau Titbury nach Paris, dann nach Lewiston am Androscoggin, einer gewerbefleißigen Stadt mit dem gegenüberliegenden Auburn, dem Rivalen der bedeutenden Stadt Portland, jenes besten Hafens von Neuengland, der sich an der wohlgeschützten Bucht von Casco ausbreitet. Die Eisenbahn brachte sie darauf nach Auguste, der offiziellen Hauptstadt von Maine, deren elegante Landhäuser an den Ufern des Kenne bec zerstreut sind. Von der Station Bangor mußten sie sich noch in nordöstlicher Richtung nach Baskahogan begeben, wo der Schienenweg aufhört, und endlich die Post bis Princeton benutzen, das eine Nebenbahn unmittelbar mit Calais verbindet.

In dieser Weise verlief also, unter häufiger und lästiger Vertauschung der Bahnzüge, die Fahrt von Maine bis hierher. Lustfahrer besuchten dabei freilich gern die Berggegenden, die Moränenfelder, die Seenplateaus des Landes, ebenso wie die tiefen, fast unerschöpflichen Wälder mit mächtigen Eichen, Kanadafichten, Ahornbäumen, Buchen und sonstigen Baumarten der nördlichen Landesteile, die vor der Einführung der eisernen Schiffe das Nutzholz für viele Werften lieferten.

Herr und Frau Titbury – angeblich Field – waren in Calais frühzeitig am 9. Mai eingetroffen, eigentlich auch recht vorzeitig, da sie hier bis zum 19. bleiben mußten. Sie sollten in der kleinen Stadt, einem einfachen Hafen für Binnenschiffahrt mit wenigen tausend Einwohnern, also zehn volle Tage zubringen und wußten doch nicht, was sie beginnen sollten, bis ein Telegramm von Meister Tornbrock sie wieder von hier abrief.

Und doch bietet das so abwechslungsreiche Gebiet von Maine Gelegenheit zu den schönsten Ausflügen. Nach Nordwesten zu liegt die herrliche Gegend, die der Khatadinberg überragt, der aus den Waldmassen eines Seenplateaus bis dreitausendfünfhundert Fuß (1066 Meter) aufsteigt. Ferner findet sich da die sechsunddreißigtausend Seelen zählende Stadt Portland, der Geburtsort des Dichters Longfellow, und belebt infolge ihres bedeutenden Handels mit den Antillen und mit Südamerika. Sie hat zahlreiche Denkmäler, Parks und Gärten, die von den kunstliebenden Einwohnern mit großem Geschmack gepflegt werden; weiter das bescheidene Brunswick mit seinem berühmten Bowdoin-College, dessen Gemäldesammlung zahlreiche Kunstfreunde heranzieht. Zu vergessen sind auch nicht, weiter im Süden an den Küsten des Atlantischen Ozeans, die in der warmen Jahreszeit von den reichen Familien der Nachbarstaaten vielbesuchten Seebäder. Wer von jenen nicht wenigstens einige Wochen, vorzüglich auf der wunderschönen Insel Mount-Desert und hier im Bar Harbor verweilte, der ginge zu Hause jedes Ansehens verlustig.

Solche Ausflüge freilich von zwei von ihrer Felsenbank losgerissenen und dann neunhundert Meilen weit beförderten Mollusken zu verlangen, das wäre vergebliche Liebesmüh gewesen – nein, diese verließen Calais keinen Tag und keine Stunde lang. Sie blieben ganz für sich, erwogen ihre Aussichteen und verwünschten instinktiv die andern Partner, nachdem sie sich schon hundertmal die Verwendung des neuen Vermögens überlegt hatten, wenn der Zufall sie zu zweihundertfünfzigfachen (Mark-)Millionären machen sollte. Ob sie dadurch wohl nicht in einige Verlegenheit kämen?...

Sie ... wegen jener Millionen?... Keine Sorge! Sie würden schon verstehen, diese in sichern Wertpapieren, in Bank-, Bergwerks- und Industrieaktion anzulegen und würden ihr ungeheures Einkommen einstreichen, ohne es für wohltätige Zwecke zu verzetteln. Den Überschuß legten sie dann wieder zinstragend an, ohne sich etwas für verfeinerten Lebensgenuß oder für Vergnügungen zu gönnen, kurz, sie lebten dann gewiß ganz wie früher, nur ihrer Liebe für Dollarstücke hingegeben, verzehrt von der *auri sacra fames* als arme Schlucker, als Knikker, als Mitglieder der Akademie des Grauen Elends!

Wahrlich, wenn das Schicksal dieses widerwärtige Ehepaar begünstigte, mußte es ganz besondre Gründe dazu haben – welche, das wäre wohl schwer zu erraten gewesen. Und dann geschah das zum Nachteile der andern Partner, die – selbst ohne Tom Crabbe oder den Commodore Urrican auszuschließen – jedenfalls der Schätze William J. Hypperbones würdiger waren und davon gewiß einen besseren Gebrauch machen würden.

Jetzt befinden sich die beiden, unter dem Namen Field verborgen, also am nordöstlichen Ende des Bundesgebiets in der kleinen Stadt Calais. Sie langweilen sich in ihrer Ungeduld und sehen nur teilnahmslos zu, wie die Fischerfahrzeuge mit jeder Ebbe hinausziehen und, mit ihrer Beute an Makrelen, Heringen und Salmen beladen, mit der Flut zurückkehren. Dann schließen sie sich wieder in ihrem Zimmer der Sandy Bar ein und zittern bei dem Gedanken, daß ihr Geheimnis durchschaut, ihr wahrer Name bekannt werden könnte.

Calais liegt ja nicht so tief im Innern von Maine verloren, daß die Gerüchte von dem berühmten Match seinen Bewohnern nicht hätten zu Ohren kommen können. Sie wußten recht gut, daß ihr Neuenglandstaat dabei als das zweite Feld des Spieles galt, und der Telegraf hatte ihnen mitgeteilt, daß der zweite Ausfall des Würfelns – eins und eins – den Partner Hermann Titbury zwang, sich in ihrer Stadt aufzuhalten.

So verstrichen der 9., 10., 11. und 12. Mai unter schlimmster Langeweile in der wenig Zerstreuung bietenden Stadt. Auch Max Real würde es hier nicht besser ergangen sein. Wenn man nur längs der mit Holzbauten besetzten Straßen hingehen oder auf den verkehrsarmen Kais umherspazieren konnte, verging die Zeit unendlich langsam. Da nun die Depesche, die die nächste Reise vorschreiben sollte, erst am 19. zu erwarten war, mußte sich einer mit unendlicher Geduld rüsten, um die noch übrigen sieben langen Tage auszuhalten.

Und doch bot sich dem Titburyschen Ehepaar hier die verlockendste Gelegenheit zu einem Abstecher ins Ausland, da sie dazu nur den Saint-Croixstrom, dessen linkes Ufer zur Dominion of Canada gehörte, zu überschreiten brauchten.

Hermann Titbury war auch ein solcher Gedanke gekommen und am Morgen des 13. machte er sogar einen dahin zielenden Vorschlag.

»Nein, zum Kuckuck mit diesem Hypperbone!« rief er ärgerlich. »Warum mußte er auch grade die unangenehmste Stadt von Maine wählen, um dahin die Partner zu verbannen, die das Unglück haben, zu Anfang der Partie die Nummer zwei zu bekommen!«

»Vorsichtig, Hermann!« ermahnte ihn Kate Titbury mit leiser Stimme. »Wenn dich nun jemand hörte ... Da das Geschick uns einmal nach Calais verschlagen hat, werden wir wohl oder übel in Calais so lange wie nötig aushalten ...«

»Ist es uns denn nicht einmal erlaubt, die Stadt zeitweise zu verlassen?«

»Gewiß ... doch mit der Einschränkung, nie über das Bundesgebiet hinauszugehen.«

»So ist es uns also schon verboten, das andre Flußufer zu besuchen?«

»Unbedingt verboten, Hermann. Das Testament schreibt ausdrücklich vor, daß die Partner innerhalb der Grenzen der Vereinigten Staaten zu bleiben haben.«

»Und wenn's geschähe, wer wüßte es wohl?« warf Mr. Titbury ein.

»Ich begreife dich nicht, Hermann!« erwiderte die Matrone mit schon lauterer Stimme. »Bist du es wirklich, den ich sprechen höre? ... Ich erkenne dich gar nicht mehr! ... Und wenn man nun später erführe, daß wir die Grenze überschritten hatten? ... Oder wenn irgendein Unfall uns jenseits derselben zurückhielte? ... Wenn wir zur entscheidenden Zeit – am 19. – nicht wieder hier wären? ... Doch gleichgültig ... ich will es nicht!«

Die herrschsüchtige Mrs. Titbury hatte offenbar recht, es nicht zu wollen. Weiß einer denn vorher, was sich in der nächsten Zeit ereignen mag? ... Nehme man einmal an, es erfolge ein Erdbeben ... Neubraunschweig löste sich vom Festlande ... dieser Teil Amerika erlitte eine Lageveränderung ... zwischen den beiden Ländern entstände ein gähnender Abgrund ... wie hätte einer dann am bestimmten Tage im Telegrafenamte nachfragen können, und liefe er nicht Gefahr, von dem Match ausgeschlossen zu werden? ...

»Nein, den Strom können und dürfen wir nicht überschreiten«, erklärte Mrs. Titbury mit größter Bestimmtheit.

»Ja, du hast recht, das können wir nicht«, lenkte Herr Titbury ein, »und ich weiß jetzt gar nicht, wie ich auf einen solchen Gedanken gekommen bin. Wahrhaftig, seit der Abreise von Chicago bin ich gar nicht mehr ich selbst! ... Diese verwünschte Fahrt hat mich zu stark angegriffen. Wir, die wir bis jetzt aus unserm Hause in der Robey Street kaum um eine Nasenlänge herausgeguckt haben ... wir unternehmen plötzlich – und in unsern Jahren! – so weite Reisen! Nein, wär' es nicht vielleicht vernünftiger gewesen, zu Hause zu bleiben und die ganze Geschichte abzuschlagen?«

»Oh, sechzig Millionen Dollar sind schon wert, einmal die gewohnte Bequemlichkeit zu opfern!« erklärte Frau Titbury. »Du wiederholst dich etwas zu oft, Hermann!«

Jedenfalls wurde Saint-Stephen, der Stadt der Dominion, die am entgegengesetzten Ufer des Saint-Croix liegt, die Ehre, das Titburysche Ehepaar zu empfangen, vorläufig nicht zuteil.

Man sollte nun meinen, daß so vorsichtige, so überaus kluge Leute, die weit mehr Garantien boten, als die andern Partner, gegen jeden unangenehmen Zwischenfall geschützt wären, daß sie sich nie bei einem Fehltritt ertappen ließen und daß ihnen nichts widerfahren könnte, was ihre Aussichten auf Erfolg trübte. Der Zufall liebt es freilich, grade mit den Vorsichtigsten zu scherzen, ihnen Fallen zu stellen, denen sie mit all ihrer Weisheit nicht entgehen, und es ist deshalb nur vernünftig, immer mit ihm zu rechnen.

Am Morgen des 14. fiel es nun Herrn und Frau Titbury ein, noch einen kleinen Ausflug zu unternehmen. Natürlich sollte sich dieser nicht weit, höchstens bis zwei oder drei Meilen von Calais ausdehnen. Nebenbei bemerkt, hat diese Stadt ihren französischen Namen bekommen, weil sie in den Vereinigten Staaten am äußersten Ende ganz ebenso liegt wie ihre Namensschwester in Frankreich; der Staat Maine aber wurde so von den ersten Ansiedlern benannt, die sich daselbst unter der Regierung Karls I. von England niederließen.

Das Wetter war gewitterhaft; vom Horizonte stiegen schwere Wolken herauf, und die Wärme drohte drückend zu werden. Ein schlecht gewählter Tag für einen Ausflug, der zu Fuß, längs des rechten Saint-Croixufers hin, unternommen werden sollte.

Gegen neun Uhr verließen Herr und Frau Titbury ihren Gasthof, wandten sich dem Strome zu und spazierten dann außerhalb der Stadt im Schatten von Bäumen hin, zwischen deren Ästen Tausende von Eichhörnchen hin und her sprangen.

Schon vorher hatten sie sich bei dem Gastwirt darüber unterrichtet, daß in der Umgebung keine wilden Tiere umherschweiften. Hier gab es weder Wölfe noch Bären – höchstens einige Füchse. Man konnte sich also sorglos in diese Wälder wagen, die früher fast den ganzen Staat Maine als ein grünes Nadelmeer bedeckten.

Selbstverständlich beschäftigten sich Herr und Frau Titbury nicht im mindesten mit den wechselnden Landschaftsbildern, die sich vor ihnen aufrollten. Sie sprachen nur von ihren Mitbewerbern, von denen, die schon vor ihnen unterwegs waren, wie von denen, die erst nach ihnen aufbrechen sollten; sie fragten sich, wo Max Real und Tom Crabbe heute sein möchten und wie es mit dem X. K. Z. stände, der ihnen am meisten Unruhe einflößte.

Als nach zweiundeinhalbstündigem Marsche die Mittagszeit herankam, dachten sie nach dem Gasthof der Sandy Bar zurückzukehren, um ein zweites Frühstück zu genießen. Da sie bei der drückenden Hitze aber recht durstig geworden waren, kehrten sie in einer Gastwirtschaft ein, die sich am Stromufer kaum eine halbe Meile von der Stadt entfernt erhob.

Im Zimmer der Schänke fanden sich mehrere Tische mit Leuten besetzt, die schäumende Bierkrüge vor sich stehen hatten.

Herr und Frau Titbury nahmen seitwärts von jenen Platz und überlegten zunächst, was sie sich bringen lassen sollten. Porter oder Ale schien ihnen nicht zu passen.

»Ich fürchte, diese Getränke könnten zu kalt sein«, meinte Frau Titbury. »Wir sind in Schweiß gebadet, und da läuft man Gefahr . . .«

»Du hast recht, Kate; ein tüchtiges Seitenstechen ist schnell geholt«, antwortete ihr Gatte.

Dann wendete er sich an den Schankwirt.

»Bitte, uns einen Grog von Whisky!«

Der Wirt stutzte nicht wenig.

»Von Whiskiy, sagten Sie?«

»Ja . . . oder auch von Gin.«

»Wo haben Sie Ihren Erlaubnisschein?«

»Meinen Erlaubnisschein?...« rief Titbury, der über diese Frage nicht wenig erstaunte.

Das würde nicht der Fall gewesen sein, hätte er vorher daran gedacht, daß Maine zu den Staaten gehört, die den Alkohol grundsätzlich in Acht und Bann getan haben. In Kansas, Norddakota, Süddakota, in Vermont, New Hampshire, vor allem aber in Maine ist es verboten, alkoholische, destillierte oder gegorene Getränke herzustellen und zu verkaufen. In jedem Orte gibt es jedoch Kommunalbeamte, die solche für Geld an Leute abgeben, welche sie zu medizinischen oder industriellen Zwecken kaufen. Die betreffenden Getränke müssen auch vorher von einem Staatskommissar untersucht sein. Wer dieses Gesetz, und sei es auch nur durch eine unüberlegte Frage, verletzt, verfällt schwerer, zur Unterdrückung des Alkoholismus ausgeworfener Strafe.

Kaum hatte Titbury die letzten Worte gesprochen, als ein Herr auf ihn zutrat.

»Sie haben keinen vorgeschriebenen Erlaubnisschein?...«

»Nein... den habe ich weder, noch weiß ich...«

»So erkläre ich Sie schuldig der Übertretung des Gesetzes...«

»Einer Übertretung... inwiefern?...«

»Weil Sie Whisky oder Gin verlangt haben.«

Der Herr entpuppte sich als ein Außenbeamter. Er schrieb die Namen des Herrn und der Frau Field in sein Taschenbuch und bedeutete ihnen, daß sie am nächsten Tage würden vor dem Richter erscheinen müssen.

Das Ehepaar eilte verlegen und beschämt nach seinem Gasthofe zurück und verbrachte hier den Tag und die Nacht in gedrücktester Stimmung. Hatte Frau Titbury den Gedanken gehabt, jenes Wirtshaus zu betreten, so fiel Herrn Titbury der nicht minder beklagenswerte zur Last, einen Grog einem Glase Ale oder Porter vorgezogen zu haben. Welcher Geldstrafe würden sie nun verfallen! Das gab Streit und gegenseitige Vorwürfe bis zum nächsten Tage.

Der Richter, ein gewisser R. T. Ordak, war der unangenehmste, mürrischste und reizbarste Mann, den man sich nur denken kann. Als die »Übeltäter« am nächsten Vormittage vor ihm in der Amtsstube erschienen, achtete er gar nicht auf die höfliche Begrüßung, womit sie eintraten, sondern stellte nur kurze, barsche Fragen an die beiden Leute. Ihr Name? ... Herr und Frau Field ... Ihr Wohnort? ... Sie gaben aufs Geratewohl Harrisburg in Pennsylvanien an. Beruf? ... Rentiers. Da verurteilte er sie ohne weitere Verhandlung wegen Verletzung der im Staate Maine bezüglich der alkoholischen Getränke gültigen Vorschriften zu hundert Dollar Buße.

Das war denn doch zu stark! So sehr er sich sonst zu beherrschen wußte, und trotz der Bemühungen seiner Gattin, ihn zu beruhigen, konnte Herr Titbury seinen Ingrimm jetzt doch nicht bemeistern. Er wurde heftig, bedrohte den Richter R. T. Ordak, und der Richter R. T. Ordak verdoppelte die Buße – noch einmal hundert Dollar wegen Mißachtung des Gerichts.

Diese »Zugabe« machte Titbury noch wütender. Zweihundert Dollar über die Kosten, die schon entstanden waren, um bis zum äußersten Ende dieses verwünschten Staates Maine zu gelangen! Ganz außer sich, ging dem Übeltäter alle Klugheit soweit verloren, daß er sogar den Vorteil, den sein Inkognito ihm bot, opferte.

Mit verschränkten Armen, das Gesicht purpurrot und Frau Titbury mit ungewohnter Heftigkeit zurückstoßend, beugte er sich über den Schreibtisch des Richters und rief:

»Wissen Sie denn, mit wem Sie es zu tun haben? ...«

»Mit einem Ungeschliffenen, den ich hiermit zu dreihundert Dollar Strafe verurteile, weil er bei seinem unpassenden Benehmen verharrt«, erwiderte R. T. Ordak, dem jetzt auch sozusagen die Galle überlief.

»Dreihundert Dollar!« kreischte Frau Titbury auf und sank halb ohnmächtig auf eine Bank nieder.

»Jawohl«, bestätigte der Richter mit Betonung jeder Silbe, »drei ... hundert ... Dollar ... Strafe für Herrn Field aus Harrisburg in Pennsylvanien!«

»Nun gut«, schrie Titbury, indem er mit der Faust auf den Tisch hämmerte, »so hören Sie denn, daß ich gar nicht Field aus Harrisburg in Pennsylvanien bin!«

»So? ... Wer sind Sie denn sonst?«

»Rentier Titbury aus Chicago in Illinois ...«

»Aha, also einer, der sich erlaubt, unter falschem Namen umherzureisen!« fiel der Richter ein, als ob er sagen wollte: Also noch ein Vergehen zu den übrigen!

»Ja ... Rentier Titbury aus Chicago, der dritte Partner im ›Match Hypperbone‹, der zukünftige Erbe eines ungeheuren Vermögens!«

Diese Erklärung schien auf R. T. Ordak gar keine Wirkung auszuüben. Der Beamte, der ebenso unparteiisch wie schnell fertig mit seinem Urteil war, machte mit diesem dritten Partner nicht mehr Umstände wie mit jedem beliebigen Hafenarbeiter.

Mit pfeifender Stimme und als ob jedes Wort ihm ein besonderes Vergnügen bereitete, erklärte er:

»So wird also Herr Titbury aus Chicago die dreihundert Dollar Strafe erlegen; außerdem aber verurteile ich ihn wegen Beilegung eines falschen Namens an Gerichtsstelle noch zu achttägiger Haft.«

Das schlug dem Faß den Boden aus, und jetzt sank Herr Titbury, seiner Sinne nicht mehr mächtig, neben Frau Titbury auf der Bank zusammen.

Acht Tage Haft, und in fünf Tagen sollte die erwartete Depesche eintreffen – am 19. sollte er wieder abreisen, um sich vielleicht nach dem andern Ende der Vereinigten Staaten zu begeben. War er dann am bestimmten Tage nicht an Ort und Stelle, so bedeutete das den Ausschluß aus der angefangenen Partie ...

Es liegt auf der Hand, daß das für Titbury ein weit ernsteres Ding war, als wenn er nach dem zweiundfünfzigsten Felde, dem Staate Missouri und dort in das Gefängnis von Saint-Louis versetzt worden wäre. Hier hätte ihm wenigstens die Möglichkeit gewinkt, durch einen seiner Partner wieder befreit zu werden, im Gefängnis von Calais aber durch das Urteil des Richters R. T. Ordak eingesperrt, mußte er seine Strafe jedenfalls bis zum Ende absitzen.

Zehntes Kapitel

Ein Berichterstatter auf der Reise

»Ja, meine Herren, auf Wort! – Ich betrachte diesen ›Match Hypperbone‹ als eines der wunderbarsten nationalen Ereignisse, womit sich die Geschichte unsres ruhmreichen Landes bereichern wird! Nach dem Unabhängigkeitskampfe, dem großen Bürgerkriege, der Verkündigung der Monroe-Doktrin und dem Inkrafttreten der Mac Kinley Bill ist dieser Match die hervorragendste Tatsache, der die Phantasie eines Mitglieds des Excentric Clubs die Aufmerksamkeit der ganzen Welt zugelenkt hat!«

So äußerte sich Harris T. Kymbale gegen die Reisenden des Bahnzugs, mit dem er am 7. Mai die Stadt Chicago verließ. Voller freudiger Zuversicht bewegte sich der Berichterstatter der »Tribune« durch den Mittelgang des Waggons deklamierend von vorn nach hinten, dann über den je zwei Wagen verbindenden Steig von einem zum andern, von der Spitze bis zum Ende des Zuges, der unter Volldampf am Südufer des Michigansees dahinjagte.

Harris T. Kymbale war allein abgereist. Wohl hatten sich mehrere seiner Kollegen erboten, ihn zu begleiten, er hatte das aber mit verbindlichem Danke abgelehnt. Nicht einmal einen Diener wollte er um sich haben – er wollte ganz allein sein. Ihm kam es auch gar nicht in den Sinn, auf der Reise, gleich Max Real und Hermann Titbury, unerkannt zu bleiben. Er würdigte jedermann seines Vertrauens und hätte an seinem Hute am liebsten ein Schild mit der Aufschrift »Vierter Partner im ›Match Hypperbone‹« befestigt. Unter zahlreicher Begleitung auf dem Bahnhofe eingetroffen, wurde er mit lauten Hurras geehrt und mit Glückwünschen zur bevorstehenden Kreuzfahrt überhäuft. Er war auch so wohl vorbereitet, so zuversichtlich, so zielbewußt und gleichzeitig als so kühn und entschlossen bekannt, daß auf seinen Kopf schon jetzt mehrfach Wetten abgeschlossen wurden. Man setzte auf ihn zu eins gegen zwei, ja gegen drei; das schmeichelte dem jungen Manne und erschien ihm als eine gute Vorbedeutung.

Hatte sich Harris T. Kymbale aber auch jede Begleitung auf seinen vom Zufalle abhängigen Kreuz- und Querzügen durch das Gebiet der Union verbeten, so fiel es ihm doch, wie der Leser schon gesehen hat, gar nicht ein, in seiner Ecke den Einsiedler zu spielen, sich stummem Hinbrüten zu überlassen und nur lautlosen Selbstgesprächen hinzugeben. Im Gegenteil, alle Reisenden, mit denen er zusammenträfe, sollten sich für sein Vorhaben interessieren lernen. Er gehörte ein wenig zu dem Schlage von Menschen, die nur denken, wenn sie reden, und mit Worten sollte er sich unterwegs – ebensowenig wie mit dem Geldbeutel – als geizig erweisen. Die Kasse der steinreichen »Tribune« stand ihm ja offen, und er wollte sie schon genügend anzapfen zur Deckung der Kosten von Interviews, für beschreibende Aufsätze, für Neuigkeiten und Artikel jeder Art, wozu ihm der Verlauf des Matches gewiß reichlichen und interessanten Stoff liefern würde.

»Schreiben Sie aber«, fragte ein Herr – ein Yankee vom Scheitel bis zu den Zehen – »dieser von William J. Hypperbone ausgeklügelten Partie nicht eine zu große Wichtigkeit zu?«

»Nein, mein Herr«, antwortete der Reporter, »ich meine vielmehr, eine so durchweg originelle Idee konnte nur einem ultraamerikanischen Hirn entspringen.«

»Sie haben recht«, bemerkte ein behäbiger Kaufmann aus Chicago. »Die ganzen Vereinigten Staaten sind außer Rand und Band; am Tage seines Begräbnisses war es ja zu sehen, welcher Volkstümlichkeit der Entschlafene sich so kurz nach seinem Ableben schon erfreute.«

»Hatten Sie, mein Herr«, fragte da eine Dame mit Brotbeutel und mit Brille, die, von Decken verhüllt, in einer Ecke saß, »sich etwa dem Leichenzuge angeschlossen?«

»Als wenn ich einer der Erben unsres großen Mitbürgers gewesen wäre«, versicherte der Chicagoer, den der Stolz noch etwas mehr aufblähte, »und ich fühle mich ganz besonders geehrt, hier auf dem Wege nach Detroit mit einem seiner späteren Erben zusammengetroffen zu sein.«

»Sie gehen nach Detroit?« erkundigte sich Harris T. Kymbale, die Hand ausstreckend.

»Nach Detroit in Michigan.«

»Ah, geehrter Herr, dann werd' ich das Vergnügen haben, Sie bis zu dieser Stadt mit so aussichtsreicher Zukunft zu begleiten ... einer Stadt, die ich noch nicht kenne, aber kennen zu lernen wünschte.«

»Dazu wird es Ihnen an Zeit fehlen, Herr Kymbale«, erwiderte der Yankee so lebhaft, daß man hätte meinen können, er sei an einer Wette auf seinen Reisegenossen beteiligt. »Sie würden dadurch ihre Fahrt verlängern, und ich wiederhole Ihnen, dazu haben Sie keine Zeit ...«

»Man hat immer und zu allem Zeit!« antwortete Harris T. Kymbale in bestimmtem Ton, der ihm recht gut anstand.

Stolz, einen so temperamentvollen Reisenden zu bergen, erdröhnte der Wagen von jubelnden Hipps, die sich bis zum Zugende fortpflanzten.

»Erlauben Sie eine Frage, mein Herr«, begann jetzt ein in den reiferen Jahren stehender Geistlicher, der, den Klemmer auf der Nase, den Journalisten mit den Blicken fast verzehrte, »sind Sie befriedigt von dem ersten Fall der Würfel für Sie?«

»Ja und nein, Hochehrwürden«, antwortete Kymbale respektvoll. »Ja ... denn die vor mir abgereisten Partner haben das zweite, das achte und das elfte Feld noch nicht überschritten, während ich durch zwei und vier nach dem sechsten und damit gleichzeitig nach dem zwölften gewiesen bin. Nein ... weil es der Staat New York ist, der als das sechste Feld gilt, ›wo es eine Brücke gibt‹, wird allgemein berichtet, und diese Brücke ist der Fußsteig des Niagara. Ach, und der ist ja schon mehr als zuviel bekannt; ich hab' ihn mindestens schon zwanzigmal besucht! Der ist abgenutzt, sag' ich Ihnen, ebenso wie der amerikanische und der kanadische Fall, wie die Grotte der Winde und die Ziegeninsel! Außerdem ist es mir auch nicht weit genug von Chicago. Ich will vor allem das Land sehen, nach allen vier Ecken der Union verschlagen werden, will Tausende von Meilen durchmessen ...«

»Immer unter der Rücksicht darauf«, fiel der Geistliche ein, »daß Sie zur rechten Stunde am rechten Platze sind ...«

»Wie es sich gebührt, Hochehrwürden; glauben Sie mir getrost, daß ich überall auf die Minute pünktlich eintreffen werde.«

»Indes scheint es mir, Herr Kymbale«, nahm ein Konservenhändler das Wort, ein Mann, dessen frisches Aussehen für die Güte seiner Waren zeugte, »daß Sie sich beglückwünschen dürfen, den Fuß auf den Boden des Staates New York zu setzen, da Sie sich von da aus ja sofort nach dem von Neumexiko zu begeben haben, und diese beiden Staaten grenzen doch nicht grade aneinander . . .«

»Pah«, rief der Reporter, »ein paar hundert Meilen . . . mehr trennen sie doch nicht . . .«

»Und wenn man«, fügte der Yankee hinzu, »nicht grade nach dem Südende von Florida oder dem letzten Dorfe von Washington zu gehen hat . . .«

»Das wäre grade mein Fall«, erklärte Harris T. Kymbale, »so das Gebiet der Vereinigten Staaten von Nordwesten nach Südwesten zu durchfliegen . . .«

»Verpflichtet Sie aber«, fragte der Geistliche weiter, »Ihre Sendung nach diesem sechsten Felde, wo sich die Brücke befindet, nicht zur Erlegung eines Einsatzes?«

»Was ist dabei? Tausend Dollar . . . die werden die ›Tribune‹ nicht zugrunde richten! Von der Station der Niagarafälle werde ich der Zeitung ein Scheck-Telegramm zugehen lassen, und sie wird sich beeilen, es zu begleichen.«

»Ja«, ließ sich der Yankee vernehmen, »und um so lieber, als dieses ›Match Hypperbone‹ für sie ein Geschäft ist . . .«

»Sogar ein ganz ausgezeichnetes«, erklärte Harris T. Kymbale zuversichtlich.

»Das ist so gewiß«, rief der Chicagoer Kaufmann, »daß ich, wenn ich's überhaupt täte, nur auf Sie wetten würde . . .«

»Und daran würden Sie gut tun!« versicherte der Reporter.

Aus allen Antworten erkennt man leicht, daß sein gutes Selbstvertrauen dem, das Jovita Foley zu ihrer Freundin Lissy Wag hegte, mindestens gleichkam.

»Haben Sie indes«, bemerkte der Geistliche, »nicht noch einen Mitbewerber, der meiner Ansicht nach der gefährlichste sein dürfte?«

»Welchen meinen Sie, Herr Pfarrer?«

»Den siebenten, Herr Kymbale, den, der nur mit den Buchstaben X. K. Z. bezeichnet ist.«

»Ah ihn, der als letzter auf die Reise gehen wird!« rief der Journalist. »Oh, warum denn? Man überschätzt ihn doch nur wegen des Geheimnisses, das ihn umgibt. Er ist der Mann mit der Maske, in den alle, die ihn sehen, vernarrt sind . . . Sein Inkognito wird schon noch aufgeklärt werden, und wäre es der Präsident der Vereinigten Staaten in eigener Person, so wär' er deshalb doch keinen Pfifferling mehr zu fürchten, als jeder andre von den ›Sieben‹!«

Übrigens lag ja die Wahrscheinlichkeit nicht nahe, daß der Testator den Präsidenten der Vereinigten Staaten als siebenten Partner erkoren hätte, obwohl es in Amerika keinem Menschen aufgefallen wäre, wenn der erste Mann der Union sich mit andern Bewerbern in den Wettstreit um sechzig Millionen Dollar eingelassen hätte.

Ungefähr siebenhundert Meilen (1120 Kilometer) trennen Chicago von New York, und Harris T. Kymbale brauchte hiervon nur zwei Drittel zurückzulegen, um nach dem Niagara zu kommen, ohne daß er die große amerikanische Metropole berührte. Er hatte auch keine Lust, diese zu besuchen, einfach aus dem Grunde, weil er sie mindestens ebensogut kannte, wie die berühmten Fälle, nach denen er sich zu begeben hatte.

Von Chicago aus führte ihn der Bahnzug um den unteren Busen des Michigansees zunächst in dem an Illinois grenzenden Indiana nach der Station Ainsworth und von da nach Michigan City. Trotz ihres Namens gehört die Stadt aber nicht zu diesem Staate, sie bildet vielmehr einen der Häfen von Indiana.

Wenn der vertrauensselige Reporter unter dem Bahnnetze der Gegend grade diesen Weg gewählt hatte, wobei er über New Buffalo kam und sich dann in Jackson, einem wichtigen Industriezentrum mit über zwanzigtausend Seelen, einige Stunden aufhielt, wenn er dann in nordöstlicher Richtung weiterfuhr, so geschah das, weil er Detroit besuchen wollte, wo er in der Nacht vom 7. zum 8. Mai ankam.

Am nächsten Morgen wurde er nach kurzem Schlummer in dem schön ausgestatteten Zimmer eines Hotels, von dem aus sein Name sich schnellstens in der ganzen Stadt verbreitet hatte, schon frühzeitig von Hunderten neugieriger Leute begrüßt – doch nein, weniger von neugierigen als von teilnahmsvollen Personen, die sich vorgemommen zu haben schienen, ihm den ganzen Tag nicht von den Fersen zu weichen. Vielleicht bedauerte er, sich jetzt nicht hinter dem Schleier eines Inkognitos verbergen zu können, da es ihm ja nur darauf ankam, die Stadt flüchtig zu durchstreifen. Versuch' es aber nur einer, sich der Berühmtheit und ihren Unbequemlichkeiten zu entziehen, wenn er Hauptberichterstatter der »Tribune« und einer der »Sieben« vom »Match Hypperbone« ist!

Unter zahlreicher und lärmender Begleitung besuchte er also die wichtigste Stadt am Michigan, deren Regierungssitz das bescheidene Lansing ist. Diese blühende Stadt, die aus einer 1670 von Franzosen angelegten und befestigten Handelsniederlassung entstanden ist, leitet ihren Namen von dem Worte *detroit* (Meerenge) her, da hier der Strom, durch den der Huronsee seine Fluten in den Eriesee ergießt, nur vierhundert Toisen (780 Meter) breit ist. Ihr gegenüber erhebt sich, gleichsam als Vorort, die kanadische Stadt Windsor, in die den Fuß zu setzen der vierte Partner sich weislich hütete. Er hatte übrigens grade nur Zeit zu einem Besuche der Hauptstadt mit ihren zweihunderttausend Einwohnern, die ihn mit Begeisterung empfingen und ihm die besten Wünsche für Erfolg entgegenbrachten, was sie jedem andern Partner gegenüber wohl ganz ebenso getan hätten.

Harris T. Kymbale reiste schon am Abend weiter. Wäre es ihm gestattet gewesen, die kanadischen Eisenbahnen zu benutzen und durch den südlichen Teil der Provinz Ontario zu fahren, so hätte er, durch den langen Tunnel unter dem Saint-Claireflusse, nahe bei dessen Ausmündung in den Huronsee, auf graderem Wege nach Buffalo und den Niagarafällen gelangen können. Das Gebiet der Dominion zu berühren, war ihm aber verboten. Er mußte sich nach dem Staate Ohio wenden und hier bis Toledo hinuntergehen, jener rasch zunehmenden Stadt, die am Südende des Eriesees erbaut ist. Von hier aus verlief sein Weg schräg nach Sandusky zu, durch die reichsten Weingelände von Amerika, und weiter, längs des östlichen Seeufers, nach Cleveland. Das ist eine prächtige Stadt mit zweihundertzweiundsechzigtausend Seelen; ihre Straßen sind von Ahornbäumen beschattet, ihre Avenue des Euklid bildet die Elysäischen Felder Amerikas, und ihre Vorstädte ziehen sich an herrlichen Hügeln hinan. Dazu führen die Petroleumquellen der Umgebung der Stadt die reichsten Schätze zu, über die selbst Cincinnati neidisch sein könnte. Weiter berührte Kymbale Erie City in Pennsylvanien und verließ diesen Staat wieder an der Station Northville, von wo aus er in den Staat New York kam; dann eilte er an Dunkirk vorbei, das mit Gas aus natürlichen Quellen beleuchtet ist, und erreichte am Abend des 10. Mai Buffalo, die zweite Stadt des Staates, wo er hundert Jahre früher Tausende von Bisons, statt jetzt Hunderttausende von Einwohnern gefunden hätte.

Entschieden tat Harris T. Kymbale wohl daran, sich in der schönen Stadt nicht aufzuhalten, auf eine Besichtigung ihrer Alleestraßen, ihrer Baumgänge im Niagara-Parke zu verzichten, und auch die Niederlagen und mächtigen Elevatoren am Ufer des Sees, durch den die Gewässer des Niagara strömen, unbesucht zu lassen. Binnen zehn Tagen, als letztem Termin, mußte er in Santa-Fé, der Hauptstadt von Neumexiko eingetroffen sein, und bis dahin war eine Strecke von vierzehnhundert Meilen (2253 Kilometer) zurückzulegen, die nicht einmal überall Eisenbahnverbindung hatte.

Am nächsten Tage landete er, nach einer kurzen Fahrt von fünfundzwanzig Meilen, beim Dorfe Niagara Falls.

Was der Reporter auch sagen mochte über diese berühmten, jetzt vielfach bekannten Fälle, die industriell schon sehr stark ausgenutzt werden und es in Zukunft noch weit mehr sein werden, wenn man ihre sechzehn Millionen Pferdekräfte gebändigt haben wird, so dürften doch weder das Tor der Airondaks, diese herrliche Vereinigung von Engpässen, Talkesseln und Waldmassen, die von der Union zum Nationaleigentum erklärt werden sollen, noch die Palisaden des Hudson, weder der Zentralpark der Metropole, noch der Broadway oder die Brücke von Brooklyn, die so kühn über den östlichen Stromarm geworfen ist, bei Vergnügungsreisenden mit den Wundern des Hufeisenfalls einen Vergleich aushalten.

Nein, diesem donnernden Abstürzen der Gewässer des Eriesees in den Ontariosee durch den Niagarakanal ist gar nichts an die Seite zu stellen. Der Lorenzostrom ist es, der hier vorüberflutet, sich an der Spitze der Ziegeninsel bricht und auf der einen Seite den amerikanischen, auf der andern den kanadischen Fall in Form eines Hufeisens bildet. Und dazu der wütende Wogenschwall am Fuße der beiden Fälle, nebst den meergrünen Abgründen in der Mitte des zweiten, wonach der besänftigte Strom sein ruhiges Wasser drei Meilen weit bis zur Suspension-Bridge (Hängebrücke) hingleiten läßt, von der aus es nochmals in strudelnden Stromschnellen dahinschießt.

Früher erhob sich der Terrapineturm auf den äußersten Felsen der Ziegeninsel, umschäumt von Wasserwirbeln, deren feuchter Staub ihn bis zur Spitze umhüllte und am Tage einen Sonnen-, in der Nacht einen Mondregenbogen entstehen ließ. Jetzt hat man den Turm abtragen müssen, denn seit anderthalb Jahrhunderten ist der Fall, durch Abnagung der Felsen, etwa um hundert Fuß zurückgewichen, so daß das Bauwerk bald in den Abgrund zu stürzen drohte. Heute führt nur ein schwanker Fußsteig von einem Ufer des brausenden Stromes zum andern und gestattet den zweifachen Wasserschwall zu bewundern.

Geleitet von vielen kanadischen und amerikanischen Besuchern, die ihn erwartet hatten, beschritt Harris T. Kymbale den Fußsteig bis zur Mitte, hütete sich aber streng, dessen zur Dominion gehörenden Teil zu betreten. Nach einem Hurra aus tausend Kehlen, das begeistert ausgebracht den Höllenlärm des Wassers übertönte, kehrte er zum Dorfe Niagara Falls zurück, dessen Umgebung jetzt durch zahlreiche Maschinengebäude und gewerbliche Anlagen verunstaltet wird. Man bedenke aber nur, was es bedeutet, einen stündlichen Abfluß von hundert Millionen Tonnen industriell auszunutzen!

Der Reporter drang also nicht in die grünen Gehege der Ziegeninsel ein, er stieg nicht nach der unter der Insel ausgehöhlten Grotte hinunter und begab sich auch nicht bis unter den dicken Wasserschwall des Hufeisenfalls, wozu man die kanadische Grenze überschreiten muß; dagegen vergaß er nicht, das Postamt des Dorfes aufzusuchen, von wo aus er einen Scheck über tausend Dollar an die Ordre des Notars Tornbrock absandte – ein Papier, das der Kassierer der »Tribune«

sich gewiß beeilen würde einzulösen, sobald es präsentiert wurde.

Am Nachmittage und nach einem ihm zu Ehren veranstalteten ausgezeichneten Lunch traf Harris T. Kymbale wieder in Buffalo ein und verließ diese Stadt an demselben Abend, um nun in der vorgeschriebenen Frist den zweiten Teil seiner Reise auszuführen.

Als er eben den Bahnwagen besteigen wollte, trat der Bürgermeister der Stadt, der ehrenwerte H. V. Exulton, auf ihn zu.

»Sie täten recht daran, mein Herr«, begann er sehr ernsten Tones, »sich nicht noch weiter mit zwecklosen Abstechern aufzuhalten ...«

»Und wenn mir das nun paßte!« erwiderte Harris T. Kymbale, der sich eine derartige Bemerkung, selbst wenn sie von so hoher Stelle ausging, nicht gefallen lassen wollte. »Mir scheint, ich habe das volle Recht ...«

»Nein, mein Herr, das haben Sie ebensowenig, wie der Bauer auf dem Schachbrett das, einen grade vor ihm stehenden Springer zu nehmen ...«

»Oho, ich bin doch mein eigner Herr!«

»Weit gefehlt, Verehrtester! ... Sie gehören im Grunde denen, die auf Sie gewettet haben, und da bin ich auch mit fünftausend Dollar beteiligt!«

Der ehrenwerte H. V. Exulton hatte ja eigentlich recht, und auch im eignen Interesse konnte der Berichterstatter der »Tribune«, selbst auf die Gefahr hin, daß seine Berichte darunter litten, doch nur das eine Ziel verfolgen, seinen ihm zunächst vorgeschriebenen Platz auf kürzestem und schnellstem Wege zu erreichen.

Außerdem hatte Harris T. Kymbale in dem von ihm schon häufig besuchten Staate New York nichts mehr zu lernen. Zwischen seiner Hauptstadt und Chicago bestehen ebenso zahlreiche wie bequeme Verbindungen. Dahin zu gehen, ist die Sache eines einzigen Tages für die Amerikaner, deren Schnellzüge den Vierundzwanzigstundenrekord für tausend Meilen (1609 Kilometer) halten.

Alles in allem hatte Harris T. Kymbale sich über den Anfang seiner bevorstehenden Fahrten nicht zu beklagen; vom Staate

New York mußte er sich ja nach Neumexiko begeben, wo er seine Wißbegier als Tourist reichlich befriedigen konnte. Es war wohl auch zu vermuten, daß der Zufall beim Würfeln dahin noch mehrere am Match beteiligte Spieler verschlagen würde, die, wie Hermann Titbury, Lissy Wag und deren von ihr unzertrennliche Jovita Foley, diesen Staat noch nicht kannten.

Der Staat New York ist der erste der Konföderation seiner Bevölkerung nach, die nicht weniger als sechs Millionen Köpfe beträgt, doch nur der neunundzwanzigste seiner Ausdehnung nach, da er nur eine Fläche von neunundvierzigtausend Quadratmeilen (127350 Quadratkilometer) bedeckt. Es ist der »Empire State«, wie man ihn zuweilen nennt, ein dreieckiges Stück Land, dessen gradlinig verlaufende Seiten wegen Mangels natürlicher Grenzen willkürlich gezogen sind.

Freilich hatten die seiner Partner, die noch hierher kamen, ebensowenig wie Harris T. Kymbale, die Möglichkeit, daselbst während der zwei Wochen von einer »Lotterieziehung« zur andern zu verweilen. Gleich wie er mußten sie, nachdem sie sich auf dem Brückensteig am Niagara gezeigt hatten, nach Santa-Fé, der Hauptstadt von Neumexiko, weiterreisen. Begaben sie sich dabei doch nach New York, so war damit jeder Besuch andrer Städte ausgeschlossen, obgleich viele davon recht sehenswert sind, wie z. B. Albany, der Sitz der Regierung, mit hundertzehntausend Einwohnern und schönen Museen, vortrefflichen Schulen, herrlichen Parks und dem Regierungspalaste, der nicht weniger als zwanzig Millionen Dollar gekostet hat; Rochester, die »Stadt des Mehls« und gleichzeitig ein Hauptplatz von Fabriken, deren Betrieb durch die mächtigen Wasserfälle des Genesees sehr erleichtert wird; ferner Syracuse, die reiche Stadt des Salzes, das ihr die unerschöpflichen Salinen von Onondaga liefern, und noch verschiedene andre, eine ganze Familie von Städten, die der Staat mit gerechtem Stolze aufweisen kann.

Seine größte Stadt besucht zu haben, wäre – wie man zu sagen pflegt – schon allein die Reise wert. Man muß es gesehen haben, dieses New York zwischen dem Hudson und dem East River, weit ausgedehnt auf der Halbinsel Manhattan, auf der es hundertsechs Quadratkilometer oder zehntausendsechshundert Hektar bedeckt, und das zusammen dreihundertsechzig Quadratkilometer – mehr als Paris und als London – einnehmen wird, wenn Brooklyn und Long Island mit ihm zu einem einzigen Gemeinwesen verbunden sein werden! Man muß seine Alleestraßen, seine monumentalen Bauwerke bewundert haben, seine tausend Kirchen – was für siebzehnhunderttausend Einwohner gar nicht zu viel erscheint – seinen Broadway, seine sieben Meilen (11 260 Meter) lange Fünfte Avenue, und die in weißem Marmor aufgeführte Saint-Patrice-Domkirche, den Zentralpark von dreihundertfünfundvierzig Hektar mit seinen Rasenflächen, Gehölzen, Wasserläufen, in die der große Aquädukt von Croton ausmündet, seine Hängebrücke über den East River nach Brooklyn, der sich später noch eine über den Hudson zugesellen wird, seinen Hafen, dessen Warenverkehr man auf achthundert Millionen Dollar veranschlagt, seine weite Bai, die mit Inseln und Holmen übersät ist, darunter Bedloes Island, wo sich die riesenhafte Statue Bartholdis erhebt, die Figur der Freiheit, die die Welt erleuchtet!

Alles das hätte jedoch, wie schon erwähnt, für den Hauptberichterstatter der »Tribune« nicht mehr den Reiz der Neuheit gehabt. Nach dem Besuche des Niagara wollte er sich, ohne im geringsten abzuweichen, streng an seine Reiseroute halten.

Es war ja schon der 11. Mai, und spätestens am Vormittage des 21. mußte er in Santa-Fé eingetroffen sein. Zwei durch fünfzehn- bis sechzehnhundert Meilen (2500 bis 2700 Kilometer) voneinander getrennte Staaten konnte man doch nicht wohl als benachbarte ansehen.

Auf der Rückfahrt von Buffalo hatte Harris T. Kymbale sich vorgenommen, noch einmal Chicago zu berühren, um von hier aus den Grand Trunk nach Westen zu benutzen. Da von diesem aber keine Seitenlinie abgeht, die eine unmittelbare Verbindung mit Santa-Fé böte, wäre das ein Fehler gewesen, denn in diesem Falle hätte er eine große Strecke zu Wagen zurücklegen müssen, und das in einem Lande, wo es mit allen Verkehrsverhältnissen noch recht schlecht bestellt war. Zum Glück hatten seine Kollegen von der »Tribune« nach eingehendem Studium des betreffenden Teiles des Fernen Westens für ihn einen

Reiseplan aufgestellt, der ihm durch ein in Buffalo eingegangenes Telegramm mitgeteilt wurde.

Die Depesche war in folgenden Worten abgefaßt:

»Von den Niagara Falls zurückkehren nach Buffalo und von da bis Cleveland hinunterfahren. Quer durch Ohio reisen (über Columbus und Cincinnati), durch Indiana über Laurencebourg, Madison, Versailles und Vincennes, durch Missouri über Salem, Belley und Saint-Louis. Hier die Jeffersonlinie nehmen nach Kansas City. Kansas auf der südlichsten Bahn durchreisen, und zwar über Laurence, Emporia, Toleda, Newton, Hutchinson, Plum Buttes, Fort Zarah, Larned, Petersburg, Dodge City, Fort Atkinson und Sherbrock, weiter durch den Osten von Colorado über Granada und Las Arimas. Von hier Zweigbahn nach Pueblo, und über Trinidad nach Clifton an der Grenze von Neumexiko. Endlich über Cimarron, Las Vegas und Galateo übergehen auf die Kleinbahn nach Santa-Fé. Nicht vergessen, daß der Absender dieser Depesche auf Sie hundert Dollar verwettet hat, und daß er diese rettungslos verlieren müßte, wenn Sie einen andern Weg einschlügen.

Bruman S. Bickhorn,
Redaktionssekretär.«

Hatte nicht der von den »Sieben«, den seine Kollegen so eifrig unterstützten, dem sie die Erfüllung seiner Aufgabe so sorgsam zu erleichtern suchten, die beste Aussicht, als »guter Erster« durchs Ziel zu gehen? . . . Gewiß; doch unter der Bedingung, daß er dem Rate des ehrenwerten Herrn H. V. Exulton folgte und sich durch nichts, was etwa seine Aufmerksamkeit erregte, unterwegs aufhalten ließ.

»Einverstanden, mein wackrer Bickhorn, diesen Weg werd' ich nehmen«, sagte Harris T. Kymbale für sich, »und werde mir auch nicht die kleinste Abweichung davon gestatten. Bezüglich der Eisenbahn braucht man sich ja nicht zu beunruhigen. Getrost, liebenswürdiger Redaktionssekretär! Wenn damit Verzögerungen vorkommen, werden sie nicht durch meinen Leichtsinn, meine Nachlässigkeit verschuldet sein, und deine hundert Dollar werden ebenso zähe verteidigt werden, wie die fünftausend seiner Hoheit des ersten Magistratsbeamten von Buffalo! Ich vergess' es nicht, daß ich die Farben der

›Tribune‹ trage!«

Ein Jockey hätte sich nicht besser ausdrücken können. Der Jockey war hier freilich mehr ein Zentaur, der für eigne Rechnung lief.

So durchmaß also, aufgrund eines fein erklügelten Stundenplans und des Studiums des Kursbuchs, Harris T. Kymbale, ohne sich grade zu übereilen und in der Nacht in den besten Hotels ausruhend, binnen sechzig Stunden die sechs Staaten Ohio, Indiana, Illinois, Missouri, Kansas und Colorado, und traf am 19. gegen Abend in Clifton, an der Grenze von Neumexiko ein.

Wenn der Reporter hier nur fünfhundertsechsundvierzig Händedrücke wechselte, kam das daher, daß das tief hinten in den grenzenlosen Prärien des Fernen Westens verlorene Dorf nicht mehr als zweihundertdreiundsiebzig Zweihänder zählte.

In Clifton gedachte er sich nur eine Stunde aufzuhalten. Wie groß war aber, als er aus dem Wagen stieg, seine Enttäuschung, zu hören, daß die weitere Bahnverbindung wegen umfänglicher Ausbesserungen an der Strecke für mehrere Tage unterbrochen sei. Er befand sich aber noch hundertfünfundzwanzig Meilen (200 Kilometer) entfernt von Santa-Fé und hatte nur noch sechsunddreißig Stunden übrig, diese zurückzulegen. Der kluge Bruman S. Bickhorn hatte das nicht vorausgesehen!

Zum Glück sah sich Harris T. Kymbale gleich beim Heraustreten aus dem Bahnhofe einem Manne von halb amerikanischem, halb spanischem Aussehen gegenüber, der ihn fast zu erwarten schien. Sobald er den Reporter bemerkte, knallte er dreimal mit der Peitsche – ein dreifacher Knalleffekt, mit dem er die Leute immer zu begrüßen pflegte. Dann wandte er sich plötzlich an den Fremdling.

»Harris T. Kymbale . . .?« fragte er in einer Sprache, die mehr an die von Cervantes als an die Coopers erinnerte.

»Der bin ich.«

»Wollen Sie, daß ich Sie nach Santa-Fé befördere?«

»Ob ich das will!«

»Gut . . . abgemacht!«

»Dein Name? . . .«

»Isidorio.«

»Isidorio gefällt mir nicht übel.«

»Mein Wagen ist zur Abfahrt bereit.«

»So fahren wir ab, und vergiß nicht, guter Freund, daß der Wagen zwar durch sein Gespann bewegt wird, daß es aber vom Kutscher abhängt, mit diesem rechtzeitig an Ort und Stelle zu sein!«

Verstand der Hispano-Amerikaner wohl ganz die Bedeutung dieser Mahnung? . . . Vielleicht.

Es war ein Mann von etwa fünfundvierzig Jahren mit stark sonnengebräunter Haut, lebhaften Augen und etwas spöttischem Gesichtsausdruck – einer jener Burschen, die sich nicht so leicht zum besten haben lassen. Der Reporter wollte nicht daran zweifeln, daß Isidorio stolz darauf sei, eine Persönlichkeit zu befördern, die im Verhältnis von eins zu sieben die Aussicht hatte, sechzig Millionen Dollar einzuheimsen – obwohl das bei dem Kutscher doch kaum vorauszusetzen war.

Harris T. Kymbale saß allein in dem Wagen. Das war übrigens keine Postkutsche mit sechs Pferden, sondern ein einfaches Gefährt, das an den Pueblos des Weges die Pferde wechseln sollte. Der Wagen rollte nun über die holprige Straße von Aubeys Trail dahin, die von zahlreichen kleinen Wasserläufen unterbrochen war, welche ohne Anstand durchfahren wurden. An den Haltestellen wurde bezogen, was man bedurfte, und in der Nacht gönnte man sich einige Stunden Ruhe.

Am frühen Morgen des nächsten Tages hatte das Gefährt über Cimarron und längs des Fußes der Weißen Berge vierzig Meilen ohne störenden Zwischenfall zurückgelegt. Übrigens ist hier weder von den Apachen und Comanchen noch von andern Sippen von Rothäuten etwas zu fürchten, von den Stämmen, die früher in dieser Gegend hausten und von denen die Bundesregierung einigen ihre Unabhängigkeit gewährleistet hat.

Am Nachmittage war der Wagen über das Fort Union und Las Vegas hinausgekommen und lenkte nun nach den Engpässen der Moro Peaks ein. Hier finden sich sehr bergige, schwierige, ja sogar gefährliche Wegstrecken, die ein schnelles Fortkommen sehr beeinträchtigen. Von den Tiefebenen aus steigt das Land um sieben- bis achthundert Toisen, letzteres die Höhe, in der Santa-Fé über dem Meere liegt.

Jenseits dieses ungeheuren Rückgrats Neumexikos dehnt sich das Becken mit den zahlreichen Zuflüssen aus, die den Rio Grande del Norte zu einem der prächtigsten Ströme der westlichen Abdachung Amerikas machen. Ebenda mündet auch die wichtige Bahnlinie von Chicago nach Denver, die den Handelsverkehr mit den Provinzen Mexikos ausnehmend begünstigt.

In der Nacht vom 20. zum 21. kam das Gefährt nur recht langsam und beschwerlich weiter. Der ungeduldige Reisende fürchtete nicht ohne Grund, nicht rechtzeitig anzukommen. Da hagelte es natürlich unablässige Ermahnungen und kräftige Flüche auf den phlegmatischen Isidorio hernieder.

»Du kommst ja gar nicht vorwärts . . .«

»Ich bitte Sie, Herr Kymbale, wir haben doch nur Räder, müßten aber Flügel besitzen . . .«

»Du begreifst aber nicht das Interesse, das ich daran habe, am 21. in Santa-Fé zu sein!«

»Na, wenn wir an diesem Tage nicht da sind, kommen wir eben am nächsten an . . .«

»Das ist aber zu spät . . .«

»Mein Pferd und ich, wir tun alles, was wir können, und mehr darf man von einem Tiere und einem Menschen doch nicht verlangen!«

An bösem Willen lag das langsame Fortkommen bei Isidorio in der Tat nicht, er tat wirklich alles Mögliche.

Da meinte Harris T. Kymbale den Mann etwas unmittelbarer für die von ihm gespielte Partie interessieren zu sollen. Während das Pferd außer Atem kam, als es inmitten eines dichten Waldes von dunkelgrünen Bäumen einen der steilsten Wege der Bergkette hinaufkeuchte und dem Zickzack eines mit Trümmern aller Art und mit vor Alter umgebrochenen Bäumen besäten Labyrinthes folgte, wandte sich der Fahrgast an seinen Automedon (Wagenlenker).

»Isidorio, ich hätte dir einen Vorschlag zu machen . . .«

»Ich bitte, Herr Kymbale.«

»Tausend Dollar für dich, wenn ich morgen am Vormittag

in Santa-Fé bin!«

»Tausend Dollar... was sagen Sie?...« antwortete der Hispano-Amerikaner mit den Augen blinzelnd.

»Tausend Dollar... wohlverstanden... wenn ich die Partie gewinne...«

»Ah so«, meinte Isidorio, »unter der Bedingung, daß...«

»Nun, selbstverständlich.«

»Meinetwegen!... Es gilt!« und er trieb das Pferd mit dreimaligem Peitschenschlag von neuem an.

Um Mitternacht hatte der Wagen erst den Scheitel des Bergrückens erreicht, und Harris T. Kymbales Befürchtungen steigerten sich noch weiter. Er konnte sich gar nicht mehr fassen.

»Isidorio«, rief er, diesem auf die Schulter klopfend, »ich möchte dir noch einen neuen Vorschlag machen.«

»Ich höre, Herr Kymbale.«

»Zehntausend... ja... zehntausend Dollar, wenn ich rechtzeitig ankomme.«

»Zehntausend... sagen Sie?« wiederholte Isidorio.

»Zehntausend Dollar!«

»Das heißt, nur wenn Sie die Partie gewinnen?...«

»Natürlich!«

Zur Fahrt bergab – ohne dabei nach Galisteo zu gehen, um von da aus eine kleine Zweigbahn zu benutzen, was jetzt doch einen Zeitverlust bedingt hätte – und zu der durch das Tal des Rio Chiquito bis nach Santa-Fé – beiläufig eine Strecke von fünfzig Meilen (80 Kilometer) – waren nun bloß noch zwölf Stunden übrig.

Die Straße war indes recht leidlich, hatte keine bedeutenderen Steigungen, und ein besseres Pferd als das aus dem Relais von Tuos hätte man sich gar nicht wünschen können. Wenn es sein mußte, konnte man das Ziel also noch zur festgesetzten Stunde erreichen, freilich unter der Bedingung, daß man sich nirgends auch nur eine Minute aufhielt und daß die Witterung so günstig wie bisher blieb.

Die Nacht ließ sich prächtig an, der Mond glänzte hell, als ob er durch eine Depesche des vorsorglichen Bickhorn eigens dazu bestellt wäre, und der Wind wehte von rückwärts, so daß er das Fortkommen des Gefährtes eher etwas beschleunigte.

Das Pferd stampfte schon beim Einspannen an der Wechselstation vor Ungeduld; es war eins jener feurigen Tiere von mexikanisch-amerikanischer Rasse, die in den Korrals des Westens gezüchtet werden.

Was den Wagenlenker betraf, konnte man kaum einen besseren finden. Zehntausend Dollar so leicht zu verdienen – eine solche Summe hatte er auch in seinen kühnsten Träumen noch nicht sein eigen genannt. Und dennoch schien Isidorio von diesem Glücksfall nicht so entzückt, wie er es – wenigstens nach der Meinung Harris T. Kymbales – hätte sein sollen.

»Ob der Spitzbube«, fragte er sich, »wohl noch auf mehr wartet . . . vielleicht das Zehnfache haben will? . . . Doch was sind im Grunde ein paar Tausende gegenüber den Millionen William J. Hypperbones? . . . Ein Tropfen im Meere! . . . Nun denn, wenn es sein muß, werd' ich bis zu hundert Tropfen gehen!«

Der Wagen war eben davongerollt.

»Isidorio«, sagte er diesem da ins Ohr, »es handelt sich jetzt nicht mehr um zehntausend Dollar . . .«

»Halt . . . nun wollen Sie wohl gar Ihr Versprechen zurücknehmen?« rief Isidorio trockenen Tones.

»O nein, guter Freund, nein, im Gegenteil! . . . Du sollst hunderttausend Dollar erhalten, wenn wir noch vor dem Schlage der Mittagsstunde in Santa-Fé sind . . .«

»Hunderttausend Dollar, sagen Sie?« wiederholte Isidorio, indem er dabei das linke Auge halb zukniff.

Und sofort setzte er hinzu:

»Freilich . . . nur wenn Sie gewinnen?«

»Ja, wenn ich gewinne.«

»Könnten Sie mir das nicht auf einem Stückchen Papier schriftlich geben, Herr Kymbale? Es bedarf ja nur weniger Worte . . .«

»Mit meiner Unterschrift? . . .«

»Mit Ihrem Namen und dem gewohnten Zuge darunter.«

Bei einer Sache von solcher Bedeutung genügte ja eine einfache mündliche Zusage nicht. Ohne Zögern nahm Harris T. Kymbale denn auch sein Taschenbuch heraus und schrieb auf eins seiner Blätter, daß er dem Herrn Isidorio aus Santa-Fé unter den erwähnten Bedingungen hunderttausend Dollar zu zahlen sich verpflichtet habe – eine Zahlung also, die sofort geleistet werden sollte, wenn der Reporter der einzige Erbe William J. Hypperbones würde. Das bekräftigte er durch seine Unterschrift und übergab das Papier dem Wagenlenker.

Isidorio nahm es, durchlas es, faltete es sorgsam zusammen und schob es tief in die Tasche.

»Vorwärts also!« sagte er.

Nun begann er mit verhängtem Zügel eine wilde Galoppade, und schwindelnd sauste der Wagen die dem Rio Chiquito folgende Straße hinab. Trotz aller Anstrengung aber, trotz der stets drohenden Gefahr, den Wagen zu zertrümmern oder mit ihm in den Fluß zu stürzen, konnte Santa-Fé nicht früher als zehn Minuten vor zwölf Uhr erreicht werden.

Die Stadt zählt nicht mehr als siebentausend Seelen. Wenn Neumexiko der Bundesrepublik auch schon seit einigen Jahren angegliedert war, so lag seine Zulassung als Staat zu den andern fünfzig Staaten doch erst einige Monate zurück – was dem exzentrischen Verstorbenen noch erlaubt hatte, es auf seiner Karte mit anzuführen.

Im übrigen ist Neumexiko nach Aussehen und Volkssitte noch völlig spanisch geblieben; der anglo-amerikanische Charakter tritt hier nur sehr langsam in Erscheinung. Seine Lage inmitten silberführender Bodenschichten sichert Santa-Fé eine gedeihliche Zukunft. Nach der Aussage seiner Bewohner ruht die Stadt auf einer dicken Silberunterlage, und man hat aus dem Erdboden der Straßen ein Mineral gewonnen, das auf die Tonne zweihundert Dollar Ausbeute lieferte.

Das mag ja richtig sein; für Touristen bietet die Stadt aber wenig Sehenswertes, höchstens die Ruinen einer von den Spaniern vor dreihundert Jahren erbauten Kirche und den »Gouverneurs-Palast«, ein sehr bescheidenes Gebäude, dessen einziges Stockwerk mit einem Tore mit hölzernen Säulen geschmückt ist. Was die Häuser betrifft, die, die spanischen ebenso wie die indianischen, nur aus lufttrocknen Lehmsteinen errichtet sind, so bilden die meisten weiter nichts als aufgeschichtete Würfel mit unregelmäßig verteilten Lichtöffnungen, wie man dasselbe an den Pueblos der Eingebornen sieht.

Harris T. Kymbale wurde hier ebenso empfangen, wie überall auf seiner Fahrt. Er hatte jedoch keine Zeit, in die siebentausend, ihm entgegengestreckten Hände einzuschlagen. Die Uhr zeigte bereits auf fünfzig Minuten nach elf, und er mußte auf dem Telegrafenamte sein, ehe der letzte Schlag der Mittagsstunde ertönte.

Hier erwarteten ihn zwei Depeschen, die am heutigen Morgen und fast zu gleicher Zeit in Chicago aufgegeben waren. Die eine, die vom Notar Tornbrock herrührte, meldete, wie die Würfel zum zweiten Male für ihn gefallen waren. Zehn – zweimal fünf Augen – war die betreffende Zahl, durch die der vierte Partner nach dem zweiundzwanzigsten Felde – Südkarolina – gewiesen wurde.

Dem unerschrockenen, unermüdlichen »Traveller«, der von unglaublichen Reisestrecken träumte, war nach Wunsch geschehen – hatte er hiermit doch volle fünfzehnhundert Meilen (2400 Kilometer) nach der atlantischen Seite der Vereinigten Staaten zurückzulegen. Er erlaubte sich dazu nur die Bemerkung:

»Nach Florida hätt' ich noch ein paar hundert Meilen weiter gehabt!«

In Santa-Fé wollten die Anglo-Amerikaner die Anwesenheit ihres Landsmannes durch Versammlungen, Schmausereien und andre festliche Veranstaltungen feiern. Zum eignen großen Leidwesen lehnte der Berichterstatter der »Tribune« das aber entschieden ab. Durch schlimme Erfahrung gewitzigt, hatte er sich streng vorgenommen, den Ratschlägen des ehrenwerten Bürgermeisters von Buffalo Rechnung zu tragen, sich unter keinem Vorwande aufzuhalten und den kürzesten Reiseweg zu benutzen. Ausflüge wollte er erst nach seinem Eintreffen am Bestimmungsorte unternehmen.

Die zweite Depesche, eine Mitteilung des vorsorglichen Bickhorn, enthielt einen neuen Reiseplan, der nicht minder gut zusammengestellt war, wie der erste. Seine Kollegen ersuchten ihn noch besonders, sich diesem Plane anzubequemen und so schnell wie möglich abzureisen. Daraufhin entschloß er sich denn auch, die Hauptstadt Neumexikos schon am heutigen Tage wieder zu verlassen.

Die Kutscher in der Stadt hatten inzwischen erfahren, was der übermäßig freigebige Reisende für Isidorio getan hatte. Für Kymbale war die Folge davon nur die Qual der Wahl, denn alle boten ihm ihre Dienste an, wohl in der Hoffnung, ebensogut wie ihr Kamerad eine große Summe einzuheimsen.

Man wird sich ja wundern, daß Isidorio nicht selbst die Ehre, fast das Anrecht beanspruchte, den Reporter nach der nächstgelegenen Eisenbahnstation zurückzubefördern, vielleicht gar mit der stillen Erwartung, den ihm schon zugesicherten hunderttausend Dollar noch ein zweites Hunderttausend hinzugefügt zu sehen. Wahrscheinlich fühlte sich der praktische Hispano-Amerikaner aber nicht weniger befriedigt als ermüdet. Dagegen unterließ er es nicht, dem Journalisten ein Lebewohl zu sagen, als dieser nach der Verhandlung mit einem andern Rosselenker sich am Nachmittage gegen drei Uhr zur Abfahrt anschickte.

»Nun, mein wackrer Freund«, sagte Harris T. Kymbale, »du befindest dich wohl?«

»Völlig wohl, Herr Kymbale.«

»Damit, daß ich dir einen Teil meines spätern Vermögens zugesichert habe, sind wir doch noch nicht miteinander fertig . . .«

»Oh, Sie haben ja tausendmal zuviel getan, Herr Kymbale, das verdien' ich ja gar nicht . . .«

»Doch, doch! Mindestens hab' ich dir noch meinen Dank auszusprechen, denn ohne deinen Eifer, deine Ergebenheit, wär' ich zu spät angekommen und hätte mich aus der Partie ausgeschlossen gesehen – es fehlten daran ohnehin nur zehn Minuten!«

Isidorio hörte die schmeichelhafte Rede ruhig und nach Gewohnheit für sich lächelnd an.

»Schön, daß Sie zufrieden sind, Herr Kymbale«, antwortete Isidorio, »ich bin es auch.«

»Und zwei machen ein Paar, wie unsre Freunde, die Franzosen, sagen, Isidorio.«

»Ja, freilich, ganz wie bei den Zugpferden . . .«

»Richtig. Doch das Papier, das ich dir gegeben habe, verwahre ja recht sorgfältig. Hörst du mich dann vor der ganzen

Welt als den Sieger im ›Match Hypperbone‹, so begib dich nach Clifton, besteige den Schnellzug, der dich nach Chicago befördert, und stelle dich an unsrer Kasse vor. Du kannst ruhig sein, ich werde meine Unterschrift schon einlösen!«

Isidorio zog den Kopf ein wenig ein, krazte sich die Stirn und blinzelte mit den Augen, wie einer, der noch unentschlossen ist, ob er sprechen soll oder nicht.

»Nun«, fragte da Harris T. Kymbale, »meinst du, noch nicht hinreichend genug belohnt zu sein?«

»O gewiß«, versicherte Isidorio. »Doch ... jene hunderttausend Dollar ... ja, die hängen doch immer ... davon ab ... daß Sie gewinnen.«

»Aber ich bitte dich, guter Freund, bedenke doch, kann es denn anders sein?«

»Ja, warum nicht?«

»Nun sieh, könnt' ich dir überhaupt eine solche Summe verschreiben, wenn ich die Erbschaft nicht einsteckte?«

»Ja, das versteh' ich, Herr Kymbale, das versteh' ich sogar recht gut. Dennoch gäb' ich den Vorzug ...«

»Was denn?«

»Baren hundert Dollar.«

»Hundert statt einmal hunderttausend?«

»Ja, gewiß«, versicherte Isidorio ruhig. »Wissen Sie, ich lieb' es nicht, auf den Zufall zu rechnen, und hundert bare Dollar, die Sie mir gäben ... das wäre doch etwas Sichereres ...«

Wirklich zog Harris T. Kymbale, der seine Freigebigkeit vielleicht schon ein wenig bereute, hundert Dollar aus der Tasche und händigte sie diesem neumexikanischen Weltweisen ein, der das vorher erhaltene Papier zerriß und die Stücke davon zurückgab.

Der Reporter fuhr nun unter lauten Wünschen für glückliche Reise ab und verschwand im Galopp durch die Hauptstraße von Santa-Fé. Diesmal hätte sich, wenn eine ähnliche Veranlassung wiederkehrte, der neue Wagenlenker jedenfalls nicht als ein solcher Philosoph benommen wie sein Kamerad.

Und als die andern Kutscher Isidorio wegen seines auffallenden Entschlusses fragten, antwortete er schmunzelnd:

»Ach was! Hundert Dollar ... das sind doch hundert Dollar. Ich hatte eben kein Vertrauen zu der ganzen Sache. Der Mann war seiner selbst zwar sehr sicher, doch glaubt mir, ich verwettete auf ihn keine fünfundzwanzig Cents.«

Elftes Kapitel

Jovita Foley in tausend Ängsten

Ihrer gelosten Nummer nach war Lissy Wag die fünfte in der Reihe der Abreisenden. Neun Tage sollten also vergehen zwischen dem, wo Max Real Chicago verlassen hatte, und dem, wo sie von der Hauptstadt von Illinois aufbrechen sollte.

Mit welcher Ungeduld verbrachte sie aber diese endlose Woche, oder richtiger, verbrachte sie Jovita Foley an ihrer Statt. Es gelang ihr gar nicht mehr, sie zu beruhigen. Ihre Freundin aß nicht mehr, sie schlief, ja sie lebte fast gar nicht mehr. Die Reisevorbereitungen waren schon am Tage nach dem ersten Würfeln, dem 1. Mai, gleich von früh acht Uhr an begonnen worden, und zwei Tage später nötigte sie Lissy Wag, sie nach dem Saale des Auditoriums zu begleiten, wo im Beisein einer wie früher zahlreichen und erregten Zuschauermenge zum zweitenmal gewürfelt werden sollte. Weiter wiederholte sich dasselbe Schauspiel am 5. und am 7. Mai zum dritten und vierten Male. Noch achtundvierzig Stunden, dann sollte sich das Schicksal der beiden Freundinnen entscheiden, denn man trennte sie schon gar nicht mehr voneinander: Die beiden jungen Mädchen bildeten nur eine einzige Person.

Das ist indes dahin zu verstehen, daß Jovita Foley die Lissy Wag sozusagen ganz in sich aufgehen ließ. Letzterer fiel nur noch die Rolle des klugen und vernünftigen Mentors zu, auf den man nie hören mag.

Der von Herrn Marshall Field seiner zweiten Kassiererin und seiner ersten Verkäuferin gewährte Urlaub hatte natürlich schon am 16. April, am Tage nach der Testamentsverlesung, seinen Anfang genommen. Die beiden Damen waren seitdem nicht mehr verpflichtet, im Magazin der Madison Street zu erscheinen. Schon dieser Umstand erschien der klügeren von beiden doch etwas bedenklich, denn sie fragte sich, ob ihr Prinzipal wohl so lange auf ihre Dienste verzichten werde, wenn ihre Abwesenheit sich über Wochen, vielleicht über Monate ausdehnte.

»Wir haben unrecht getan«, sagte Lissy Wag wiederholt.

»Ja, doch, ja«, antwortete Jovita Foley, »und wir werden fortfahren, unrecht zu tun, solange das nötig erscheint.«

Nach diesen Worten lief das nervöse, leicht erregbare Mädchen unablässig in der kleinen Wohnung in der Sheridan Street hin und her. Sie öffnete den einzigen Mantelsack, der die Leibwäsche und die Kleidungsstücke für die Reise enthielt, und überzeugte sich, daß nichts für ein längeres Verweilen in der Fremde Notwendiges vergessen war; dann fing sie an zu rechnen und zählte das vorrätige Geld ... alle ihre in Gold und Silber umgewechselten Ersparnisse, die die Hotels, die Eisenbahnen und Wagen und allerlei Unvorhergesehenes zum großen Leidwesen Lissy Wags verschlingen würden. Sie schwatzte darüber auch mit allen Hausgenossen, deren es in den siebzehn Stockwerke hohen Bienenstöcken Chicagos ja immer so viele gibt. Sie fuhr mit dem Personenaufzug hinunter und wieder hinauf, wenn sie aus den Zeitungen oder von den Ausrufern auf der Straße eine Neuigkeit aufgeschnappt hatte.

»Ah, meine Beste«, begann sie eines Tages, »abgefahren ist er, jener Max Real, doch wo mag er stecken? ... Er hat sich nicht einmal über den von ihm nach Kansas einzuschlagenden Weg geäußert!«

Tatsächlich hätten auch die feinsten Spürhunde der Lokalchronik die Fährte des jungen Malers nicht verfolgen können, und von diesem war auf weitere Nachrichten vor dem 15., eine Woche, nachdem Jovita Foley und Lissy Wag die weiten Gebiete der Union zu durchmessen begonnen hatten, gar nicht zu rechnen.

»Nun, wenn ich offenherzig sprechen soll«, sagte Lissy Wag, »ist von allen unsern Partnern dieser junge Mann der, für den ich mich am meisten interessiere.«

»Weil er dir glückliche Reise gewünscht hat, nicht wahr?« antwortete Jovita.

»Auch weil er mir der Begünstigung durch das Glück am würdigsten zu sein scheint.«

»Natürlich nach dir, Lissy?«

»Nein, vor mir.«

»Ich verstehe. Gehörtest du nicht selbst zu den ›Sieben‹, so würden deine besten Wünsche ihn begleiten . . .«

»Das tun sie auch jetzt!«

»Nun ja, kann ja sein. Da du aber auch selbst und obendrein mit mir, deiner vertrautesten Freundin, an der Partie beteiligt bist, möchte ich dich doch ersuchen, statt für jenen Max Real den Himmel für dich um Beistand anzuflehen. Lass' dir übrigens gesagt sein, daß niemand weiß, wo er ist . . . vielleicht befindet er sich nicht weit vom Fort Riley, wenn nicht unterwegs ein Unfall . . .«

»Oh, das wollen wir nicht hoffen, Jovita!«

»Natürlich nicht hoffen, meine Liebe, beileibe nicht hoffen!«

Mit ähnlichen, in ihrem Munde ironischen Worten pflegte Jovita Foley meist auf solche Reden der ängstlichen Lissy Wag zu antworten.

Diese noch mehr erregend, fuhr sie dann fort:

»Du sprichst mir niemals von jenem abscheulichen Tom Crabbe; der ist mit seinem Kornak doch auch unterwegs . . . nach Texas, wenn ich nicht irre. Begleiten denn deine Wünsche dieses Krustentier nicht ebenfalls?«

»Ich habe nur den Wunsch, Jovita, daß uns das Geschick nicht nach einem so entfernten Lande verschlägt.«

»Bah, was wäre dabei, Lissy?«

»Bedenke, Jovita, wir sind nur zwei Frauen, und ein unsrer Heimat benachbarter Staat würde uns doch erwünschter sein . . .«

»Zugegeben, Lissy, wenn das Schicksal aber seine Galanterie nicht so weit treibt, auf unsre Schwäche Rücksicht zu nehmen, wenn es uns nach dem Atlantischen oder nach dem Großen Ozean schickt, vielleicht gar nach dem Golf von Mexiko . . . so heißt es, sich einfach dem Zwange fügen . . .«

»Und das werden wir tun, weil du es willst, Jovita.«

»Nicht, weil ich es will, sondern weil es geschehen muß,

Lissy. Du denkst immer nur an die Abfahrt, nie an die Ankunft, an die großartige Ankunft im dreiundsechzigsten Felde – ich, ich denke dagegen Tag und Nacht daran und dann an die Rückkehr nach Chicago ... wo uns die Millionen in der Kasse des vortrefflichen Notars erwarten ...«

»Ja, ja, die berühmten Millionen aus der Erbschaft ...« meinte Lissy Wag lächelnd.

»Sieh, Lissy, sind denn die andern Partner nicht ohne so viele Bedenklichkeiten auf die Sache eingegangen? Befindet sich das Titburysche Ehepaar nicht auch bereits auf dem Wege nach Maine? ...«

»Die armen Leute! Ich bedaure sie.«

»Oh, du wirst mich zuletzt noch ganz erbittern!«

»Und du, meine Liebe, wenn du dich nicht zu beruhigen vermagst, wenn du fortfährst, dich so nervös zu erregen, wie es schon seit einer Woche geschehen ist, du wirst dich schließlich krank machen, und dann bleib' ich daheim, um dich zu pflegen.«

»Ich ... krank werden? ... Nein, bist du närrisch! Die Nerven sind es ja, die mich aufrecht erhalten, mir Ausdauer verleihen, und nervös werde ich auf der ganzen Reise bleiben!«

»Leider magst du recht haben, doch wenn du dabei nicht bettlägerig wirst, dann bin ich es jedenfalls, die ...«

»Du! ... Du! ... Nun, laß dir ja nicht einfallen, krank zu werden!« rief das vortreffliche und zu leicht erregbare Mädchen, das sich Lissy Wag an den Hals warf.

»Dann werde du ruhiger«, sagte Lissy Wag, indem sie ihre Küsse erwiderte, »und alles wird sich gut machen!«

Jovita Foley gelang es nur mit großer Anstrengung, sich zu bemeistern, so erschrocken war sie bei dem Gedanken, daß ihre Freundin am Tage der Abreise könnte das Bett hüten müssen.

Am Vormittage des 7. brachte Jovita Foley, als sie vom Auditorium nach Hause kam, die Nachricht mit, daß der vierte Partner, Harris T. Kymbale, für den sechs Augen geworfen worden waren, sich zuerst nach dem Staate New York und nach der Niagarabrücke, dann aber nach Santa-Fé in Neumexiko zu begeben habe.

Lissy Wag machte dazu nur die Bemerkung, daß der Berichterstatter der »Tribune« infolgedessen einen einfachen Einsatz zu erlegen habe.

»Das wird seine Zeitung in keine große Verlegenheit setzen«, erwiderte ihre Freundin.

»Nein, Jovita, uns würde es aber gar nicht gleichgültig sein, wenn wir gleich zu Anfang oder auch im Verlaufe der Reise tausend Dollar opfern sollten!«

Die andre antwortete ihrer Gewohnheit nach darauf nur mit einer Bewegung des Kopfes, die offenbar bedeuten sollte: So etwas kommt nicht vor! ... Nein, das ist ganz unmöglich!

Im Grunde beunruhigte sie das doch nicht wenig, obwohl sie davon nichts merken lassen wollte. Nacht für Nacht träumte sie in unruhigem Schlafe, der auch Lissy Wags Schlummer störte, von der Brücke, dem Gasthause, dem Labyrinth, von dem Schachte und dem Gefängnisse, also von den gefährlichen Feldern, wo die Spieler einfache, doppelte oder gar dreifache Einsätze bezahlen mußten, um überhaupt an der Partie weiter teilnehmen zu können.

Endlich brach der 8. Mai an. Am nächsten Tage sollten sich die beiden jungen Reisenden auf den Weg machen. Mit den glühenden Kohlen, worauf Jovita Foley schon seit einer Woche stand, hätte man bequem eine Schnellzuglokomotive auf der Fahrt durch ganz Amerika heizen können.

Selbstverständlich hatte Jovita Foley einen umfassenden Führer für alle Fahrten durch die Vereinigten Staaten gekauft, das beste und vollständigste der Guide-Books, das sie durchblätterte, durchlas und wieder durchlas, obgleich sie gar nicht in der Lage war, jetzt schon einen Reiseweg auszuwählen.

Um über alles Auskunft zu erhalten, genügte es übrigens, die Tagesblätter der Hauptstadt oder die Zeitungen jeder beliebigen andern Stadt einzusehen. Schon von Anfang an war ein Nachrichtendienst zwischen allen beim Würfeln herausgekommenen Staaten, besonders aber mit jeder der Ortschaften eingerichtet worden, die William J. Hypperbone als Ziele angegeben hatte. Post, Telefon und Telegraf arbeiteten ja zu jeder Stunde. Morgenzeitungen und Abendzeitungen enthielten mehr oder weniger zuverlässige, vielfach freilich, muß man sagen, mehr oder weniger phantastische Berichte. Es ist ja eine alte Erfahrung, daß der Leser einer einzeln gekauften Nummer und der Abonnent einer Zeitung in dem Punkte eines Sinnes sind, daß sie lieber falsche Neuigkeiten als gar keine aufgetischt sehen wollen.

Jene Nachrichten hingen übrigens, wie erklärlich, von den Partnern und von der Art ihres Verhaltens ab. Was Max Real betraf, so konnten alle Mitteilungen über ihn kaum ernst genommen werden, weil er über seine Pläne, mit Ausnahme seiner Mutter, niemand ins Vertrauen gezogen hatte. Da man weder von seinem Eintreffen in Omaha mit Tommy, ferner aus Kansas City und von seiner Schiffsreise auf dem »Dean Richmond« etwas gehört hatte, bemühten sich die Reporter vergebens, seine Fährte zu verfolgen, und man wußte nicht, was aus ihm geworden war.

Ein nicht weniger tiefes Geheimnis umgab Hermann Titbury. Daß er mit seiner Gattin am 5. abgereist war, unterlag keinem Zweifel, denn in seinem Hause in der Robey Street schaltete nur noch die Dienstmagd, jener weibliche Zerberus, von dem schon die Rede gewesen ist. Dagegen wußte man nicht, daß sie unter falschem Namen reisten, und deshalb blieben auch alle Bemühungen von Journalisten, sie unterwegs einmal zu erwischen, ganz vergebens. Wahrscheinlich hörte man von dem Ehepaar also nicht eher etwas, als bis Titbury in Calais nach der ihn betreffenden Depesche fragte.

Über Tom Crabbe hatte man weit vollständigere Nachrichten. Nach der ganz öffentlich erfolgten Abfahrt vo Chicago waren Milner und sein Gefährte in den bedeutenderen, an ihrem Wege gelegenen Städten gesehen und interviewt worden, zuletzt in New Orleans, wo sie sich nach Galveston in Texas eingeschifft hatten. Die »Freie Presse« ließ es sich damals angelegen sein, darauf hinzuweisen, daß der Dampfer »Sherman« amerikanischer Nationalität, ein Stück des Mutterlandes sei, ein nicht unwichtiger Umstand, da es verboten war, auf einem fremden Schiffe zu fahren, selbst wenn sich dieses in den Gewässern der Union hielt.

Von Harris T. Kymbale fehlte es natürlich erst recht nicht an Nachrichten. Sie kamen so häufig wie der Regen im April, denn ihm kam es nie auf ein Telegramm, einen Artikel oder einen Brief an, den die »Tribune« abdruckte. So wußte jedermann, wie und wann er nach Jackson, später nach Detroit gekommen war, und alle Leser harrten mit Ungeduld auf eingehende Schilderungen des Empfangs, der ihm in Buffalo und an den Niagarafällen zuteil geworden sein mußte.

Jetzt war der 7. Mai. Übermorgen sollte Meister Tornbrock im Beisein Georges B. Higginbothams im Saale des Auditoriums den Ausfall des fünften Würfelfalls verkündigen. Noch sechsunddreißig Stunden, und Lissy Wag sollte wissen, was ihr beschieden war.

Man kann sich leicht vorstellen, mit welcher Ungeduld Jovita Foley diese beiden Tage verbracht hätte, wenn sie nicht die Beute einer noch weit ernsteren Beunruhigung gewesen wäre.

In der Nacht vom 7. zum 8. wurde nämlich Lissy Wag plötzlich von heftigen Beschwerden in der Luftröhre befallen, und als sich bei ihr starkes Fieber einstellte, mußte sie sich sogar entschließen, die im Nebenzimmer schlafende Freundin zu wecken.

Jovita Foley erhob sich sofort, ließ ihr die erste Pflege zuteil werden, reichte ihr erfrischendes Getränk und deckte sie hübsch warm zu.

»Es wird nichts zu bedeuten haben, liebe Freundin«, wiederholte sie, freilich in wenig zuversichtlichem Tone. »Es geht gewiß bald vorüber . . .«

»Ich will es hoffen«, antwortete Lissy Wag, »denn es hieße wahrlich, zur unrechten Zeit krank werden.«

Das meinte auch Jovita Foley; sie dachte aber gar nicht daran, sich wieder niederzulegen, sondern wachte bei dem jungen Mädchen, deren Schlummer oft recht peinliche Unterbrechungen erlitt.

Am nächsten Tage, schon beim Morgengrauen, wußte das ganze Haus, daß die fünfte Partnerin sehr leidend sei. Es war sogar nötig gewesen, nach einem Arzte zu schicken, und auf diesen wartete man um neun Uhr immer noch.

Kaum war das Haus von der Sachlage unterrichtet, da kannte sie bald auch das Häuserviereck, dann der Stadtteil und schnell auch die ganze Stadt, denn die Nachricht verbreitete sich mit der Schnelligkeit des elektrischen Stromes, die traurigen Nachrichten ja ganz besonders eigen ist.

Zu verwundern war das übrigens nicht. Miß Wag war die Berühmtheit des Tages, die Persönlichkeit, der sich nach der Abfahrt Harris T. Kymbales alle Augen zuwandten. Auf sie, die einzige Heldin neben den andern sechs Helden des »Match Hypperbone«, vereinigte sich die allgemeine Aufmerksamkeit in den weitesten Kreisen.

Und jetzt war Lissy Wag krank ... vielleicht ernstlich erkrankt, grade am Tage vorher, an dem sich ihr Schicksal für die nächste Zeit entscheiden sollte.

Kurz nach neun Uhr erschien endlich der ersehnte Arzt, Dr. M. P. Pughe. Er erkundigte sich zuerst bei Jovita Foley nach dem allgemeinen Gesundheitszustande des jungen Mädchens.

»Oh, der ist ganz ausgezeichnet«, erhielt er zur Antwort.

Der Arzt nahm nun neben Lissy Wags Bette Platz, betrachtete sie aufmerksam, ließ sich ihre Zunge zeigen, fühlte nach dem Pulse und beklopfte und behorchte sie als Sachverständiger. Am Herzen, an der Leber und dem Magen ließ sich keine Störung erkennen. Nach gewissenhafter Untersuchung – die er mit zwei Dollar zu berechnen pflegte – erklärte der Arzt:

»Der Fall wird nicht viel zu bedeuten haben, wenn keine ernsten Komplikationen hinzutreten.«

»Sind solche Komplikationen zu fürchten?« fragte Jovita Foley, die jene Erklärung wenig befriedigte.

»Ja und nein«, antwortete Dr. M. P. Pughe. »Nein, wenn die Krankheit sich schnell bekämpfen läßt ... ja, wenn das nicht gelingt und sie eine Entwicklung gewinnt, wogegen alle Arzneimittel ohnmächtig bleiben ...«

»Sie können aber doch sagen«, fuhr Jovita, von dieser ausweichenden Antwort noch mehr beunruhigt, fort, »welche Krankheit hier vorliegt?«

»Gewiß, und mit voller Sicherheit.«

»Dann bitte ich darum, Herr Doktor!«

»Nun, meine Diagnose lautet: einfache Bronchitis. Der untere Teil der Lungen ist auch leicht erkrankt ... es ist etwas Rasseln vorhanden ... das Brustfell ist aber nicht mit ergriffen. Vorläufig ist also keine Pleuresie zu fürchten. Freilich kann ...«

»Kann was? ...«

»Freilich kann die Bronchitis zur Pulmonie, zur Lungenentzündung, ausarten und diese zu einer Lungenkongestion. Das ist es, was ich die ernsten Komplikationen nenne!«

Der Arzt verschrieb nun die gebräuchlichen Medikamente, Aconittinktur, beruhigenden Sirup, warme Aufgüsse und empfahl vor allem strengste Ruhe. Mit dem Versprechen, gegen Abend wiederzukommen, ging er eiligen Schritts fort, überzeugt, daß sein Empfangszimmer von Reportern schon belagert wäre.

Ob die möglichen Komplikationen nun einträten oder nicht ... wer konnte das wissen?

Dieser unbestimmten Aussicht gegenüber war Jovita Foley nahe daran, den Kopf zu verlieren. In den nächsten zwei Stunden schien ihr Lissy Wag zwar schwer leidend, aber doch etwas ruhiger zu sein. Da verkündigte ein starkes Frösteln einen zweiten Fieberanfall, der Puls schlug unregelmäßig und schneller und die Erschöpfung nahm offenbar zu.

Geistig mindestens ebenso angegriffen, wie die Kranke körperlich, verließ Jovita Foley ihren Sessel gar nicht mehr. Immer behielt sie die Freundin im Auge, trocknete ihre heiße Stirn, flößte ihr einige Löffel Tee ein und überließ sich daneben nur trostlosen Grübeleien über ein so unerhört erscheinendes Unglück.

»Nein«, sagte sie für sich, »nein, Tom Crabbe und Titbury haben am Tage vor ihrer Abfahrt natürlich ebensowenig eine Bronchitis bekommen wie Kymbale und Max Real! Auch dem Commodore Urrican würde ein solches Unglück nicht widerfahren sein! Meine arme Lissy aber, die immer so kerngesund war, muß es treffen! Und morgen ... schon morgen wird zum fünften Male gewürfelt! ... Wenn wir dadurch nun sehr weit weggeschickt würden, wenn einer Verzögerung von nur fünf oder sechs Tagen uns hinderte, rechtzeitig an Ort und Stelle zu sein, oder wenn gar der 20. herankäme, ohne daß wir abreisen könnten ... wenn es dann zu spät ist, es überhaupt noch tun zu können ... und wir von der Partie ausgeschlossen würden, ohne auch nur bei deren Anfang beteiligt gewesen zu sein ...«

Wenn! ... Wenn! ... Dieses unglückselige Bindewort erregte alle Hirnfasern Jovita Foleys und machte ihr die Schläfe klopfen.

Gegen drei Uhr ließ der Fiebersturm nach. Lissy Wag erwachte aus tiefer Erschöpfung, das Aufhusten der Kranken schien etwas kräftiger zu werden. Als sie die Augen öffnete, sah sie Jovita Foley über sich geneigt.

»Nun«, fragte diese begierig, »wie befindest du dich? ... Etwas besser, nicht wahr? ... Was kann ich dir geben?«

»Etwas zu trinken«, bat Miß Wag mit schwacher, durch das Luftröhrenleiden veränderter Stimme.

»Hier, meine Beste ... ein heilsames Getränk ... aus schwefelhaltigem Mineralwasser mit warmer Milch! ... Nachher, der Arzt hat es so verordnet, erhältst du einige Pastillen ...«

»Ich nehme alles, was du willst, meine gute Jovita!«

»Dann wird sich die Sache ganz allein machen! ...«

»Ja, ja ... ganz allein ...«

»Du scheinst jetzt weniger zu leiden zu haben?«

»Ach, du weißt wohl, liebe Freundin«, antwortete Lissy Wag, »wenn das Fieber nachgelassen hat, fühlt man sich wie zerschlagen und doch etwas wohler ...«

»Das ist der Anfang der Genesung!« jubelte Jovita Foley. »Morgen wird es nicht wieder auftreten!«

»Der Genesung ... schon jetzt? ...« murmelte die Kranke, die zu lächeln suchte.

»Jawohl ... schon jetzt. Wenn der Arzt wiederkommt, wird er bestimmen können, wann du wieder aufstehen darfst.«

»Unter uns, liebe Jovita, gesteh' es nur, ich habe doch keine guten Aussichten.«

»Keine guten Aussichten ... du? ...«

»Ja ... ich; das Schicksal hat fehlgegriffen, als es dich nicht an meine Stelle setzte. Morgen wärst du im Auditorium gewesen ... wärst an demselben Tage abgefahren ...«

»Ich wäre abgefahren und hätte dich in einem solchen Zustande zurückgelassen? ... Niemals!«

»Ich hätte dich schon dazu gezwungen!«

»Nun, um alles das handelt es sich ja nicht«, erwiderte Jovita Foley. »Ich bin eben die fünfte Partnerin nicht ... ich nicht die zukünftige Erbin des seligen Hypperbone ... das bist du allein! ... Überlege dir nur recht, meine Liebe. Es ist noch nichts verloren, wenn sich unsre Abreise auch um achtundvierzig Stunden verzögert. Da haben wir immer noch dreizehn Tage für die Reise ... und in dreizehn Tagen kann man von einem Ende der Union bis zum andern gelangen!«

Lissy Wag wollte darauf nicht antworten, daß sich ihre Krankheit um eine Woche oder – wer wußte es? – vielleicht über die vorgeschriebenen vierzehn Tage hinaus hinziehen könnte.

»Ich verspreche dir, Jovita«, begnügte sie sich zu sagen, »daß ich mich bemühen werde, so schnell wie möglich gesund zu werden.«

»Mehr verlange ich auch gar nicht ... Doch nun genug mit dem Plaudern. Du darfst dich nicht überanstrengen. Versuche ein wenig zu schlummern. Ich bleibe an deiner Seite sitzen.«

»Du wirst dich zuletzt selbst noch krank machen!«

»Ich? ... Darüber sei nur ruhig. Übrigens haben wir freundliche Nachbarn, die im Notfall gewiß an meine Stelle träten. Schlaf' nur ganz ruhig, meine Lissy!«

Nachdem sie mit ihrer Freundin noch einen Händedruck gewechselt hatte, wendete sich das junge Mädchen um und schlummerte bald recht sanft ein.

Was Jovita Foley noch nebenbei beunruhigte und erregte, war die Beobachtung, daß die Straße am Nachmittage eine in diesem stillen Stadtteile ungewohnte Belebtheit zeigte. Hier herrschte ein Lärmen, das selbst in dem von den Freundinnen bewohnten neunten Stockwerk die Ruhe der Miß Wag zu stören drohte. Geschäftige Leute blieben vor der Nummer neunzehn stehen und stellten an jedermann laute Fragen. Wagen auf Wagen kamen angerasselt und rollten dann eiligst nach den reichen Quartieren der Stadt wieder davon.

»Nun, wie steht es?« fragten die einen.

»Nicht grade gut«, antworteten die andern.

»Man spricht von einem Schleimfieber ...«

»Nein, von einer typhösen Erkrankung ...«

»Oh, das arme Ding! ... Es gibt doch wirklich Menschen,

die besondres Pech haben!«

»Nun, sie ist doch immerhin eine, die zu dem ›Match Hypperbone‹ mit gewählt wurde.«

»Ein rechtes Glück, wenn man nicht daran teilnehmen kann!«

»Und wenn Lissy Wag auch imstande wäre, rechtzeitig abzufahren, wer sagt, daß sie auch die Anstrengungen so vielfacher Reisen auszuhalten vermöchte?«

»Oho, vollkommen . . . wenn sich die Partie nach wenigen Zügen entscheidet, was ja nicht ausgeschlossen ist.«

»Wenn sie aber monatelang dauert? . . .«

»Weiß man denn jemals, wie der Zufall spielt?«

So schwirrten Reden und Gegenreden hundertfach durcheinander.

Selbstverständlich stellten sich zahlreiche Neugierige – vielleicht an Wetten beteiligte, jedenfalls aber viele Journalisten – an Jovita Foleys Wohnung ein. Trotz ihrer Bitten weigerte sie sich aber, die Leute zu empfangen. Infolgedessen tauchten desto mehr einander widersprechende Nachrichten über die Krankheit auf, die durch Übertreibung entstanden oder völlig falsch waren, und verbreiteten sich mit Windeseile in der ganzen Stadt. Jovita Foley blieb aber fest; sie trat nur ans Fenster, um den tollen Lärm auf der Straße zu verwünschen. Eine Ausnahme machte sie nur mit einem Angestellten des Hauses Marshall Field, dem sie übrigens die beruhigendsten Mitteilungen machte . . . es handle sich um einen Rheumatismus . . . einen einfachen Rheumatismus.

Zwischen vier und fünf Uhr nachmittags, als der Lärm sich verdoppelte, steckte sie einmal den Kopf zum Fenster hinaus und erkannte unter der erregten Menschenmenge . . . wen? . . . Hodge Urrican. Ihn begleitete ein Mann von etwa vierzig Jahren, anscheinend ein kräftiger, untersetzter Seemann, der sehr heftig gestikulierte. Man hätte ihn für noch aufbrausender und grimmiger als den schrecklichen Commodore selbst halten können.

Teilnahme für seine jugendliche Partnerin konnte es schwerlich sein, die ihn heute hierher gelockt hatte, als er vor dem Hause in der Sheridan Street auf und ab stampfte und dessen

Fenster mit den Blicken verschlang. Jovita Foley bemerkte auch noch ganz deutlich, daß der ihn begleitende, noch unruhigere Mann die Hände ballte, als ob er sich gar nicht mehr zu beherrschen wüßte.

Unter den Nahestehenden verlautete da, daß die Krankheit Lissy Wags nur auf ein unbedeutendes Unwohlsein hinauslaufe.

»Welcher Schwachkopf hat das behauptet?« fuhr er wütend auf.

Der betreffende »Schwachkopf« unterließ es, aus Furcht, es könne ihm übel mitgespielt werden, sich zu erkennen zu geben.

»Schlecht . . . schlecht geht es mit ihr!« erklärte der Commodore Urrican.

»Und wird noch immer schlechter!« setzte sein Begleiter hinzu. »Wer nur das Gegenteil zu behaupten wagt . . .«

»So fasse dich kurz, Turk!«

»Ich . . . mich fassen?« entgegnete Turk, dessen Augen in Tigerwut aufflammten. »Das mag leicht sein für Sie, Commodore, für den geduldigsten Menschen auf Gottes Erdboden! Mich aber, wenn ich solch dummes Zeug höre, mich bringt's außer Rand und Band, und wenn ich mich einmal nicht mehr halten kann . . .«

»Nun ja, doch nun genug!« befahl Hodge Urrican, der seinen Begleiter am Arme schüttelte, als wolle er ihn ausreißen.

Wenn man solche Reden hörte, mußte man fast glauben – früher hätte es niemand für möglich gehalten –, daß hienieden noch ein Mensch existierte, neben dem der Commodore Hodge Urrican der reine Engel der Sanftmut wäre.

Beide waren übrigens nur hierher gekommen in der Hoffnung, schlechte Nachrichten zu erhalten und sich zu vergewissern, daß das »Match Hypperbone« nur zwischen sechs Partnern ausgespielt werde.

Das sagte sich auch Jovita Foley, die große Mühe hatte, nicht auf die Straße hinunter zu stürzen. Sie verspürte das größte Verlangen, die beiden Männer zu behandeln, wie sie es verdienten, selbst auf die Gefahr hin, von dem Tiger in Menschengestalt zerfleischt zu werden.

Infolge dieser Verhältnisse waren die Mitteilungen der bedeutendsten Männer, die um sechs Uhr abends erschienen, voll der seltsamsten Widersprüche.

Nach den einen hatte sich das Unwohlsein Lissy Wags schon nach den ersten ärztlichen Verordnungen gehoben, und die Abfahrt des jungen Mädchens würde sich nicht um einen Tag verzögern.

Nach andern zeigte die Krankheit wenigstens keinen ernsten Charakter; nur verlangte sie eine gewisse Zeit der Ruhe, und Miß Wag werde vor Ende der Woche nicht abreisen können.

Grade die dem jungen Mädchen sonst günstig gestimmten Zeitungen, der »Chicago Globe« und der »Chicago Evening«, schienen am besorgtesten zu sein. Sie sprachen von einer Konsultation der »Leuchten der Wissenschaft«, von einer vorzunehmenden Operation . . . Miß Wag habe den Arm gebrochen – sagte die eine – ein Bein gebrochen – berichtete die andre. Endlich war sogar ein anonymer Brief an den Notar Tornbrock, den Testamentsvollstrecker des Heimgegangenen, geschrieben worden, der ihm meldete, daß die fünfte Partnerin auf den ihr möglicherweise zufallenden Teil der Erbschaft verzichte.

Die »Chicago Mail«, deren Redakteure die Sympathien und Antipathien des Commodore Urrican teilten, verstiegen sich selbst bis zu der Erklärung, daß Lissy Wag zwischen vier Uhr fünfundvierzig und vier Uhr siebenundvierzig Minuten des Nachmittags den letzten Seufzer ausgehaucht habe.

Als Jovita Foley von diesen Mitteilungen Kenntnis erhielt, wäre sie bald selbst noch krank geworden. Der Doktor Pughe, der am Abnd wiederkam, wußte sie aber in dieser Hinsicht zu beruhigen.

Auch bezüglich der Miß Lissy Wag wiederholte er, daß es sich nur um eine einfache Bronchitis handle. Es habe sich bisher kein Symptom der bösen Pneumonie oder der gefürchteten Lungenkongestion gezeigt . . . wenigstens bis zur Stunde nicht . . . und es würden einige Tage der Ruhe genügen . . .«

»Wieviel denn?«

»Vielleicht sieben bis acht Tage.«

»Sieben bis acht!«

»Und unter der Bedingung, daß sie sich keinem Luftzuge aussetzt.«

»Sieben bis acht Tage!« wiederholte die unglückliche Jovita Foley, vor Verzweiflung die Hände ringend.

»Und das auch nur, wenn keine ernsten Komplikationen eintreten!«

Die Nacht verlief nicht besonders gut. Das Fieber meldete sich wieder; der Anfall hielt bis zum Morgen an und löste sich in einem reichlichen Schweiß auf. Jedenfalls schien das Luftröhrenleiden aber etwas gemildert und der Auswurf ging ohne größere Anstrengung vonstatten.

Jovita Foley legte sich gar nicht nieder; sie verbrachte die endlos langen Stunden am Schmerzenslager ihrer armen Freundin. Keine Krankenwärterin hätte soviel Sorgfalt, Aufmerksamkeit und Eifer entwickeln können. Übrigens hätte sie ihren Platz auch keiner Fremden abgetreten.

Am nächsten Tage schlief Lissy Wag, die sich am frühen Morgen eine Zeitlang ziemlich beklemmt gefühlt hatte, bald wieder ein.

Es war nun der 9. Mai und im Saale des Auditoriums sollten zur Fortsetzung des »Match Hypperbone« zum fünften Male die Würfel fallen.

Jovita Foley hätte zehn Jahre ihres Lebens darum gegeben, dabei gegenwärtig sein zu können. Doch, die Kranke verlassen?... Nein, daran war nicht zu denken. Da erwachte aber Lissy Wag schon wieder und redete ihre Freundin an.

»Meine gute Jovita«, sagte sie, »bitte unsre Nachbarin, daß sie kurze Zeit bei mir bleibt...«

»Du willst, daß...«

»Ich will, du sollst nach dem Auditorium gehen. Es soll doch um acht Uhr geschehen, nicht wahr?«

»Ja, pünktlich um acht.«

»Nun sieh, zwanzig Minuten darauf kannst du ja schon wieder zurück sein. Ich sähe dich so gern dort, und da du glaubst, daß ich Aussichten haben könnte...«

Ob ich das glaube! hätte Jovita Foley drei Tage vorher gewiß gerufen. Heute antwortete sie überhaupt nicht. Sie drückte einen Kuß auf die Stirn der Kranken und holte die Nachbarin, eine würdige Dame, die sofort auf dem Sessel am Bette Platz nahm. Dann eilte sie hinunter, warf sich in einen Wagen und ließ sich nach dem Auditorium fahren.

Um sieben Uhr vierzig Minuten stand Jovita Foley an der Tür des schon überfüllten Saales. Gleich beim Eintreten erkannt, wurde sie mit hundert Fragen bestürmt.

»Wie steht es mit Lissy Wag?«

»Ganz ausgezeichnet«, erklärte sie mit der Bitte, ihr Platz zu machen, damit sie nach der Bühne gelangen könne. Das geschah denn auch.

Da das Ableben des jungen Mädchens durch die Morgenblätter ausdrücklich bestätigt worden war, wunderten sich einige Anwesende nicht wenig, deren Busenfreundin hier, und nicht einmal in Trauerkleidung, erscheinen zu sehen.

Zehn Minuten vor acht Uhr betraten der Vorsitzende und die Mitglieder des Excentric Club, in ihrer Mitte Meister Tornbrock, die Bühne und nahmen vor dem Tische daselbst Platz.

Vor den Augen des Notars war die Landkarte ausgebreitet. Die Würfel lagen neben dem ledernen Becher. Noch fünf Minuten, und an der Uhr des Saales mußte es acht schlagen.

Da unterbrach eine dröhnende Stimme die nur langsam eintretende Ruhe.

An dem brummenden Basse erkannte man die Stimme als die des Commodore.

Hodge Urrican verlangte das Wort zu einer kurzen Bemerkung. Es wurde ihm zugestanden.

»Mir scheint es, Herr Präsident«, sagte er, jedes weitere Wort immer schärfer und lauter aussprechend, »mir scheint es, man dürfe, um dem Willen des Verstorbenen genau nachzukommen, heute als zum fünften Male nicht würfeln, da die fünfte Partnerin gar nicht imstande ist . . .«

»Jawohl . . . ganz richtigt!« heulten mehrere aus der Gruppe, wo Hodge Urrican sich aufhielt, und mit noch durchdringenderer Stimme als die andern der aufbrausende Mann, der den Commodore gestern unter Jovita Foleys Fenstern begleitet hatte.

»Still, Turk, still!« herrschte ihn Hodge Urrican an, als wenn er zu einem Hunde spräche.

»Ich soll still sein . . .«

»Augenblicklich!«

Turk zwang sich unter dem flammensprühenden Blicke Hodge Urricans zu schweigen.

»Wenn ich diesen Vorschlag mache«, fuhr der sechste Partner fort, »so geschieht das, weil ich ernste Gründe habe zu glauben, daß die fünfte Partnerin weder heute noch morgen wird abreisen können . . .«

»Nicht einmal in acht Tagen«, warf aus dem Hintergrunde einer der Anwesenden ein.

»Weder in acht Tagen, noch in vierzehn oder dreißig Tagen«, versicherte der Commodore Urrican, »einfach weil sie diesen Morgen fünf Uhr siebenundvierzig Minuten gestorben ist.«

Ein langanhaltendes Gemurmel folgte dieser Erklärung. Es wurde aber bald durch eine weibliche Stimme übertönt, die dreimal rief:

»Das ist nicht wahr . . . nicht wahr . . . nicht wahr! Ich selbst, Jovita Foley, habe Lissy Wag erst vor fünfundzwanzig Minuten lebend und ganz kräftig lebend verlassen!«

Das veranlaßte neues Geschrei, neue Proteste von Urrican und seinen Anhängern. Nach der so bestimmten Erklärung des Commodore konnte von Lissy Wag nicht mehr die Rede sein. Hätte sie nicht tot sein müssen, da er ihr Ableben verkündigte?

Doch wie dem auch sein mochte, es wäre schwierig gewesen, Hodge Urricans Aussage zu bejahen. Nichtsdestoweniger bestand der halsstarrige Mann auf seinem Vorschlage und kleidete diesen nur in etwas andre Form ein.

»Zugegeben«, sagte er, »die fünfte Partnerin möge nicht tot sein, das ändert doch nichts an der Sache. Gegenüber den obwaltenden Umständen verlange ich, daß jetzt für mich achtundvierzig Stunden vor dem eigentlichen Termin gewürfelt werde, und daß das Ergebnis für den sechsten Partner zu gelten habe, der damit auf die fünfte Stelle aufrückte!«

Erneut dröhnende Ausrufe und Fußgestampf folgte diesem Verlangen Hodge Urricans, der von seinen Parteigängern unterstützt wurde, die es verdienten, unter seiner Flagge zu segeln.

Endlich gelang es Meister Tornbrock, die gröhlende Menge zu beruhigen, und allmählich trat erwartungsvolles Schweigen ein.

»Der Antrag des Herrn Hodge Urrican«, begann er, »stützt sich auf eine falsche Auslegung des Willens unsres Testators und widerspricht auch den Regeln des Edlen Vereinigte Staatenspiels. Wie der Gesundheitszustand der fünften Partnerin auch sein mag, selbst wenn er sich so weit verschlimmerte, sie aus den Reihen der Lebenden zu streichen, enthebt das mich als den Testamentsvollstrecker William J. Hypperbones doch nicht der Pflicht, heute am neunten Mai das Auswürfeln des Feldes für Lissy Wag vorzunehmen. Hat sie sich nicht binnen vierzehn Tagen, tot oder nicht, an den ihr zugewiesenen Platz begeben, so geht sie ihres Anrechts verlustig und die Partie wird nur zwischen sechs Teilnehmern ausgespielt.«

Jetzt protestierte Hodge Urrican mit sinnloser Heftigkeit. Er erklärte mit wütender Gebärde, wenn es eine falsche Auslegung des Testaments gebe, so sei es die des Meister Tornbrock, obwohl der Excentric Club der Auffassung des Notars zustimmte. Als er diese herausfordernden Worte ausstieß, erschien der Commodore, so gerötet vor Wut er auch aussah, doch noch ziemlich blaß neben seinem Begleiter, dessen Gesicht eine fast scharlachrote Farbe angenommen hatte.

Gleichzeitig hatte Urrican das Gefühl, daß er Turk zurückhalten müsse, um ein Unglück zu verhüten.

So packte er diesen, grade als er fortstürmen wollte.

»Wohin willst du? . . .« fragte er.

»Dorthin!« antwortete Turk, mit der Faust nach der Bühne weisend.

»Wozu?«

»Ich will diesen Tornbrock am Halse packen und ohne weiteres hinauswerfen.«

»Hier . . . Turk . . . hier!« befahl der Commodore Urrican.

Turk ließ ein dumpfes Brummen ertönen, wie das schlecht gezähmte Raubtier, das seinen Bändiger zu verschlingen trachtet.

Da schlug es acht Uhr.

Sofort folgte dem Geräusch im Saale ein tiefes Schweigen.

Jetzt ergriff Meister Tornbrock – vielleicht etwas erregter als gewöhnlich – den Würfelbecher mit der rechten Hand, legte mit der linken die Würfel hinein und schüttelte ihn, wobei er ihn mehrmals hob und senkte. Man hörte es, wie die kleinen Elfenbeinkuben aneinander und an die Lederwand schlugen, und beim Umstürzen rollten sie über die Karte bis ans Ende des Tisches.

Meister Tornbrock ersuchte Georges B. Higginbotham und dessen Kollegen, die gewürfelte Zahl zu bestätigen, und rief dann mit klarer Stimme:

»Neun, durch sechs und drei!«

Eine glückliche Zahl, denn die fünfte Partnerin kam damit sogleich nach dem sechsundzwanzigsten Felde, dem Staate Wisconsin.

Zwölftes Kapitel

Die fünfte Partnerin

»Ach, herzliebste Lissy, wie wunderbar glücklich sind doch die Würfel gefallen!« rief die ungestüme Jovita Foley.

Mit diesen Worten stürzte sie ins Zimmer, ohne daran zu denken, daß sie der Kranken, die vielleicht gerade schlummerte, schaden könnte.

Lissy Wag lag jedoch, zwar sehr bleich, aber völlig wach im Bette und hatte eben mit der bei ihr sitzenden freundlichen alten Dame einige Worte gewechselt.

Gleich nach der Verkündigung des Ausfalls des Würfelns durch Meister Tornbrock war Jovita Foley aus dem Auditorium verschwunden und hatte es der Menge ebenso überlassen, ihrer Empfindung Ausdruck zu geben, wie Hodge Urrican, darüber zu wettern, daß er sein Verlangen nicht hatte durchsetzen können.

»Welche Augenzahl ist denn gefallen?« fragte, sich halb aufrichtend, Lissy Wag.

»Neun, meine Liebe, und zwar sechs und drei . . . was uns

sofort nach dem sechsundzwanzigsten Felde weist.«

»Und dieses Feld ist? . . .«

»Der Staat Wisconsin . . . Milwaukee . . . zwei Stunden . . . nicht mehr als zwei Stunden Schnellzug.«

In der Tat konnte man sich für den Anfang der Partie gar nichts besseres wünschen.

»Nein . . . nein!« rief das enthusiastische Persönchen immer wieder. »Oh, ich weiß wohl, daß man durch neun, wenn fünf und vier Augen fallen, gleich nach dem dreiundfünfzigsten Felde kommt. Dieses Feld aber – hier, sieh dir die Karte an – dieses Feld ist Florida. Bedenke nur, müßten wir gleich nach Florida fahren, so bedeutete das ebensoviel, wie bis ans Ende der Welt!«

Hochgerötet und keuchend bediente sie sich der Landkarte statt eines Führers.

»Ja, du hast recht«, antwortete Lissy Wag. »Florida ist freilich etwas weit von hier.«

»Dir, meine Liebe, dir soll und muß das Glück lächeln, den andern . . . nein, den andern nicht!«

»Sei doch etwas edelmütiger!«

»Nun ja, dir zu Gefallen nehme ich den Herrn Max Real dabei aus, da diesen doch einmal deine frommen Wünsche begleiten.«

»Ja . . . gewiß . . .«

»Doch auf unsre Angelegenheit zurückzukommen, Lissy, erkennst du den Vorteil, den das sechsundzwanzigste Feld uns sichert? Am meisten voraus war jener Journalist, Harris T. Kymbale, und der befindet sich heute noch immer erst auf dem zwölften Felde, während wir . . . oh, noch vierzig Augen . . . nur noch vierzig . . . und wir haben das Ziel erreicht!«

Einigen Kummer bereitete es ihr doch, daß Lissy Wag in ihren hoffnungsfrohen Jubel nicht mit einstimmte.

»Du siehst gar nicht danach aus, als freutest du dich auf die nächste Zukunft.«

»O doch, Jovita, sicherlich! Wir gehen nach Wisconsin . . . nach Milwaukee . . .«

»Noch haben wir Zeit übrig. Nicht morgen . . . auch nicht übermorgen! In fünf bis sechs Tagen, wenn du völlig genesen bist ... wenn es sein muß, erst in vierzehn Tagen ... wenn wir nur am Vormittage des 23. dort sind.«

»Nun, es ist ja alles gut, da du zufrieden bist.«

»Ob ich es bin, meine Beste! Ebenso zufrieden, wie der Commodore unzufrieden ist. Dieser schändliche Mann wollte dich vom Mitbewerbe ausschließen ... wollte den Meister Tornbrock bestimmen, den fünften Wurf für ihn gelten zu lassen, unter dem Vorwande, für dich habe er ja doch keinen Zweck, du seist für so und so viele Wochen ans Bett gefesselt ... ja, er verstieg sich zu der Behauptung, du wandeltest gar nicht mehr auf dieser Welt! Oh, der abscheuliche Seebär! Du weißt, ich wünsche niemand etwas Böses ... diesem Commodore aber, dem wünsch' ich, er möchte sich im Labyrinth verirren, möchte in den Schacht fallen, im Gefängnis verschimmeln ... möchte einfache, zwei- und dreifache Einsätze zu bezahlen haben ... mit einem Worte, dem wünsch' ich alle Unannehmlichkeiten, die das Spiel denen bereiten kann, die keine Aussicht zum Gewinnen haben und keine solche verdienen! Du hättest nur hören sollen, wie Meister Tornbrock ihm antwortete. Oh, dieser prächtige Notar ... ich hätte ihn gleich umarmen können!«

Wenn sich Jovita Foley auch in ihren gewohnten Übertreibungen erging, so hatte sie mit ihren Behauptungen doch nicht unrecht. Der Wurf nun, durch sechs und drei Augen, war einer der besten, den sie sich für den Anfang wünschen konnte. Er gewährte ihnen nicht nur einen Vorsprung gegenüber den ersten vier Partnern, sondern der Lissy Wag auch ausreichende Zeit zur Wiedergenesung.

Der Staat Wisconsin grenzt ja unmittelbar an den von Illinois, von dem er im Süden nur durch eine ganz nahe dem zweiundvierzigsten Breitengrade verlaufende Linie getrennt ist. Umschlossen wird er im Westen vom Laufe des Mississippi, im Osten vom Michigansee, dessen Westufer er bildet, und im Norden teilweise vom Obern See. Madison ist der Sitz seiner Regierung, Milwaukee seine Hauptstadt. Um Ufer des Sees und kaum zweihundert Meilen von Chicago gelegen, steht diese Hauptstadt mit allen Handelsplätzen von Illinois in schneller, regelmäßiger und häufiger Verbindung.

Der heutige Tag, der 9. Mai, der leicht hätte so verderblich werden können, begann also in recht glücklicher Weise. Die der Kranken nicht erspart gebliebene Erregung wirkte auf diese freilich etwas nachteilig ein. Als der Doktor M. P. Pughe bei ihr seinen Morgenbesuch machte, fand er sie etwas angegriffener als am Abend vorher. Der zuweilen sehr quälende Husten war von langanhaltender Erschöpfung und erneuter schwacher Fieberbewegung begleitet. Leider ließ sich dagegen außer der bisherigen Medikation nichts weiter tun.

»Aber Ruhe ... vor allem Ruhe«, empfahl er Jovita Foley, als diese ihn zum Zimmer hinausbegleitete. »Ich rate Ihnen ernstlich, mein liebes Fräulein, der Miß Wag jede, auch die kleinste Anstrengung zu ersparen. Sie mag allein liegen ... am besten wär' es, sie schliefe ...«

»Sie sind aber nicht besorgter um sie, als früher, Herr Doktor?« fragte Jovita Foley, die sich bei den Worten des Arztes aufs neue zu ängstigen anfing.

»Nein, nein; ich wiederhole Ihnen, es handelt sich um eine Bronchitis mit deren gewöhnlichem Verlaufe. Die Lungen sind frei geblieben, das Herz ist normal. Schützen Sie die Kranke nur vor abkühlendem Luftzuge. Doch auch etwas Nahrung muß sie zu sich nehmen, nötigen Sie ihr ein Glas Milch oder wenigstens eine Tasse gute Bouillon auf.«

»Doch wenn keine ernsten Komplikationen eintreten, Herr Doktor ...«

»Auf solche muß man stets gefaßt bleiben.«

»Ja, ja ... ich weiß es ... kann man beim Ausbleiben solcher wohl darauf rechnen, daß die Kranke binnen vierzehn Tagen geheilt sein wird?«

Der Arzt begnügte sich, den Kopf zu zucken – immerhin eine wenig beruhigende Antwort.

So schwer es ihr wurde, entschloß sich Jovita Foley, nicht mehr im Zimmer Lissy Wags zu verweilen; sie hielt sich also in der Hauptsache, doch bei angelehnter Zwischentür, in dem ihrigen auf. Hier lag auf dem Tische die Karte der Vereinigten Staaten ausgebreitet, daneben das unablässig durchblätterte Guide-book, aus dem sie sich über Wisconsin bis zu dessen kleinsten Ortschaften unterrichtete und den Staat bezüglich seines Klimas, seiner Zuträglichkeit für die Gesundheit und seiner Sitten und Gebräuche so eingehend studierte, als wollte sie sich dort für immer häuslich niederlassen.

Die Zeitungen der Union hatten selbstverständlich den Ausfall des fünften Würfelns aller Welt kundgetan. Mehrere erwähnten auch den Zwischenfall mit Urrican, die einen unter Bekräftigung der Ansprüche des grimmigen Commodore, die andern unter Verwerfung seines unberechtigten Verlangens. Die Mehrzahl erwies sich ihm aber feindselig gestimmt. Nein, hieß es da, er hatte kein Recht, den fünften Wurf für sich gelten lassen zu wollen, und man belobte Meister Tornbrock, die gegebenen Vorschriften in aller Strenge eingehalten zu haben.

Was Hodge Urrican auch davon sagen mochte, Lissy Wag war weder tot noch nahe daran, ihren letzten Seufzer auszuhauchen. Unter der großen Menge vollzog sich sogar ein merkbarer Umschwung zu ihren Gunsten. Sie wurde dadurch den Leuten noch interessanter, obwohl man es für fraglich hielt, ob sie die Beschwerden der ihr bevorstehenden Reisen bis zum Ende werde aushalten können. Bezüglich ihrer Krankheit behauptete man nun, es handle sich kaum um eine Bronchitis, nicht einmal um eine Laryngitis (Kehlkopfkatarrh), und binnen vierundzwanzig Stunden werde von der ganzen Sache nicht mehr die Rede sein.

Da jeder Zeitungsleser aber stets nach recht gründlichen Mitteilungen verlangt, wurde morgens und abends je ein Bulletin über den Zustand der fünften Partnerin ganz ebenso veröffentlicht, wie etwa über die Krankheit einer Prinzessin aus königlichem Geblüt.

Eine besondere Veränderung war am 9. Mai im Zustande der Kranken übrigens nicht eingetreten, jedenfalls aber verschlimmerte er sich weder in der nächsten Nacht, noch am 10. Mai. Jovita Foley zog daraus sofort den Schluß, daß acht Tage hinreichen würde, ihre Freundin wieder völlig auf die Füße zu bringen. Doch wenn ihre Wiederherstellung auch noch zehn . . . elf . . . zwölf . . . dreizehn . . . selbst vierzehn Tage in Anspruch nahm – es handelte sich ja nur um eine Fahrt von zwei Stunden – wenn sie nur am 23. vormittags in Milwaukee eintrafen, damit waren die Bedingungen des »Match Hypperbone« erfüllt. Erschien es dann nötig, ein wenig der Ruhe zu pflegen, so konnten sie sich das in jener Hauptstadt gewähren.

Die Nacht vom 10. zum 11. verlief recht ruhig. Lissy Wag erlitt kaum zwei bis drei leichte Frostschauer; die Fieberperiode schien zu Ende zu gehen. Der Husten kam zwar noch recht stark, die Brust wurde dabei aber allmählich freier, das Rasseln war nicht mehr so laut, die Atmung dagegen erleichtert. An eine Komplikation war also kaum noch zu denken.

Lissy Wag befand sich infolgedessen bedeutend besser, als Jovita Foley nach einstündiger Abwesenheit bei ihr eintrat. Wohin war sie inzwischen wohl gegangen? Sie hatte sich darüber nicht geäußert, nicht einmal gegen die Nachbarin, die der Miß Wag auf eine bezügliche Frage also auch keine Auskunft geben konnte.

Als Jovita Foley ins Zimmer getreten war, beeilte sie sich – sie legte vorher nicht einmal den Hut ab – einen herzlichen Kuß auf die Stirn Lissy Wags zu drücken, die dabei sofort bemerkte, daß ihre Gesichtszüge ausnehmend belebt waren und ihre Augen in besonderem Glanze strahlten.

»Was hast du denn diesen Morgen?« fragte sie fast unwillkürlich.

»Oh, nichts, meine Liebe, nichts! Ich freue mich so sehr, dich etwas gesünder anzutreffen. Und dann ist so schönes Wetter . . . eine herrliche Maisonne . . . Du weißt ja . . . die schönen Sonnenstrahlen, die man trinkt . . . die man einatmet. Ach, eine gute Dosis Sonnenschein . . . ich bin überzeugt, die würde dich sofort gesund machen. Doch . . . keine Unvorsichtigkeit . . . wegen ernster Komplikationen.«

»Wohin warst du denn gegangen, meine gute Jovita?«

»Wohin ich gegangen war? . . . Zuerst nach dem Geschäfte Marshall Fields, um dort über dich zu berichten. Unser Chef läßt sich hier alle Tage nach dir erkundigen, und ich wollte ihm dafür unsern Dank abstatten.«

»Daran hast du recht getan, Jovita. Es war ja schon eine große Freundlichkeit, uns Urlaub zu gewähren . . . und wenn dieser zu Ende ist . . .«

»Ja, ja, meine Liebe; unsre Plätze werden schon nicht anderweitig besetzt werden.«

»Gut. Doch nachher?«

»Nachher? . . .«

»Bist du nicht noch anderswohin gegangen?«

»Ich? . . . Anderswohin?«

Jovita Foley schien mit der Sprache zurückhalten zu wollen, doch das hielt sie nicht lange aus, vorzüglich als Lissy Wag noch einmal das Wort an sie richtete.

»Ist denn heute nicht der elfte Mai?« fragte diese.

»Gewiß, der elfte, meine Liebe«, antwortete sie eifrig und mit heller Stimme. »Schon seit zwei Tagen sollten wir eigentlich in einem Hotel der schönen Stadt Milwaukee wohnen . . . wenn, wenn wir nicht durch eine Bronchitis hier an die Scholle gebannt wären.«

»Ja, da wir aber den elften Mai haben«, fuhr Lissy Wag fort, »muß heute zum sechsten Male gewürfelt worden sein.«

»Ganz richtig.«

»Nun . . . und . . .?«

»Und? . . . Nein, siehst du, in meinem Leben hab' ich noch kein so großes Vergnügen gehabt! . . . Komm, Schatz, laß dich umarmen! Ich wollte dir eigentlich nicht davon erzählen, da du keine Aufregung erfahren sollst. Nun, sei es . . . es überwältigt mich einmal!«

»So sprich doch, Jovita!«

»Stelle dir nur vor, meine Liebe, er hat auch neun Augen erhalten, aber aus vier und fünf gebildet . . .«

»Welcher er? . . .«

»Nun, der Commodore Urrican . . .«

»Oh, mir scheint dieser Wurf noch besser zu sein, als . . .«

»Jawohl, er verweist ihn mit einem Male nach dem dreiundfünfzigsten Felde . . . also viel weiter als alle übrigen; er ist aber auch herzlich schlecht.«

Jovita Foley überließ sich einem ebenso außergewöhnlichen wie unerklärlichen Jubilieren.

»Und warum ist er schlecht?« fragte Lissy Wag.

»Weil der Commodore damit zum Teufel gejagt ist.«

»Zum Teufel? . . .«

»Ja, freilich, bis zum äußersten Ende von Florida.«

Das war in der Tat das Ergebnis des heutigen Würfelfalls,

und Meister Tornbrock, der gegen Hodge Urrican noch eine etwas gereizte Stimmung bewahrte, verkündete diesen Ausfall mit sichtbarer Befriedigung. Der Commodore freilich mochte ihn wohl mit aufbrausendem Ingrimm vernommen haben, vielleicht hatte er gleichzeitig Turk zurückhalten müssen, seiner Wut die Zügel schießen zu lassen. Etwas Sicheres wußte Jovita darüber freilich nicht, da sie den Saal des Auditoriums nach der Verkündigung des Meister Tornbrock sofort verlassen hatte.

»Nach dem äußersten Ende von Florida«, rief sie immer wieder, »nach dem alleräußersten Ende von Florida ... über zweitausend Meilen weit von hier!«

Diese Mitteilung erregte übrigens die Kranke bei weitem nicht in dem Grade, wie ihre Freundin es gefürchtet hatte. Ihr gutmütiger Charakter ließ sie den Commodore aufrichtig bedauern.

»Nun, und so gleichgültig nimmst du die Sache auf?« rief ihre ungestüme Gefährtin.

»Ach ja ... der arme Mann!« murmelte Lissy Wag.

Der Tag verlief nicht schlecht, wenn auch noch von keiner eigentlichen Genesung die Rede sein konnte. Immerhin waren ernste Komplikationen, die ein kluger Arzt stets im Auge behält, nicht mehr zu fürchten.

Vom nächsten Tage, dem 12., an konnte sich Lissy Wag schon aufrichten, um etwas Nahrung zu nehmen. Da es ihr noch nicht erlaubt war, das Bett zu verlassen, obwohl das Fieber ganz verschwunden war, wurden beiden, vorzüglich Jovita Foley, die Stunden recht lang. Jovita setzte sich also wieder ins Krankenzimmer, und hier sollte nun die Unterhaltung – wenn auch nicht in der Form eines Dialogs, so doch in der eines Monologs – nicht wieder versiegen.

Wovon hätte Jovita Foley aber plaudern sollen, wenn nicht von Wisconsin, ihrer Rede nach dem schönsten und merkwürdigsten Staate der Union. Ihr Guide-book vor Augen, fand sie gar kein Ende. Konnte Lissy Wag auch erst am letzten Tage abreisen und sich dort nur wenige Stunden aufhalten, so mußte sie Wisconsin ebensogut kennen, als wenn sie mehrere Wochen daselbst verweilt hätte.

»Denke dir nur, meine Liebe«, sagte Jovita Foley in bewunderndem Tone, »daß es früher nach einem Flusse gleichen Namens Mesconsin hieß und daß es nirgends ein Land gibt, das sich mit ihm vergleichen könnte! Im Norden sieht man noch die Reste jener alten Fichtenwaldungen, die einst sein ganzes Gebiet bedeckten. Daneben besitzt es Thermalquellen, die denen Virginiens überlegen sind, und ich bin überzeugt, wenn deine Bronchitis ...«

»Sehr schön; wir haben uns aber doch wohl nach Milwaukee zu begeben?«

»Ganz recht ... nach Milwaukee, der bedeutendsten Stadt des Staates, deren Namen in alter Indianersprache soviel wie ›Schönes Land‹ bedeutet – eine Stadt von zweimal hunderttausend Einwohnern, darunter viele Deutsche. Man nennt sie wohl auch das deutsch-amerikanische Athen. Ach, wenn wir schon dort wären, welch reizende Spaziergänge gäb' es da an den hohen Ufern, wo sich längs des Milwaukeeflusses prächtige Häuserreihen erheben, vornehme und saubre Stadtteile ... durchweg aus milchweißen Backsteinen erbaut, wonach die Stadt einen besonderen Namen bekommen hat ... nun ... du errätst ihn nicht?«

»Nein, Jovita.«

»Cream City, meine Liebe, die Sahnestadt! ... Da könnte man sein Weißbrot hübsch eintauchen! Ach, warum muß diese verwünschte Bronchitis uns hindern, sofort dahin zu gehen!«

Wisconsin hat übrigens noch manche andre Städte, die zu besuchen beide Zeit gehabt hätten, wenn sie gleich am 9. hätten abreisen können, z. B. Madison, das auf einer Landenge, fast einer Brücke, zwischen dem Mendota- und dem Mononasee, die miteinander in Verbindung stehen, erbaut ist; ferner andre Orte mit auffallenden Namen, wie Fond du Lac am Southern Foxflusse, dessen Umgebug von artesischen Brunnen so durchlöchert ist, daß sie einen wahren Schaumlöffel bildet. Dann eine hübsche Ortschaft, Eau Claire, mit einem silberhellen Bergflusse, der ihren Namen rechtfertigt. Endlich den Winnebagosee, die Green Bay, den Ankerplatz der Zwölf Apostel vor der Ashlandbai, und den Teufelssee, eine der natürlichen Schönheiten dieses wunderbaren Wisconsin.

Mit lauter Stimme las Jovita Foley die Seiten aus ihrem Reiseführer ab und berichtete dabei über die verschiedenen Entwicklungsperioden des Landes, das früher einmal der Wohnsitz von Indianerstämmen war, dann von Franco-Kanadiern, zur Zeit als es noch Badger State (Dachsland) hieß, sozusagen neu entdeckt und kolonisiert wurde.

Am frühen Morgen des 13. war die Neugier der großen Menge in Chicago so gut wie verdoppelt. Die Tageszeitungen hatten die Gemüter bis zum höchsten Grade in Spannung versetzt. Im Saale des Auditoriums wimmelte es von Neugierigen ebenso wie an jenem Tage, wo das Testament William J. Hypperbones öffentlich verlesen wurde. Um acht Uhr früh sollte ja zum siebenten Male gewürfelt werden, und zwar für die geheimnisvolle und rätselhafte Persönlichkeit, die man nur unter den Buchstaben X. K. Z. kannte.

Vergeblich hatten sich viele bemüht, das Inkognito dieses Partners zu entschleiern. Die gewandtesten Berichterstatter, die schärfsten Spürnasen der Lokalchronik waren daran gescheitert. Mehrmals glaubten sie schon, eine Fährte entdeckt zu haben, doch immer erwies sich diese als falsch. Anfangs glaubte man allgemein, der Entseelte habe mittels des dem Testamente angefügten Kodizills einen seiner Kollegen aus dem Excentric Club als siebenten an dem großartigen Match beteiligen wollen. Man nannte wohl auch den Namen Georges B. Higginbotham, der Betreffende widersprach aber mit Bestimmtheit jener schon weitverbreiteten Vermutung.

Wurde hierüber eine Frage an Meister Tornbrock gerichtet, so erklärte dieser, daß auch er nichts weiteres wisse und keinen andern Auftrag habe als den, an die Postämter der Orte, wo sich der »Mann mit der Maske« – wie man zu sagen pflegte – aufzuhalten verpflichtet sei, das Ergebnis des Würfelns zu telegrafieren.

Inzwischen erwartete man, und vielleicht nicht ohne Grund, daß der Herr X. K. Z. an diesem Morgen auf den Anruf derselben Buchstaben antworten werde. Das hatte die Massenansammlung veranlaßt, von der nur ein kleiner Teil ein Plätzchen vor der Bühne erlangen konnte, worauf der Notar und die Mitglieder des Excentric Club erschienen. Zu Tausenden drängten sich die Leute noch in den benachbarten Straßen und in den schattigen Gängen des Lake-Park.

Die Neugier erfuhr eine vollkommene Enttäuschung. Maskiert oder nicht – jedenfalls tauchte kein Individuum auf, als Meister Tornbrock, nachdem die Würfel über die Karte gerollt waren, die Zahl ihrer Augen verkündigte.

»Neun, durch sechs und drei«, rief er, »sechsundzwanzigstes Feld, Staat Wisconsin!«

Merkwürdig – das war dieselbe Zahl, die für Lissy Wag, und zwar ebenfalls durch sechs und drei, beim Würfeln gefallen war. Von ernstester Bedeutung für die junge Dame war aber der Umstand, daß sie nach den von dem Verstorbenen aufgestellten Vorschriften, wenn sie sich noch an dem Tage in Milwaukee befand, wo dieser X. K. Z. dort eintraf, ihm ihren Platz räumen und wieder zurückgehen mußte, was also mit einem Wiederanfangen der Partie gleichbedeutend war. Und nun nicht abreisen zu können, an Chicago gebannt zu sein!

Die Menge wollte nicht weichen; sie wartete. Niemand zeigte sich. Zuletzt mußten die Leute nachgeben und gehen. Das erregte einen so allgemeinen Unwillen, daß die Abendblätter sehr wenig schmeichelhafte Artikel über den unglückseligen X. K. Z. brachten. Nein, man führte eine ganze Bevölkerung nicht so an der Nase herum!

So verstrichen die Tage. Alle achtundvierzig Stunden wiederholte sich das Auswürfeln genau nach bestehender Vorschrift und der Ausfall wurde jedem, den es betraf, telegrafisch nach dem Orte gemeldet, wo er sich zur bestimmten Zeit aufzuhalten hatte.

Endlich kam der 22. Mai heran. Von X. K. Z. verlautete nichts; auch in Wisconsin war er noch nicht aufgetaucht, freilich genügte es ja, wenn er sich nur am 27. im Postamte von Milwaukee einstellte. Lissy Wag, die jetzt fast ganz wiederhergestellt war, hätte sich nun wohl unmittelbar nach Milwaukee begeben und, entsprechend den Regeln des Spiels, die Stadt auch wieder verlassen können, bevor X. K. Z. daselbst wieder eintraf, da drängte sich ihr aber grade die Befürchtung auf, daß Jovita Foley, die infolge nervöser Überreizung dem Zusammenbrechen nahe war, an ihrer Stelle erkranken könnte.

Sie erlitt wirklich einen leichten Fieberanfall, der sie zwang, das Bett zu hüten.

»Ich hatte es dir vorhergesagt, meine arme Jovita«, begann Lissy Wag. »Du hast dich nicht gehalten...«

»Oh, das wird nichts zu bedeuten haben, meine Beste. Übrigens liegt die Sache jetzt ganz anders. Ich bin am Spiele persönlich nicht beteiligt, und wenn ich nicht abreisen kann, so reisest du eben allein...«

»Nimmermehr, Jovita!«

»Du wirst es aber vielleicht müssen...«

»Niemals, sag' ich dir! Mit dir... ja, obgleich auch da kein gesunder Sinn drin liegt. Ohne dich... nein!«

Für den Fall, daß Jovita Foley sie nicht begleiten könnte, war Lissy Wag fest entschlossen, auf die Möglichkeit, William J. Hypperbones einzige Erbin zu werden, von vornherein zu verzichten.

Die Verhältnisse gestalteten sich jedoch unerwartet günstiger – ein Tag strenge Diät und vollkommene Ruhe genügten, Jovita Foley wiederherzustellen. Am Nachmittage des 22. konnte sie aufstehen und ging sofort daran, den Koffer zu pakken, den die beiden jungen Mädchen auf ihren Fahrten durch die Vereinigten Staaten mitnehmen wollten.

»Ach«, rief sie, »zehn Jahre meines Lebens gäb' ich darum, wenn wir schon unterwegs wären!«

Mit den zehn Jahren, die sie schon wiederholt um irgend etwas zu geben bereit gewesen war, und den zehn Jahren, die sie auf der Reise jedenfalls noch um dies oder jenes willen anbieten würde, blieb ihr freilich nur noch wenig Zeit über, auf dieser Erde zu wandeln.

Die Abreise wurde nun auf den 23. morgens acht Uhr festgesetzt, wo ein Zug abging, der binnen zwei Stunden Milwaukee erreichte, so daß Lissy Wag hier die Depesche des Meister Tornbrock noch vor der Mittagsstunde in Empfang nehmen konnte. Dieser letzte Tag wäre auch ohne jeden Zwischenfall verlaufen, wenn die beiden Freundinnen kurz vor fünf Uhr nicht noch einen ganz unerwarteten Besuch erhalten hätten.

Lissy Wag und Jovita Foley lehnten im Fenster und sahen nach der Straße hinunter, wo sich noch eine Anzahl Neugieriger herumtummelte, die die Blicke unausgesetzt nach ihren Fenstern gerichtet hielten.

Da ertönte die Klingel an der Tür; Jovita ging hinaus, um zu öffnen.

Der Personenaufzug hatte einen Herrn nach dem Vorsaale des neunten Stockwerks befördert.

»Fräulein Lissy Wag?...« fragte der Fremde, das junge Mädchen grüßend.

»Befindet sich hier in ihrer Wohnung, mein Herr.«

»Könnte sie mich vielleicht empfangen?«

»Ja ... Miß Wag ist sehr krank gewesen«, antwortete Jovita Foley zögernd; »ob es ihr recht ist ...«

»Ich weiß, daß sie die letzten Tage krank war«, sagte der Besucher, »habe aber Grund zu glauben, daß sie wieder völlig genesen ist.«

»Vollständig, mein Herr, wir wollen ja morgen früh abreisen.«

»Ah, ich habe die Ehre, Fräulein Jovita Foley zu sprechen?...«

»Ich bin Jovita Foley; kann ich Ihnen nicht anstelle Lissy Wags etwa gewünschte Auskunft geben?«

»Ich zöge es doch vor, sie selbst zu sehen ... mit eignen Augen zu sehen ... wenn das irgend möglich ist.«

»Darf ich fragen, was Sie hierher führt?«

»Oh, ich habe vor Ihnen nichts zu verheimlichen, verehrtes Fräulein. Ich habe die Absicht, bezüglich des ›Match Hypperbone‹ eine Wette abzuschließen ... eine bedeutende Summe auf die fünfte Partnerin zu setzen, und Sie begreifen da wohl, daß ich recht sehr wünschte ...«

Jovita Foley begriff das ... ja sie war entzückt darüber! Endlich einer, der die Aussichten, die Lissy Wag hatte, mit so günstigen Augen ansah, daß er Tausende von Dollars auf sie verwetten wollte.

»Mein Besuch wird nur kurz ... ganz kurz sein«, setzte der Herr, sich verbeugend, hinzu.

Es war ein Mann von etwa fünfzig Jahren mit graugesprenkeltem Barte und noch durch den Klemmer glänzenden, für sein Alter eher etwas gar zu lebhaften Augen, von vornehmem

Äußern und edlen Gesichtszügen, von hohem Wuchse und mit auffallend sanfter Stimme. So dringend er Lissy Wag auch zu sehen verlangte, bewahrte er dabei doch die größte Höflichkeit und entschuldigte sich, diese – noch dazu am Vorabend einer so wichtigen Reise – zu belästigen.

Jovita Foley glaubte keine Ursache zur Abweisung des Gastes zu haben, zumal da sein Besuch nicht lange dauern sollte.

»Darf ich um Ihren Namen bitten, mein Herr?«

»Humphry Weldon aus Boston, Massachusetts«, antwortete der Fremde.

Er folgte Jovita Foley in das von dieser geöffnete Zimmer und trat dann in das zweite ein, worin Lissy Wag sich aufhielt.

Bei seinem Erscheinen wollte diese sich erheben.

»O bitte, inkommodieren Sie sich nicht, mein Fräulein! Verzeihen Sie nur meine Aufdringlichkeit ... ich wünschte aber gar zu sehr, Sie, und wär's nur für einen Augenblick, vor Ihrer Abreise zu sehen.«

Jovita Foley hatte ihm inzwischen einen Stuhl gebracht, auf dem er dankend Platz nahm.

»Einen Augenblick ... nur einen Augenblick!« wiederholte er. »Wie ich schon Fräulein Foley sagte, gedenke ich auf Sie eine größere Summe zu setzen, denn ich glaube an Ihren schließlichen Erfolg und wollte mich heute nur überzeugen, ob auch Ihr Gesundheitszustand ...«

»Oh, ich bin völlig wiederhergestellt, Herr Weldon«, erwiderte Lissy Wag, »und ich danke bestens für das Vertrauen, das Sie zu mir hegen. Doch, ehrlich gesprochen, meine Aussichten ...«

»Das sind Sachen des Vorgefühls, mein Fräulein«, fiel Herr Weldon überzeugten Tones ein.

»Ja ... eines unabweisbaren Vorgefühls«, stimmte Jovita Foley ein.

»Darüber ist nicht zu rechten, verehrtes Fräulein ...«

»Und was Sie bezüglich meiner Freundin Lissy denken«, rief Jovita Foley, »ganz dasselbe denke ich auch! Ich bin überzeugt, daß sie gewinnen wird ...«

»Und ich nicht minder, wenigstens wenn sich ihrer Abreise kein Hindernis in den Weg stellt«, erklärte Herr Weldon.

»Morgen«, versicherte Jovita Foley, »werden wir beide rechtzeitig auf dem Bahnhofe sein und der Zug bringt uns noch am Vormittage nach Milwaukee . . .«

»Wo Sie, wenn nötig, einige Tage der Ruhe pflegen können«, bemerkte Weldon.

»O nein . . . das geht nicht an«, widersprach ihm Jovita.

»Und warum nicht?«

»Weil wir dort nicht mehr sein dürfen, wenn jener X. K. Z. daselbst eintrifft . . . sonst müßten wir die Partie ja wieder von vorn anfangen.«

»Ja, ja . . , das ist richtig.«

»Mich beunruhigt nur, wohin wir das zweitemal geschickt werden«, ließ sich Lissy Wag vernehmen.

»Oh, sorge dich nicht darum, wohin es auch sein mag!« rief Jovita Foley mit einer vorwärtsstrebenden Bewegung, als hätte sie Flügel bekommen.

»Hoffen wir, Fräulein Wag«, sagte der Gast, »daß der zweite Wurf für Sie ebenso glücklich wie der erste ausfallen werde!«

Der brave Mann sprach hierauf von verschiedenen, unterwegs zu beobachtenden Vorsichtsmaßregeln, von der Notwendigkeit, die Fahrpläne sorgsam zu studieren und mit peinlicher Sorgfalt die besten Züge der Bahnlinien auszuwählen, die das Gebiet der Union mit so engmaschigem Netze bedecken.

»Im übrigen«, setzte er hinzu, »ist es mir sehr angenehm zu wissen, Fräulein Wag, daß Sie nicht allein reisen.«

»Nein, meine Freundin begleitet mich, oder richtiger, sie nimmt mich ins Schlepptau . . .«

»Das ist recht von Ihnen, Fräulein Foley«, meinte Weldon. »Es ist allemal besser, zu zweien zu reisen. Es ist auch angenehmer . . .«

»Und klüger obendrein, wenn es darauf ankommt, keine Züge zu verfehlen«, erklärte Jovita Foley.

»Ich rechne auch nicht wenig auf Sie«, sagte der Besucher, »Sie werden Ihr Möglichstes tun, damit Fräulein Wag gewinnt . . .«

»Darauf können Sie sich verlassen, Herr Weldon!«

»Ich begleite Sie mit den besten Wünschen, meine Damen,

denn Ihr Erfolg sichert ja auch den meinigen!«

Der Besuch hatte gegen zwanzig Minuten gedauert, und nachdem er um die Erlaubnis gegeben hatte, Fräulein Wag und dann auch ihrer liebenswürdigen Freundin die Hand drücken zu dürfen, wurde Humphry Weldon wieder nach dem Aufzug geleitet, von dem aus er noch einen letzten Gruß heraufwinkte.

»Der arme Mann«, sagte hierauf Lissy Wag, »und wenn ich mir vorstelle, daß ich es sein soll, durch die er sein Geld verliert...«

»Na ja... ist schon gut«, fiel ihr Jovita ins Wort. »Denk' aber daran, was ich dir sage, meine Liebe: Diese alten Herren haben meist eine richtige Ahnung... einen Spürsinn, der sie auf keine falsche Fährte leitet. Der wackre Mann, der eben bei uns war, ist für dich ein Glücksbote im Spiele!«

Alle Vorbereitungen waren beendet – der Leser weiß ja, schon seit langer Zeit – die beiden hatten sich nur noch einmal für die Nacht schlafen zu legen und mit dem nächsten Morgenrote aufzustehen. Noch einmal erwarteten sie jedoch den Arzt, der am Abend wiederzukommen versprochen hatte. Doktor M. P. Pughe stellte sich auch richtig ein und konnte versichern, daß der Gesundheitszustand seiner Klientin nichts zu wünschen übriglasse, daß jede Befürchtung ernster Komplikationen nun hinfällig geworden sei.

Am nächsten Tage, dem 23. Mai, war die ungeduldigere der beiden Reisenden schon um fünf Uhr morgens auf den Füßen.

Die zuweilen unberechenbare Jovita Foley erdichtete sich jetzt in ihrer Erregtheit aber noch eine ganze Reihe von Behinderungen und unglücklichen Zufällen. Wenn nun der Wagen, der sie nach dem Bahnhofe bringen sollte, unterwegs umstürzte... wenn ein Verkehrshindernis ihm den Weg versperrte... wenn vielleicht die Abgangszeit des Zuges verlegt worden wäre... wenn eine Entgleisung stattfände...

»Oh, beruhige dich doch, Jovita«, redete ihr Lissy Wag zu, »ich bitte dich, werde ruhiger!«

»Ich kann's nicht, mein Herz, ich kann's einmal nicht!«

»Wirst du während der ganzen Reise in solcher Gemütsverfassung sein?«

»Die ganze Zeit über!«

»Dann bleib' ich lieber hier.«

»Der Wagen steht unten, Lissy! Schnell . . . vorwärts!«

In der Tat wartete vor dem Hause ein Wagen, der gut um eine Stunde zu zeitig bestellt war. Die beiden Freundinnen begaben sich hinab, begleitet von den Glückwünschen des ganzen Hauses, an dessen Fenstern sich trotz der frühen Morgenstunde einige hundert Köpfe zeigten.

Das Gefährt nahm den Weg durch die North Avenue nach der North Branch, bog dann nach dem rechten Ufer des Chicagoflusses ab, rollte über dessen Brücke am Ende der Van Burenstraße und setzte die Reisenden zehn Minuten nach sieben Uhr am Bahnhofe ab.

Jovita Foley empfand wohl eine gewisse Enttäuschung, als sie bemerkte, daß die Abfahrt der fünften Partnerin keine große Ansammlung von Neugierigen veranlaßt hatte. Offenbar war Lissy Wag im »Match Hypperbone« nicht der Günstling der Menge. Das bescheidne junge Mädchen selbst beklagte sich darüber jedoch nicht, sie zog es bei weitem vor, Chicago ohne Erregung öffentlicher Aufmerksamkeit zu verlassen.

»Sogar der zuvorkommende Herr Weldon ist nicht zur Stelle!« konnte Jovita zu bemerken nicht unterlassen.

In der Tat hatte es der Besucher von gestern nicht für nötig erachtet, die Partnerin, an der er doch ein sehr großes Interesse hatte, im Waggon unterzubringen!

»Da siehst du es ja«, meinte Lissy Wag, »auch er gibt mich auf!«

Endlich setzte sich der Zug in Bewegung, ohne daß sich jemand um die Anwesenheit Lissy Wags gekümmert hätte. Da hörte man keine Hurras, keine Hipps, höchstens brachte Jovita Foley solche im stillen für ihre Freundin aus.

Die Bahnlinie folgt dem Ufer des Michigansees. Lake View, Evanston, Glenoke und andre Stationen wurden im Fluge durcheilt. Das Wetter war herrlich. Bis weit hinaus glitzerte das von Dampfern und Segelschiffen belebte Wasser . . . das Wasser, das sich von See zu See, vom Obern durch den Huron-, Michigan-, Erie- und Ontariosee in das breite Bett des St.

Lorenzostromes und endlich in den Atlantischen Ozean ergießt. Nachdem der Zug Vankegan, eine bedeutendere Stadt am Seeufer, verlassen hatte, überschritt er an der Station der State Line die Grenze von Illinois und gelangte damit auf den Boden von Wisconsin. Etwas weiter im Norden hielt er in Racine, einer mächtig aufblühenden Fabrikstadt, und es war noch nicht zehn Uhr, als er in den Bahnhof von Milwaukee einlief.

»Wir sind da . . . sind an Ort und Stelle!« jubelte Jovita Foley mit einem solchen Seufzer der Befriedigung, daß sich ihr Schleier wie ein Segel vor dem Winde aufblähte.

»Und noch gut zwei Stunden vor der letzten Frist«, bemerkte Lissy Wag, die nach ihrer Uhr gesehen hatte.

»Nein, vierzehn Tage zu spät!« entgegnete Jovita, als sie auf den Bahnsteig hinaussprang.

Sofort beeilte sie sich, ihren Koffer in der Unmasse von Gepäckstücken zu erspähen.

Der Koffer hatte sich nicht verirrt, ja man weiß eigentlich nicht, warum Jovita Foley diese Befürchtung hegte. Jetzt fuhr ein Mietwagen vor. Die beiden jungen Mädchen stiegen ein und ließen sich nach einem guten Hotel fahren, das im Guidebook besonders empfohlen war. Auf die Frage, ob sie sich in Milwaukee längere Zeit aufzuhalten gedächten, antwortete Jovita Foley, daß sie das nach ihrer Zurückkunft vom Postamte sagen werde, daß sie aber wahrscheinlich noch am heutigen Tage weiterreisen würden.

Dann wendete sie sich an Lissy Wag.

»Verspürst du denn keinen Hunger?«

»Oh, ich frühstückte gern ein wenig, Jovita.«

»Nun gut, so wollen wir erst etwas genießen und machen danach unsern Gang ab.«

»Du weißt aber, zu Mittag . . .«

»Ja, freilich, ich weiß es, meine Liebe!«

Da sie sich noch nicht ins Fremdenbuch eingetragen hatten und das auch erst nach der Rückkehr vom Postamte tun wollten, konnte Milwaukee nicht ahnen, daß sich die fünfte Partnerin vom »Match Hypperbone« in seinen Mauern befand.

Dreiviertel zwölf Uhr betraten die beiden reisenden Damen

das Postamt, und Jovita Foley fragte den Schalterbeamten, ob eine Depesche für Miß Lissy Wag eingetroffen sei.

Bei Nennung dieses Namens erhob der Beamte den Kopf, und seine Augen drückten die größte Befriedigung aus.

»Für Miß Lissy Wag?« wiederholte er.

»Ja . . . aus Chicago«, antwortete Jovita Foley.

»Die Depesche ist hier«, sagte der Beamte, indem er das Telegramm der Adressatin einhändigte.

»Bitte . . . gib es mir!« rief Jovita Foley. »Du brauchtest zu lange Zeit, es zu öffnen, und ich könnte wieder einem nervösen Anfalle unterliegen!«

Mit vor Ungeduld zitternden Händen öffnete sie das Papier und las darin:

»Lissy Wag, Post Office, Milwaukee, Wisconsin.

Zwanzig durch zweimal zehn; sechsundvierzigstes Feld, Staat Kentucky, Mammuthöhlen.

Tornbrock.«

Dreizehntes Kapitel

Abenteuer des Commodore Urrican

Am 11. Mai um acht Uhr morgens hatte der Commodore Urrican erfahren, wieviel Augen bei dem ihn angehenden sechsten Würfeln gefallen waren, und fünfundzwanzig Minuten nach neun Uhr dampfte er schon von Chicago ab.

Er hatte, wie man sieht, keine Zeit verloren und durfte auch keine verlieren wegen der Verpflichtung, sich nach Verlauf von vierzehn Tagen am südlichsten Ende der Halbinsel von Florida zu befinden.

Neun durch vier und fünf Augen – einer der besten Würfe der Spielpartie! Mit einem Sprunge wurde der glückliche Spieler dadurch nach dem dreiundfünfzigsten Felde versetzt. Freilich war es nach der von William J. Hypperbone beliebten Einteilung der Landkarte der Staat Florida, der für jenes Feld galt, derjenige Staat, der in der Nordamerikanischen Republik am weitesten im Südosten lag.

Die Freunde Hodge Urricans – richtiger seine Parteigänger, denn Freunde hatte er eigentlich nicht, wenn auch gewisse Leute grade auf den Sieg eines so schlecht beleumundeten Mannes hofften – wollten ihn beim Verlassen des Auditoriums beglückwünschen.

»Aber ich bitte Sie, warum denn?« antwortete er in dem mürrischen Tone, der der Unterhaltung mit ihm einen so eignen Reiz verlieh. »Warum wollen Sie mich mit Ihren Glückwünschen belasten, während ich erst im Abreisen bin? Das wird für mich nur eine Gepäcküberfracht zur Folge haben!«

»Commodore«, wendete einer der Anwesenden ein, »fünf und vier ist ein vortrefflicher Anfang ...«

»Ein vortrefflicher ... freilich ... vor allem für Leute, die grade in Florida etwas zu tun haben!«

»Bedenken Sie, Commodore, daß Sie über alle Ihre Mitbewerber sofort einen großen Vorsprung gewinnen.«

»Ich denke, das ist auch nicht mehr als recht und billig, da ich erst als letzter abreisen kann.«

»Ja, doch von dem Ihnen zugewiesenen Felde, Herr Urrican, brauchen Sie nur noch beim Würfeln zehn Augen zu erhalten, um das Endziel zu erreichen, und damit hätten Sie die Partie mit zwei Schlägen entschieden.«

»Ja, freilich, meine Herren! ... Doch wenn ich neun Augen erhielte, wäre das auf dem nächstfolgenden Wurf schon unmöglich, und wären es mehr als zehn, so müßte ich sogar – wer weiß, wie weit? – wieder zurückgehen.«

»Immerhin, Commodore, jeder andre würde an Ihrer Stelle sehr zufrieden sein.«

»Wohl möglich ... ich bin es aber nicht!«

»Bedenken Sie doch ... vielleicht winken Ihnen sechzig Millionen Dollar bei Ihrer Rückkehr!«

»Die hätt' ich ebensogut eingesackt, wenn das dreiundfünfzigste Feld ein dem unsren benachbarter Staat gewesen wäre!«

Das war ja gewiß richtig, doch hatte Urrican, obwohl er es nicht zugeben wollte, den fünf andern Partnern gegenüber einen entschiedenen Vorsprung. Von diesen konnte unbedingt keiner das letzte Feld durch den nächsten Wurf erreichen, was dem Commodore doch durch zehn Augen möglich war.

Hodge Urrican verschloß sein Ohr nun einmal vor der Stimme der Vernunft, und selbst wenn er nach einem der Nachbarstaaten von Illinois, nach Indiana oder Missouri, gewiesen worden wäre, hätte er auf jene Stimme doch nicht gehört.

Murrend und heimlich wetternd war der Commodore Urrican nach seinem Hause in der Randolph Street zurückgekehrt. Turk, der natürlich mit ihm ging, machte seinem Groll in so heftigen Ausfällen Luft, daß sein Herr ihm Schweigen gebieten mußte.

Sein Herr? . . . Hodge Urrican war also Turks Herr, obgleich Amerika einesteils die Aufhebung der Sklaverei verkündigt hatte, und andernteils Turk trotz seines sonnengebräunten Gesichts doch nicht als Neger gelten konnte?

War dieser also ein Diener des alten Seebären? . . . Ja und nein.

Erstens bezog Turk, wenn er auch in Diensten beim Commodore stand, keinerlei Gehalt oder Lohn. Wenn er Geld brauchte – das war immer nur wenig – so verlangte er solches, und es wurde ihm gegeben. Man hätte ihn eher einen »Gesellschafter« nennen können, wie man ähnlich von derartigen Damen im Gefolge von Fürstinnen spricht. Die gesellschaftliche Kluft, die Hodge Urrican und Turk trennte, gestattete es indes nicht, letzteren als Standesgenossen seines Herrn anzusehen.

Turk – sein richtiger Name – war ein früherer Seemann von der Bundesmarine, der immer, als Schiffsjunge, Leicht- und Vollmatrose und als Bootsmann, also von unten auf, in staatlichem Dienste gefahren war. Stets befand er sich dabei, was hier betont werden mag, auf denselben Schiffen wie Hodge Urrican, der im Laufe der Zeit Kadett, Offizier, Kapitän und schließlich Commodore wurde. Beide kannten sich also gründlich, und Turk war so ziemlich der einzige Mensch, mit dem der hitzköpfige Offizier sich noch leidlich vertragen konnte. Das erklärt sich vielleicht dadurch, daß jener noch aufbrausender war, als dieser, dessen Streitigkeiten er zu den seinigen machte, und daß er stets bereit war, denen übel mitzuspielen, die nicht das Glück hatten, ihm zu gefallen.

Bei den verschiedensten Fahrten befand sich Turk häufig in persönlicher Dienstleistung bei Hodge Urrican, der seine Eigenschaften zu schätzen wußte und dem er endlich unentbehrlich geworden war. Als der Commodore dann das Alter erreicht hatte, wo er aus dem aktiven Dienste scheiden mußte, ging auch Turk, dessen Kapitulationszeit abgelaufen war, von der Marine ab, begab sich zu seinem früheren Vorgesetzten und trat unter den uns bekannten Verhältnissen in dessen Dienste. Jetzt versah er schon seit drei Jahren in dem Hause der Randolph Street den Posten eines Verwalters, der nichts zu verwalten hatte, oder also etwa den eines Ehren-Aufsehers.

Bisher sagten wir noch nicht – und keiner möchte das vermutet haben – daß Turk eigentlich der sanftmütigste, rücksichtsvollste und friedliebenste Mensch war, mit dem sich jedermann leicht vertragen konnte. Schon an Bord war er jedem Streite abhold, beteiligte sich nie an den Raufereien zwischen den Matrosen und erhob nie die Hand gegen irgend jemand, selbst wenn er seine Gläschen Whisky oder Gin, ohne sie ängstlich zu zählen, genossen hatte, und hielt sich immer stramm wie eine gut segelnde Fregatte mit sechzig Geschützen.

Es könnte deshalb auffallend erscheinen, daß er, ein so ruhiger, friedfertiger Mann, den ärgsten Hitzkopf der Welt jetzt an Heftigkeit übertraf oder diesen doch zu übertreffen sich den Anschein gab.

Turk bewahrte aber einmal für den Commodore trotz dessen Ungeselligkeit eine aufrichtige Zuneigung. Er glich sozusagen einem der getreuen Hunde, die nur noch wütender bellen, wenn ihr Herr auf jemand böse wird. Wenn der Hund dabei aber nur seiner Natur gehorcht, so verleugnete Turk die seine vollständig, und doch hatte die Gewohnheit, bei jeder Gelegenheit noch lauter und ingrimmiger als Hodge Urrican aufzutreten, der Sanftmut seines Charakters keinen Eintrag getan. Sein Zorn war nur Blendwerk, er spielte eine Rolle, freilich ganz vortrefflich, denn er hatte sich mit der Zeit in diese völlig eingelebt.

Er tat also alles rein aus Liebe zu seinem Herrn und in der Absicht, diesen zu zähmen, indem er ihn überbot, und durch die Folgen, die sein – Turks – Jähzorn haben könnte, zu erschrecken. Bemühte sich Hodge Urrican nämlich, Turk zu besänftigen, so wurde er schließlich selbst dadurch ruhiger. Sprach der eine davon, einem, dem er übel wollte, tüchtig die Wahrheit zu sagen, so war der andre schon bereit, den Betreffenden zu ohrfeigen, und ihn tot auf dem Platze zu lassen, wenn der Commodore diesen bloß mit einer Ohrfeige bedrohte. Dann bemühte sich der Commodore, Turk Vernunft beizubringen, und auf diese Weise verhinderte der brave Diener oft Auftritte, die für seinen Herrn nicht ohne Nachteil abgelaufen wären.

Und als Hodge Urrican bei der letzten Gelegenheit, als er nach Florida geschickt wurde, den Notar verklagen wollte, als ob der Meister Tornbrock diesen Ausfall des Würfelns verschuldete, behauptete Turk mit lauter Stimme, daß der elende Aktenwurm betrogen habe, und schwor darauf, daß er ihm beide Ohren abreißen und seinem Herrn daraus ein Sträußchen binden werde.

Solcher Art war also – geschickt genug, niemals sein Spiel durchschauen zu lassen – der originelle Kauz, der am heutigen Morgen den Commodore Urrican nach dem Zentralbahnhofe von Chicago begleitete.

Der Abfahrt des sechsten Partners wohnte, wie bereits erwähnt, eine ansehnliche Menge bei, und wenn sich darunter auch keine Freunde des Reisenden befanden, so waren es doch Leute, die es wagten, ihr Geld auf seinen Kopf zu riskieren. Durften sie nicht hoffen, daß ein so gewalttätiger Charakter nicht auch fähig wäre, die Glücksgöttin seinem Willen zu beugen?

Fragte man nun nach dem Reisewege, den der Commodore gewählt hätte, so lautete die Antwort, daß das natürlich der kürzeste und der war, der am wenigsten Verzögerungen befürchten ließ.

»Jetzt höre, Turk«, hatte er bei der Rückkehr in das Haus in der Randolph Street gesagt, »höre und mach' die Augen auf!«

»Ich höre und sehe, Herr Urrican.«

»Was ich dir hier vorlege, ist die Karte der Vereinigten Staaten . . .«

»Richtig . . . die Karte der Vereinigten Staaten.«

»Jawohl ... hier ist Illinois mit Chicago darin ... da ist Florida ...«

»Oh, ich weiß schon«, antwortete Turk, der ein leises Knurren hören ließ. »Seinerzeit sind wir dort viel umhergefahren und haben dabei manchen Strauß bestanden, Herr Commodore!«

»Du begreifst, Turk: Handelte es sich nur darum, nach Thallahassee, dem Regierungssitz Floridas, oder nach Pensacola, selbst nach Jacksonville zu gehen, so wäre das leicht und schnell auszuführen, wenn wir die richtigen, aneinander anschließenden Bahnzüge wählten ...«

»Leicht genug und schnell auszuführen«, wiederholte Turk.

»Wenn ich mir da vorstelle«, fuhr der Commodore fort, »daß Lissy Wag, das alberne Ding, nur von Chicago nach Milwaukee zu fahren brauchte ...«

»Die Elende!« knurrte Turk.

»Und daß dieser Hypperbone ...«

»Oh, wenn der nicht tot wäre, Commodore!« rief Turk, der mit der Faust umherfuchtelte, als wollte er dem unseligen Verstorbenen den Gnadenstoß versetzen.

»Beruhige dich, Turk, er ist nun einmal tot! Warum ist er aber auf den verrückten Gedanken gekommen, von ganz Florida den entlegensten Punkt zu wählen, das Schwanzende der Halbinsel, die in den Mexikanischen Golf eintaucht?«

»Ein Schwanzende, mit dem er bis aufs Blut geprügelt zu werden verdiente!« erklärte Turk.

»Ja, wir müssen unsern Reisesack bis nach Key West, nach dem zu den Pine Islands gehörigen Eilande schleppen! Ein Eiland, sogar nur ein elender ›Knochen‹, wie die Spanier sagen, höchstens gut genug, einen Leuchtturm zu tragen – und doch ist darauf eine Stadt entstanden ...«

»Schlechtes Fahrwasser dort, Herr Commodore«, antwortete Turk, »und was den Leuchtturm angeht, so haben wir den oft genug gepeilt, ehe wir in die Straße von Florida einliefen.«

»Nun also«, fuhr Hodge Urrican fort, »ich meine, es wird das Beste, das Kürzeste und auch das Sicherste sein, die erste Hälfte der Reise zu Lande und die zweite zur See zurückzulegen ... das heißt, neunhundert Meilen (1448 Kilometer) bis

Mobile und von da aus fünf- bis sechshundert (800 bis 960 Kilometer) bis Key West.«

Turk erhob keinen Einspruch, der auch bei diesem verständig entworfenen Plane nicht angebracht gewesen wäre. Binnen sechsunddreißig Stunden konnte Hodge Urrican mittels Schnellzugs in Mobile sein, und dann blieben ihm noch reichlich zwölf Tage für die Überfahrt nach Key West übrig.

»Und wenn wir da nicht ankämen«, erklärte der Commodore, »müßten die Schiffe überhaupt nicht mehr auf dem Wasser schwimmen . . .«

»Oder das Meer müßte kein Wasser mehr haben!« antwortete Turk mit einem für den Mexikanischen Meerbusen höchst bedrohlichen Tone.

Natürlich waren diese beiden Möglichkeiten kaum zu befürchten.

Von der Frage, in Mobile ein zur Abfahrt nach Florida segelfertiges Schiff anzutreffen, war gar nicht die Rede. Im dortigen Hafen herrscht ein reger Verkehr durch viele ein- und auslaufende Schiffe, und andrerseits ist Key West, dank seiner Lage zwischen dem Golf von Mexiko und dem Atlantischen Ozean, gleichsam eine Station für alle jene Fahrzeuge.

Dieser Reiseweg fiel zum Teil mit dem Tom Crabbes zusammen. War der Champion der Neuen Welt im Becken des Mississippi bis New Orleans im Staate Louisiana hinuntergefahren, so sollte der Commodore diesem bis Mobile im Staate Alabama folgen. In dem betreffenden Hafen angelangt, war dann der erstere in westlicher Richtung nach der Küste von Texas gesegelt, während der letztere sich in östlicher Richtung nach der Küste von Florida zu begeben hatte.

Mit einem sehr großen Koffer belastet, hatten sich Hodge Urrican und Turk also um neun Uhr morgens nach dem Bahnhofe begeben. Ihre Reisekleidung – Matrosenkittel, Gürtel, Schuhe und Mütze – verriet noch die ehemaligen Seeleute. Außerdem war jeder mit einem sechsschüssigen Derringer-Revolver ausgerüstet, der in einer besonderen Beinkleidtasche des echten Amerikaners niemals fehlt.

Übrigens vollzog sich ihre Abfahrt in üblicher Weise unter den Hurrarufen der Anwesenden, nur gestört durch einen lebhaften Wortwechsel zwischen dem Bahnhofsvorsteher und dem Commodore, der sich wegen einer Verzögerung des Zugabgangs um drei und eine halbe Minute bitter beklagte.

Dann flog die Waggonschlange mit Windeseile dahin und führte die Passagiere schnell durch den südlichen Teil von Illinois. Von Kairo, fast an der Grenze von Tennessee, aus hatte Tom Crabbe dann die nach New Orleans führende Linie benutzt, während der sechste Partner und sein Begleiter auf die übergingen, die der Grenze von Mississippi und Alabama folgt und in Mobile endigt. Die bedeutendste Stadt, die sie dabei berührten, war Jackson in Tennessee, das nicht mit den gleichnamigen Städten in den Staaten Mississippi, Ohio, Kalifornien und Michigan zu verwechseln ist. Jenseits der Station State Line überschritt hierauf der Zug am Nachmittag des 12. die Grenze von Alabama, etwa hundert Meilen (160 Kilometer) von seinem Endziele.

Der Leser kann sich ja denken, daß der Commodore Urrican nicht reiste, um zu reisen, sondern um in kürzester Frist und wenigstens zum bestimmten Zeitpunkte an dem ihm vorgeschriebenen Platze einzutreffen. Jede Anwandlung, die einen Touristen unterwegs aufhält, war ihm also fremd. Die Merkwürdigkeiten des Landes, die sich bietenden Aussichten, die Dörfer, Städte und alles dergleichen, hatten für einen alten Seebären auch wirklich keinen Reiz – und mit Turk lag das nicht anders.

Um zehn Uhr abends hielt der Zug im Bahnhof von Mobile; er hatte die lange Strecke ohne den geringsten Unfall zurückgelegt. Es verdient hier hervorgehoben zu werden, daß Hodge Urrican auch nicht ein einziges Mal Gelegenheit gefunden hatte, auf die Maschinenführer, die Heizer, die Kondukteure oder sonstige Bahnbeamte, ja nicht einmal auf seine Reisegenossen zu schelten.

Übrigens verheimlichte er gar nicht, wer er wäre, und der ganze Zug wußte, daß er in der aufbrausenden Persönlichkeit den sechsten Partner des »Match Hypperbone« beförderte.

Der Commodore ließ sich nach einem nahe dem Hafen gelegenen Hotel führen. Heute war es zu spät, nach einem Schiffe Umschau zu halten. Morgen wollten Hodge Urrican mit Tagesanbruch sein Zimmer und Turk das seinige verlassen, und wenn sich ein Schiff fand, das zur Abfahrt nach der Straße von Florida fertig war, wollten sie noch am nämlichen Tage weiterreisen.

Beim Sonnenaufgang am nächsten Tage trotteten beide zusammen schon über die Kais von Mobile.

Montgomery ist die offizielle Hauptstadt von Alabama, des Staates, der seinen Namen dem gleichnamigen Strome entlehnt hat. Er zerfällt in zwei Gebiete, ein gebirgiges, wo die letzten Verzweigungen der Appalachenberge nach Südwesten zu auslaufen, und eines mit weiten Ebenen, das im südlichen Teile viele Sümpfe aufweist. Früher betrieben die Bewohner hier fast ausschließlich den Anbau von Baumwolle; jetzt werden, dank der bequemen Verkehrswege, auch viele Kohlen- und Eisengruben ausgebeutet.

Doch weder Montgomery noch Birmingham, eine gewerbefleißige Stadt im Innern, können einen Vergleich mit dem zweiunddreißigtausend Einwohner zählenden Mobile aushalten. Dieses erhebt sich auf einer Terrasse im Hintergrunde der für Seeschiffe jederzeit bequem zugänglichen Bai, nach der es den Namen angenommen hat. Die Stadt selbst mit ihren niedrigen, im Handelsviertel besonders dicht stehenden Häusern erscheint selbst bezüglich ihrer Einrichtungen für die Schifffahrt, für ihre Ausfuhr von Zigarren, Baumwolle und Gemüsen, etwas beengt. Sie hat aber Vorstädte, die sich weitläufig zwischen üppigem Grün ausdehnen.

Der Commodore Urrican hatte nicht ohne Grund angenommen, daß es ihm an Gelegenheit, zur See nach Key West zu gelangen, hier gar nicht mangeln könne. Im Hafen von Mobile laufen ja jährlich wenigstens fünfhundert Schiffe ein.

Es gibt aber Menschen, die das Verhängnis nirgends schont, die ihrem schlimmen Geschick niemals entgehen können, und diesmal hatte Hodge Urrican alle Ursache, in hellem Zorn aufzulodern.

In Mobile herrschte bei seiner Ankunft grade ein Ausstand, ein allgemeiner Ausstand der Hafenarbeiter, der am Tage vorher ausgebrochen war und wenigstens mehrere Tage anzudauern drohte. Von den zum Auslaufen daliegenden Schiffen konnte keines in See gehen, ehe nicht eine Verständigung mit den Reedern erzielt war, und diese zeigten sich fest entschlossen, die Forderungen der Ausständigen abzuweisen.

So wartete denn der Commodore am 13., 14. und 15. Mai vergeblich, daß ein Schiff seine Ladung beendigt hätte und abfahren könnte. Die Frachtstücke lagerten auf den Kais, die Kesselfeuer waren gelöscht, die Baumwollballen füllten die Docks, kurz, die Schiffahrt hätte nicht schlimmer gehemmt sein können, wenn die Bai von Mobile plötzlich fest zugefroren wäre. Dieser abnorme Zustand konnte die ganze Woche, vielleicht noch länger anhalten . . . Was war nun zu tun? . . .

Die Parteigänger des Commodore Urrican rieten ihm sehr vernünftigerweise, sich nach Pensacola, einer der wichtigsten Städte des an Alabama grenzenden Staates Florida zu begeben. Fuhr er mit dem Schnellzuge nach der Nordgrenze von Alabama zurück und von da wieder hinunter nach der Küste, so konnte er Pensacola in etwa zwölf Stunden erreichen.

Hodge Urrican – die eine gute Seite mußte man ihm lassen – war ein Mann des schnellen Entschlusses, der keiner langen Überlegung bedurfte und dann kein Schwanken kannte. Am Morgen des 16. bestieg er also mit Turk aufs neue die Bahn und kam am Abend in Pensacola an.

Noch blieben ihm neun Tage, mehr Zeit, als es bedurfte, sogar mit einem Segelschiffe von Pensacola nach Key West überzufahren.

Florida, eine in den Golf von Mexiko vorspringende Halbinsel, mißt etwa vierhundert Meilen (644 Kilometer) in der Breite und dreihundertfünfzig Meilen (564 Kilometer) in der Länge. Diese größte Breite findet sich im nördlichen Teile am Fuße der Halbinsel, wo diese dicht unterhalb Alabamas und Georgias bis zum Atlantischen Ozean reicht. Wenn Thallahassee die Hauptstadt, der Sitz der Regierung ist, so hält Pensacola wieder Jacksonville, der bedeutendsten Stadt, so ziemlich die Waage. Durch ein Netz von Schienenwegen mit dem Innern der Union verbunden, ist Pensacola mit seinen zwölftausend Einwohnern in erfreulichstem Aufschwunge begriffen, von größter Bedeutung für den nach einer Fahrgelegenheit spähenden Commodore Urrican war es aber, daß hier im Jahre gegen zwölfhundert Seeschiffe verkehren.

Dennoch verfolgte ihn das Unglück weiter. Ein Ausstand herrschte zwar in Pensacola nicht, dafür war aber kein einziges Schiff segelfertig, den Hafen – wenigstens nach Südosten hin – weder nach den Antillen noch nach dem Atlantischen Ozean zu verlassen und folglich war auch an ein Anlaufen Key Wests nicht zu denken.

»Nein«, murrte Hodge Urrican, die Lippen zusammenbeißend, »nein, entschieden, das geht so nicht weiter!«

»Und da ist keiner, den man dafür am Kragen nehmen könnte«, antwortete sein Begleiter, der sich wütend rings umsah.

»Wir können aber unmöglich hier eine Woche vor Anker liegen!«

»Nein, wir müssen um jeden Preis absegeln, Herr Commodore!« erklärte Turk.

Ja, das war wohl richtig, doch wie war von Pensacola nach Key West zu kommen?

Hodge Urrican verlor keine Minute; er ging von Schiff zu Schiff, von Dampfer zu Segler, erhielt aber immer nur unbestimmte Versprechungen ... Man werde ja abfahren ... doch die Zeit, die Waren einzuladen ... alles regelrecht zu verstauen ... usw., also keine bestimmte Zusage, trotz des hohen Preises, den der Commodore für die Überfahrt bot. Da konnte er sich nicht enthalten, den verwünschten Schiffern und sogar dem Hafenkapitän – wie man sagt – den Kopf zurechtzustutzen, selbst auf die Gefahr hin, hier regelrecht hinter geschlossene Türen zu kommen.

Kurz, es verliefen zwei Tage, bis zum Abend des 18., und jetzt blieb nur noch übrig, zu Lande zu versuchen, was sich zu Wasser nicht ausführen ließ. Doch welche Beschwerden – die mochten wohl noch angehen – welche Verzögerungen waren da zu fürchten!

Man stelle sich die Verhältnisse nur richtig vor. Erst galt es, Florida, natürlich mittels Bahnzugs, fast in seiner ganzen Breite in westöstlicher Richtung über Thallahassee bis nach Live-Oak zu durchmessen, darauf wieder nach Süden zu fahren, um Tampa oder Punta Gorda am Meerbusen von Mexiko zu erreichen, das heißt, etwa sechshundert Meilen (1000 Kilometer) mit Zügen zurückzulegen, die nicht einmal überall sofortigen Anschluß haben. Und das möchte noch angegangen sein, wenn die Bahnlinien nur bis zum südlichsten Punkte der Halbinsel hinuntergereicht hätten. Das war aber auch nicht der Fall. Fand sich dann kein segelfertiges Fahrzeug vor, so blieb noch eine lange Strecke übrig, die unter den mißlichsten Umständen überwunden werden mußte.

Dieser Teil von Florida, den die Gewässer des Golfs von Cedar West aus bespülen, ist eine traurige, kaum bewohnbare und wenig bewohnte Gegend. Es war sehr fraglich, ob hier Beförderungsmittel, Post- oder Karrenwagen oder wenigstens Pferde zu beschaffen sein würden, mit denen man in einigen Tagen bis zur Südspitze des Landes gelangen könnte. Doch vorausgesetzt auch, daß solche für teuren Preis zu erhalten waren, wie langsam, mühsam und selbst gefährlich mußte die Fahrt vorwärtsgehen inmitten der grenzenlosen Urwälder, unter dem dichten Dache der düstren Zypressenhaine, die oft undurchdringlich und von dem stagnierenden Wasser der Bayous halb überschwemmt sind, durch die schwankenden Prärien mit Pistiagräsern, wo einem der Boden unter den Füßen zu schwinden scheint, durch die Dickichte riesiger Champignons, die bei jeder Berührung wie Feuerwerkskörper knallen, und durch das Labyrinth sumpfiger Strecken und kleiner Süßwasserseen, worin es von Alligatoren und Lamantins wimmelt und worin die furchtbarsten Vertreter der Familie der Schlangen, jene Trigonocephalen hausen, deren Biß stets tödlich ist! Das ist das schreckliche Gebiet der Everglades, nach dem sich die letzten Stämme der schönen, aber wilden Seminolen geflüchtet haben, die einst unter ihrem Häuptling Oiseola so unerschrocken gegen die Streitkräfte der Union kämpften. Nur diese Eingebornen vermögen hier genug zu finden, um in dem heißen und feuchten Klima, das der Entwicklung von Sumpffiebern so günstig ist, die binnen weniger Stunden die kräftigsten Menschen hinstrecken – und wären es selbst Commodore von dem Schlage eines Hodge Urrican!

Ja, wäre dieser Teil Floridas zu vergleichen gewesen mit dem, der sich im Osten bis zum neunundzwanzigsten Breitengrade hinzieht, hätte es sich nur darum gehandelt, von Fernandina nach Jacksonville und nach St. Augustin zu gehen, wo es weder an Flecken und Dörfern, noch an Verkehrswegen fehlt. Aber von Punta Gorda bis zum Kap Salle hinunterzuziehen ...

Jetzt war der 19. Mai herangekommen, nur sechs volle Tage waren noch übrig. Daran, diesen Landweg einzuschlagen, konnte gar nicht gedacht werden.

An diesem Morgen wurde da der Commodore Urrican von einem jener halb amerikanischen, halb spanischen Schiffer angesprochen, die die Küstenfahrt längs der Halbinsel Florida betreiben.

Dieser Schiffer, namens Huelcar, legte, als er zu sprechen begann, die Hand an die Mütze.

»Nun, Herr Commodore, noch immer kein Schiff nach dem Süden Floridas?...«

»Nein«, antwortete Hodge Urrican, »wenn Sie eins wissen, erhalten Sie zehn Piaster als Belohnung.«

»Ich weiß eins.«

»Welches?«

»Mein eignes.«

»Ihr kleines Fahrzeug?«

»Ja, die ›Chicola‹, eine hübsche Goelette von fünfundvierzig Tonnen, die bei günstigem Winde ihre neun Knoten läuft und...«

»Ist es ein amerikanisches Schiff?«

»Gewiß!«

»Und bereit abzufahren?«

»Sofort bereit, wenn Sie es befehlen«, antwortete Huelcar.

Etwa fünfhundert Meilen (800 Kilometer) von Pensacola nach Key West – freilich in grader Linie – bei einer mittleren Geschwindigkeit von nur fünf Knoten, da man Umwege oder ungünstige Winde in Anschlag bringen mußte, die ließen sich ja in sechs Tagen recht gut zurücklegen.

Zehn Minuten später befanden sich Hodge Urrican und Turk schon an Bord der »Chicola«, die sie mit Kennerblicken musterten. Es war ein kleiner, flach gehender Küstenfahrer, eigentlich nur bestimmt, zwischen den Untiefen in der Nähe des

Landes hinzusegeln, aber doch mit hinreichend breitem Rumpfe, um eine ziemlich große Segelfläche führen zu können.

Zwei Männer wie der Commodore und der alte Bootsmann waren nicht die Leute dazu, sich vor den Gefahren des Meeres zu fürchten. Überdies hatte der Schiffer Huelcar diese Gewässer mit seiner Goelette befahren, war vielfach von Mobile durch die Straße von Florida nach den Bahamainseln gesegelt und hatte häufig in Key West angelegt.

»Wieviel verlangen Sie für die Überfahrt?« fragte der Commodore.

»Für den Tag je hundert Piaster.«

»Mit Verpflegung?...«

»Ja, natürlich!«

Das war immerhin teuer; Huelcar wußte die Sachlage auszunutzen.

»Wir fahren sofort ab«, befahl der Commodore.

»Sobald Ihr Koffer an Bord ist.«

»Wann tritt die Ebbe ein?«

»Eben jetzt; in einer Stunde sind wir auf offener See.«

Sich auf der »Chicola« einzuschiffen, war das einzige Mittel, nach Key West zu gelangen, wo der sechste Partner spätestens am Vormittage des 25. eingetroffen sein mußte.

Um acht Uhr schiffte sich Hodge Urrican nach Begleichung der Hotelrechnung schon ein. Fünfzig Minuten später glitt die Goelette aus der Bai hinaus, und zwar zwischen den Forts Mac Rae und Pickens, die einst von Spaniern und Franzosen errichtet worden waren. Von hier aus steuerte sie aufs hohe Meer hinaus.

Vierzehntes Kapitel

Die weiteren Abenteuer des Commodore Urrican

Die Witterung war unsicher; von Osten her blies ein frischer Wind. Das von der Halbinsel Florida geschützte Meer zeigte noch nicht die mächtige Wogenbildung des Atlantischen Ozeans, und die »Chicola« hielt sich gut unter Segel.

Von der Seekrankheit, die Tom Crabbe so elend mitgespielt hatte, hatte weder der Commodore noch Turk etwas zu fürchten. Was die Segelmanöver der Goelette anging, waren sie sogar bereit, den Schiffer Huelcar und seine zwei Leute zu unterstützen, wenn ein plötzlicher Windstoß das nötig machte.

Scharf am Winde liegend, lavierte die »Chicola«, um sich immer unter dem Schutze des Landes zu halten. Hierdurch erlitt die Fahrt zwar eine Verzögerung, über dem Golf entfesseln sich aber zuweilen furchtbare Stürme, und ein leichtes Fahrzeug darf sich deshalb nicht zu weit hinauswagen, sondern muß stets in der Nähe der vielen Häfen, Buchten und Flußmündungen der Halbinsel bleiben, in die Schiffe von geringem Tonnengehalt bequem einlaufen können. Bei der jetzt eingehaltenen Fahrt fand die »Chicola« stets eine Einbuchtung, worin sie für einige Stunden Zuflucht suchen konnte. Freilich ging damit etwas Zeit verloren, und Hodge Urrican hatte, wie wir wissen, nicht viel übrig.

Der Wind hielt den ganzen Tag und die Nacht über an, zeigte aber Neigung abzuflauen. Lief er nach der entgegengesetzten Richtung über, so hätte das die Fahrt in wünschenswerter Weise begünstigt. Leider legte er sich am nächsten Tage fast ganz, und die »Chicola« kam, obwohl sie ihr volles Segelwerk trug, kaum um zwanzig Meilen nach Südosten weiter. Es mußten sogar die Ruder mithelfen, um nicht hinaus nach dem offenen Meerbusen getrieben zu werden. In den nächsten achtundvierzig Stunden kam das Fahrzeug kaum von der Stelle. Der Commodore verzehrte sich vor Ungeduld, ließ aber gegen niemand, nicht einmal gegen Turk, ein Wort darüber fallen.

Von der Strömung im Golfe fortgetragen, befand sich die

»Chicola« am 22. doch wenigstens in der Höhe von Tampa, einem Hafenplatze mit fünf- bis sechstausend Einwohnern, von dem aus Schiffe mit begrenztem Tonnengehalt in ziemlicher Sicherheit längs der Küste hinsegeln können, obwohl das Fahrwasser von Riffen und Schlammgründen unterbrochen ist. Die Goelette war von diesem aber gegen fünfzig Meilen entfernt und hätte nicht ohne großen Zeitverlust dahin steuern können, um längs der Küste Floridas bis zu dessen Südspitze hinunterzusegeln.

Überdies war nach der Windstille des vorigen Tages dem Aussehen des Himmels nach ein bevorstehender Umschlag im Zustande der Atmosphäre zu erwarten.

Der Commodore Urrican und Turk täuschten sich darüber ebensowenig, wie die Matrosen der Goelette.

»Wahrscheinlich kommt bald ein Umschlag des Wetters«, begann an diesem Morgen der Commodore Urrican.

»Nun, uns könnte es ja nur von Nutzen sein, wenn der Wind nach Westen umliefe«, antwortete Turk.

»Ja, das Meer ›fühlt etwas‹«, bestätigte der Schiffer Huelcar. »Sehen Sie dort die langen schweren Wellen und die Dünung, die da draußen läuft.«

Nachdem er dann den Horizont aufmerksam betrachtet hatte, setzte er den Kopf schüttelnd hinzu:

»Ich hab' es nicht gern, daß es von dieser Seite her weht . . .«

»Uns ist's aber grade recht«, bemerkte Turk, »und wenn wir auch ein Hundewetter bekommen . . . wenn's uns nur dahin jagt, wohin wir wollen!«

Hodge Urrican schwieg, offenbar beunruhigt durch die Vorzeichen, die zwischen Westen und Südwesten immer deutlicher hervortraten. So vorteilhaft es ist, eine steife Brise zu bekommen, muß man dazu doch in der Lage sein, das Meer halten zu können – mit diesem Fahrzeug von einigen vierzig Tonnen aber, das auch nur ein halbes Deck hatte . . . Nein, niemand konnte wissen, was jetzt in der unruhigen Seele des Commodore vorging, und wenn draußen auf dem offenen Meere schlechtes Wetter herrschte, so herrschte gewiß auch schlechtes Wetter im Innern Hodge Urricans.

Am Nachmittage meldete sich der völlig nach Westen umgeschlagene Wind schon durch einzelne heftige Stöße, denen kurze Windstillen folgten. Die obern Segel mußten gerefft werden, und auf dem arg bewegten Wasser tanzte die Goelette wie eine Feder auf und ab.

Noch schlimmer wurde es in der Nacht, so daß man die Segelfläche weiter verkleinern mußte.

Jetzt wurde die »Chicola« mehr als wünschenswert nach der Küste von Florida zugetrieben.

Da es an Zeit gebrach, hier Schutz zu suchen, mußte der Kurs nach Südosten auf die Spitze der Halbinsel zu um jeden Preis beibehalten werden.

Der Schiffer erwies sich als erprobter Seemann, und Turk sicherte, die Hand am Ruder, soviel wie möglich das Abtreiben der Goelette durch die seitlich heranrollenden Wogen.

Der Commodore half der Mannschaft, das Mars- und das Großsegel mehrmals zu reffen, und man ließ nur ein Klüversegel unverändert stehen. Trotzdem blieb es sehr schwierig, gegen Wind und Strömung, die nach dem Lande zu standen, einigermaßen aufzukommen.

Und in der Tat, am Morgen des 23. wurde die Küste, so niedrig sie auch war, durch die am Horizonte wogenden Dunstmassen sichtbar.

Huelcar und seine Leute erkannten sie nicht ohne eine gewisse Unruhe.

»Das ist die Bai von Whitewater«, sagten sie.

Diese tief ins Land einschneidende Bai ist von der Straße von Florida nur durch eine Landzunge getrennt, die ganz draußen auf dem Kap Sable das Fort Poinsett trägt.

Noch zehn Meilen in gleicher Richtung und die Goelette mußte danebenliegen.

»Ich fürchte, wir werden gezwungen sein, in der Bai vor Anker zu gehen«, sagte der Schiffer Huelcar.

»Da zu ankern . . . um bei diesem Winde nicht wieder herauszukommen!« rief Turk.

Hodge Urrican schwieg.

»Wenn wir hier nicht Schutz suchen«, fuhr der Schiffer fort, »und wenn uns der Wind auf der Höhe des Kap Sable in die Meerenge treibt, dann werden wir nicht in Key West, sondern an den Bahamainseln im offenen Ozean ankommen!«

Der Commodore schwieg noch immer; vielleicht hätte er, da ihm die Kehle zugeschnürt zu sein schien und die Lippen sich krampfhaft aufeinander preßten, auch kein Wort herausbringen können.

Der Schiffer wußte recht gut, daß die »Chicola«, wenn er jetzt in die Bai von Whitewater einlief, darin wenigstens drei Tage festgehalten werden würde. Schon war es aber der 23. Mai, und vor Ablauf von achtundvierzig Stunden mußten seine Passagiere in Key West eingetroffen sein.

Die Mannschaft überbot sich nun in Eifer und Geschicklichkeit, das kleine Fahrzeug gegen den Wogenschwall des Meeres im richtigen Kurs zu halten, selbst auf die Gefahr hin, den Mast brechen zu sehen oder mit den letzten Segeln zu kentern. So versuchten sie, mit Hilfe eines Klüver- und eines Bugsegels in ihrer Fahrtrichtung zu bleiben. Trotzdem verlor die Goelette im Laufe des Tages und in der folgenden Nacht davon noch etwa zehn Meilen. Drehte der Wind nicht nach Norden oder Süden, so konnte sie nicht widerstehen und lag am nächsten Tage an der Küste.

Das wurde noch wahrscheinlicher, als sich in den Morgenstunden des 24. das von Felsen eingerahmte und von Riffen bekränzte Land kaum fünf Meilen von der gefährlichen Spitze am Kap Sable zeigte.

Nur noch wenige Stunden, und die Goelette mußte in die Meerenge von Florida hineingetrieben sein.

Mit einiger Mühe und unter Benutzung der eingetretenn Flut wäre es jetzt noch möglich gewesen, sich in die Bai von Whitewater zu flüchten.

»Es geht nicht anders . . . wir müssen . . .«, erklärte Huelcar.

»Nein!« entgegnete Hodge Urrican.

»Ich habe keine Lust, mein Schiff einzubüßen und selbst mit zugrunde zu gehen, wenn wir dabei beharren, noch weiter zu fahren!«

»Dein Schiff? . . . Das kauf' ich dir ab . . .«

»Es ist nicht verkäuflich!«

»Ein Schiff ist stets zu verkaufen, wenn man es über seinen Wert bezahlt.«

»Wieviel bieten Sie?«

»Zweitausend Piaster.«

»Top, es gilt«, antwortete Huelcar, erfreut über einen so vorteilhaften Handel.

»Das ist das Doppelte seines Wertes«, sagte der Commodore Urrican. »Tausend sind dabei auf den Kasten gerechnet und tausend für dich und deine Leute.«

»Zahlbar wann? . . .«

»Ohne Aufschub, mit einem Scheck, den ich dir in Key West ausstelle.«

»Einverstanden, Herr Commodore.«

»Und nun, Huelcar, hinaus ins Meer!«

Den ganzen Tag über kämpfte die »Chicola« sehr schwer. Wiederholt brachen Sturzseen über sie herein, ihre Schanzkleidung stand unter Wasser, und oft war sie nahe daran zu kentern. Turk regierte sie aber mit starker Hand und die beiden Matrosen arbeiteten mit ebensoviel Mut wie Geschicklichkeit.

Der Goelette war es, dank einer leichten Veränderung des mehr nach Norden umgelaufenen Windes, gelungen, etwas von der Küste abzukommen. Als die Nacht aber hereinbrach, fing der Wind an schwächer zu werden und die Luft füllte sich mit undurchsichtigen Dünsten.

Das machte die Lage noch unheimlicher. Am Tage war keine Ortsbestimmung möglich gewesen. Befand sich die Goelette nun auf der Höhe des Kap Sable oder war sie schon über das Gewirr von Klippen, die sich vom Ende der Landzunge bis nach den Markesas- und den Tortugasinseln hinziehen, glücklich hinausgekommen?

Der Schätzung des Schiffers Huelcar nach mußte die »Chicola« sehr nahe dieser Kette von Eilanden sein, hinter der sich die überaus schnelle Strömung der Straße oder Meerenge von Florida mit dem warmen Wasser des Golfstroms vermischt.

»Ohne die abscheulichen Dünste«, sagte er, »sähen wir bestimmt schon den Leuchtturm von Key West, und nun heißt es, vorsichtig sein, um nicht auf die Felsen zu geraten. Meiner Ansicht nach wäre es besser, den Tag abzuwarten, und wenn sich dann der Nebel zerstreut . . .«

»Ich kann und werde nicht warten!« erkärte der Commodore.

Das war ja auch richtig; er konnte nicht warten, wenn er morgen vormittag in Key West sein wollte.

Die »Chicola« setzte also ihre Fahrt nach Süden fort und segelte auf dem fast ruhig gewordenen Meere durch den Nebel weiter, als gegen fünf Uhr morgens ein harter Stoß und gleich darauf ein zweiter erfolgte.

Die Goelette hatte eine Unterwasserklippe angefahren.

Noch ein drittes Mal von der unwiderstehlichen Dünung emporgehoben und niedergeschleudert, wurde sie halb zerstört, und mit eingedrücktem Vorderteil sank sie nach Backbord auf die Seite.

Da erscholl ein lauter Aufschrei.

Turk erkannte die Stimme des Commodore.

Er rief ihn an, erhielt aber keine Antwort.

Der Nebel war jetzt so dicht, daß man die Felsen rings um die Goelette nicht sehen konnte.

Dem Schiffer und seinen Leuten war es gelungen, auf der Klippe Fuß zu fassen.

Vereint mit ihnen suchte und rief Turk in voller Verzweiflung nach seinem Herrn.

Vergeblich das Rufen, vergeblich das Suchen.

Vielleicht zerstreute sich aber der Nebel und vielleicht fand Turk seinen Herrn doch noch lebend wieder? . . . Er wagte es kaum zu hoffen. Dicke Tränen rollten ihm über die gebräunten Wangen.

Gegen sieben Uhr begann der Nebel in den unteren Lagen sich aufzulösen und das Meer war damit auf einige Kabellängen zu erblicken.

Da zeigte sich ein Haufen weißlicher Felsen, gegen die die »Chicola« angelaufen und woran sie geborsten war. Ihr fast ganz zertrümmertes Boot war völlig unbrauchbar geworden. Etwa eine Viertelmeile weit dehnte sich von Westen nach Osten die von Wasserarmen unterbrochene Felsenbank aus, an der die Brandung wütend aufschäumte.

Sofort wurden die Nachsuchungen wieder aufgenommen, und einem der Matrosen glückte es, den zwischen zwei Riffspitzen eingeklemmten Körper des Commodore Urrican zu entdecken.

Turk eilte herbei, warf sich auf seinen Herrn, schlang die Arme um ihn und hob ihn empor. Er sprach auf den Commodore ein, erhielt aber keine Antwort.

Ein leichter Hauch entfloh aber noch den Lippen Hodge Urricans und sein Herzschlag war deutlich fühlbar.

»Er lebt! . . . Er lebt!« jubelte Turk.

Hodge Urrican erschien freilich übel zugerichtet. Beim Fallen war er mit dem Kopfe auf eine Steinkante aufgeschlagen. Blut lief aus der Wunde aber nicht mehr. Sie hatte sich schon von selbst fast geschlossen und wurde nun mit etwas Leinwand verbunden, nachdem man sie sorgfältig mit aus der Goelette geholtem Süßwasser ausgewaschen hatte. Dann wurde der noch immer bewußtlose Commodore nach einem höheren Teile des Eilands getragen, den keine Flut und keine Welle erreichen konnte.

Der Himmel war jetzt ganz klar geworden, so daß man mehrere Meilen weit deutlich sehen konnte.

Es war neun Uhr zwanzig Minuten, da wies Huelcar plötzlich mit dem Arm nach Westen hin.

»Dort . . . der Leuchtturm von Key West«, rief er.

Wirklich lag Key West in dieser Richtung kaum vier Meilen (6,4 Kilometer) von hier entfernt. Wäre die Nacht klar gewesen, so hätte man sein Leuchtfeuer rechtzeitig peilen können und die Goelette wäre nicht zwischen diesen gefährlichen Klippen gescheitert.

Die Gewässer bei Niederflorida stehen bei den Seeleuten allgemein in üblem Rufe, und es erscheint sehr wünschenswert, daß die Bundesregierung einen schon allseitig erwogenen Plan zur Ausführung bringe, die Anlage eines Kanals, der die Halbinsel zwischen Ferdinandina und Cedar West durchschnitte. Dieser Kanal würde vielen Schiffern zwischen dem Meerbusen von Mexiko und dem Ozeane gegen fünfhundert Meilen (800 Kilometer) Fahrt durch eine der schwierigsten Meerengen der Erde ersparen.

Für den sechsten Partner im »Match Hypperbone« schien das Ziel unter den vorliegenden Umständen wohl so gut wie verloren. Er hatte ja kein Mittel zur Hand, über die letzte Wasserfläche von dem Eiland aus, auf dem die »Chicola« zugrunde gegangen war, hinweg zu gelangen und mußte hier also einfach warten, bis zufällig ein Boot herüberkam, das die Schiffbrüchigen nach Key West beförderte.

Eine traurige Lage für die armen Leute, hier auf diesem einem Beinhause ähnlichen Haufen weißer Felsblöcke zu sitzen, die kaum fünf bis sechs Fuß über das Wasser bei Hochflut emporragten. Rings um sie schwammen neben vielfarbigem Beerentang riesige Phyceen und kleinere Algen umher, die der mächtige Golfstrom vom Meeresgrunde abgerissen hatte.

In den Buchten wimmelte es von hunderterlei Fischarten jeder Größe und Gestalt; da tummelten sich Sprotten, Rochen, Lippfische, Wolfsbarsche, Clephtiken von wunderbarer Färbung, Silberfische und Karpfenforellen mit bunten Ringstreifen umher, und dazwischen schlichen noch Mollusken, große und kleine Garnelen, Krebse, Hummern, Krabben und Langusten hin.

Von allen Seiten schwammen freilich auch, durch den Schiffbruch angelockt, zwischen den Klippen gefräßige Haifische heran, vorzüglich jene sechs bis sieben Fuß langen Hammerfische mit ungeheurem Rachen, die auch für Menschen sehr gefährlich sind.

Vögel schwärmten in zahllosen Scharen umher, wie graue und Silberreiher, Krabbentaucher, Möwen, Steißfüßer und Kormorane. Einige große, halb im Wasser stehende Pelikane fischten mit ebensoviel Ernst aber größerem Erfolge wie menschliche Fischer und schrien dazu mit »Höhlenstimme«, wie ein französischer Reisender sich ausgedrückt hat, ihr widerliches »Hornkorr« hinaus. Von allem, was hätte zum Essen dienen können, fand sich auf der Klippe nichts als Unmassen von Schildkröten, die man im Wasser selbst oder auf dem da und dort vorhandenen schmalen Strande hätte erlegen können.

Inzwischen verstrich die Zeit, doch trotz der Pflege, an der man es ihm nicht fehlen ließ, schien der unglückliche Commodore nicht wieder zu sich kommen zu wollen. Die Fortdauer dieses Zustandes versetzte Turk in die größte Unruhe. Hätte er seinen Herrn nach Key West schaffen und ihn dort einem

Arzte übergeben können, so wäre dieser, bei seiner kräftigen Seemannsnatur, wahrscheinlich gerettet worden. Leider konnten jedoch noch so manche Tage vergehen, ehe sich den Schiffbrüchigen Gelegenheit bot, das Eiland zu verlassen, denn die Goelette war unmöglich wieder flott zu machen, da ihr Boden eingeschlagen war, und jedenfalls zerstreute der nächste Sturm ihre Trümmer nach allen Seiten.

Selbstverständlich überließ sich Turk gar keiner falschen Hoffnung mehr über den möglichen Ausgang des »Match Hypperbone«. Für Hodge Urrican war die Partie verloren. Wie mußte er zornig aufbrausen, wenn ihm das Bewußtsein zurückkehrte, und diesmal hätte man ihm, gegenüber einem so abscheulichen Unglück, das wohl verzeihen können.

Es war ein wenig über zehn Uhr, als einer der Matrosen der »Chicola«, der auf den äußersten Felsstücken Ausguck hielt, einen Ausruf hören ließ.

»Ein Boot . . . ein Boot!« rief er laut.

In der Tat näherte sich, von einem leichten Ostwinde getrieben, ein Fischerboot dem Eilande.

Sofort gab Huelcar ein Signal, das von den Leuten im Boote bemerkt wurde, und eine halbe Stunde später steuerte dieses mit den Schiffbrüchigen schon auf Key West zu.

Jetzt dämmerte in Turk wieder ein Hoffnungsschimmer auf, und vielleicht hätte auch Hodge Urrican wieder zu hoffen angefangen, wenn er jetzt aus dieser Umnachtung erwacht wäre, die ihn für alle äußern Vorgänge unempfindlich machte.

Von der Brise begünstigt, legte das Boot die vier Meilen recht schnell zurück, und ein Viertel auf zwölf lag es schon vor Anker im Hafen.

Die auf der zwei Lieues (7,8 Kilometer) langen und halb so breiten Insel Key West gelegene Stadt ist ebenso emporgewachsen, wie etwa Pflanzen bei intensivster Kultur in die Höhe schießen. Sie bildet schon ein ziemlich bedeutendes Gemeinwesen, das durch Telegrafenlinien mit den übrigen Staaten des Bundes und mit Havanna durch ein Unterseekabel in Verbindung steht. Der Stadt winkt noch eine große Zukunft, sie wächst auffallend schnell, dank einem Schiffsverkehre, der jährlich bereits dreihunderttausend Tonnen erreicht. Übrigens gewähren ihre dunklen Haine von Magnolien und andern prächtigen Gewächsen der Tropenzone einen höchst anmutigen Anblick.

Das Boot hatte kaum im Hintergrunde des Hafens angelegt, da sammelten sich schon – Key West hatte jenerzeit achtzehntausend Einwohner – einige hundert Leute um die Schiffbrüchigen. Sie erwarteten den Commodore Urrican – und in welch traurigem Zustande zeigte er sich jetzt ihren Augen!

Offenbar war das Meer kein Freund der Partner des »Match Hypperbone« – denn Tom Crabbe war in Texas als willenlose Masse eingetroffen und der Commodore hier als Leiche, oder doch nahezu als solche, angelangt.

Hodge Urrican wurde nach einem Büro des Hafens geschafft, wo ein Arzt ihm die erste Hilfe angedeihen ließ.

Der Bewußtlose atmete noch, und wenn sein Herz auch nur sehr leise schlug, so schien er doch keine Verletzung innerer Organe erlitten zu haben. Als er aus der Goelette gestürzt war, hatte er freilich durch das Aufschlagen an eine Felskante einen Schädelbruch davongetragen und viel Blut verloren, so daß die Annahme einer Gehirnverletzung nicht ausgeschlossen war.

Trotz der größten Sorgfalt, trotz der kräftigsten Massierung, die Turk – und man kann sich wohl vorstellen, mit welchem Eifer – ausführte, kam der Commodore, obwohl er zwei- oder dreimal schwach aufseufzte, doch noch nicht wieder zur Besinnung.

Der Arzt empfahl nun, ihn nach dem Zimmer eines guten Hotels zu schaffen, wenn man nicht vorzöge, ihn dem Krankenhause von Key West zu übergeben, wo er besser als irgendwo anders gepflegt werden könnte.

»Nein«, erklärte Turk bestimmt, »weder ins Krankenhaus, noch in ein Hotel . . .«

»Wohin denn?«

»Nach dem Postamte!«

Dem wackren Turk war ein Gedanke gekommen, ein Gedanke, den alle Anwesenden begriffen und für richtig hielten. Da Hodge Urrican heute am 25. Mai noch des Vormittags – und gegen Wind und Flut, konnte man sagen – in Key West angekommen war, erschien es ja geboten, daß seine Anwesenheit an dem Orte, wo er am genannten Datum sein sollte, auch offiziell bestätigt würde.

Man besorgte also eine Tragbahre, legte eine Matratze darüber und streckte den Commodore vorsichtig darauf aus. Dann setzte sich der Zug, von einer immer anwachsenden Volksmenge begleitet, langsam in Bewegung.

Die Postbeamten erstaunten nicht wenig über den Anblick, der sich ihnen darbot, und glaubten an einen Irrtum. Hielten die Leute das Postgebäude denn für ein Leichenschauhaus? . . . Als sie aber hörten, daß der regungslose Körper der des Commodore Urrican sei, da verwandelte sich ihr Erstaunen in eine Art mitleidiger Rührung. Er war also doch zur Stelle, hier vor dem Telegrafenschalter, wohin ihn die fünf und vier Augen der Würfel aus so großer Ferne verwiesen hatten . . . doch in welch bejammernswertem Zustande.

Turk trat sofort an das Schalterfenster.

»Findet sich hier eine Depesche für den Commodore Hodge Urrican?« fragte er mit so lauter Stimme, daß ihn alle verstehen mußten.

»Bis jetzt noch nicht«, antwortete der Beamte.

»Schön, mein Herr«, erwiderte Turk, »dann bitte ich Sie nur, uns zu bestätigen, daß wir vor deren Eingang hier gewesen sind.«

Diese Tatsache wurde sofort und vor vielen Zeugen auf einem Stempelbogen amtlich bescheinigt.

Es war jetzt drei Viertel auf zwölf Uhr, und es galt nur, das Telegramm abzuwarten, das diesen Morgen doch ohne Zweifel in Chicago aufgegeben war.

Das Warten sollte nicht lange währen.

Um elf Uhr dreiundfünfzig Minuten erklang die Glocke des Telegrafenapparats, sein Mechanismus trat in Tätigkeit und der bekannte Papierstreif rollte langsam ab.

Sobald der Beamte ihn herausgezogen hatte, las er die Adresse und sagte:

»Eine Depesche für den Commodore Hodge Urrican.«

»Hier!« antwortete Turk im Namen seines Herrn, an dem der Arzt auch jetzt noch kein Zeichen der wiedergekehrten Besinnung entdecken konnte.

Die Depesche hatte folgenden Wortlaut:

»Chicago, Illinois, 8 Uhr 13 morgens, 25. Mai.

Fünf, durch drei und zwei, achtundfünfzigstes Feld, Staat Kalifornien, Death Valley.

Tornbrock.«

Der Staat Kalifornien, am andern Ende des Bundesgebiets, das von Südost nach Nordwest in seiner ganzen Länge durchmessen werden mußte! . . .

Und nicht nur eine Entfernung von mehr als zweitausend Meilen (3200 Kilometer) trennt Kalifornien von Florida, jenes achtundfünfzigste Feld des Edlen Gänsespiels war auch das, das mit dem Totenkopfe bezeichnet war. Wenn der Spieler aber nach diesem gelangte, war er obendrein genötigt, nach dem ersten Felde zurückzukehren und die Partie von vorn anzufangen!

»Oh«, rief Turk, »möchte mein armer Herr lieber gar nicht mehr zu sich kommen, denn von einem solchen Schlage würde er sich nicht wieder erholen!«

Fünfzehntes Kapitel

Der Stand der Partie am 27. Mai

Der Leser erinnert sich gewiß, daß ursprünglich laut dem Testamente William J. Hypperbones die Zahl der Teilnehmer an dem Edlen Vereinigte Staatenspiele auf sechs durch das Los erwählte Personen festgesetzt war. Diese »Sechs« hatten sich, der Aufforderung des Meister Tornbrock entsprechend, an dem Leichenzuge beteiligt und waren dicht neben dem Wagen, der jene exzentrische Persönlichkeit zum Grabe führte, einhergeschritten.

Er hat wohl auch nicht vergessen, daß bei der Versammlung am 15. April, wo der Notar im Saale des Auditoriums den Inhalt des Testaments verkündigte, unerwartet ein Kodizill zum Vorschein kam, das jenen sechs Auserwählten einen siebenten, nur als X. K. Z. bezeichneten Partner zugesellte. Ob dieser Neuling beim Losen ebenfalls aus der Urne hervorgezogen oder nur nach Wahl des Verstorbenen bestimmt war ... das wußte kein Mensch. Die so zweifellose Klausel des Kodizills konnte natürlich nicht außer acht gelassen werden. Jener Herr X. K. Z. – der Mann mit der Maske – genoß dieselben Rechte wie die alten »Sechs«, und wenn er die ungeheure Nachlassenschaft gewann, konnte es niemand einfallen, sie ihm streitig zu machen.

In Beachtung jener Klausel hatte Meister Tornbrock also am 13. dieses Monats um acht Uhr morgens zum siebenten Male öffentlich gewürfelt und dabei, man vergesse das nicht, durch sechs und drei Augen neun Punkte erhalten, die dem Herrn X. K. Z. auferlegten, sich nach Wisconsin zu begeben. Erfreute sich dieser siebente Partner nun keiner so ungezügelten Reiselust, wie der Berichterstatter der »Tribune«, fehlte ihm jede Leidenschaft für eine Ortsveränderung, so konnte er mit jener Entscheidung recht zufrieden sein. Mit einer Bahnfahrt von wenigen Stunden erreichte er Milwaukee, und wenn sich Lissy Wag bei seinem Eintreffen noch immer hier aufhielt, mußte diese ihm weichen und die Partie von vorn an wieder beginnen.

Ob der Mann mit der Maske sich nun beeilt hatte, sofort nachdem ihm der Ausfall des Würfelns bekannt geworden war, nach Wisconsin zu fahren, obgleich ihm dazu noch volle vierzehn Tage Zeit blieben, das wußte niemand.

Anfänglich hatte sich das Publikum über den neuen Teilnehmer am Match vielfach den Kopf zerbrochen. Wer mochte er sein? Jedenfalls ein Chicagoer, da der Testator nur Kinder der Stadt zugelassen hatte. Etwas weiteres wußte man aber nicht, und die Leute blieben deshalb um so neugieriger.

Am 13. dieses Monats, dem Tage des siebenten Würfelns, strömte denn auch zu allen von Chicago nach Milwaukee verkehrenden Zügen eine gewaltige Menschenmenge auf dem Bahnhofe zusammen.

Die Leute hofften, jenen X. K. Z. an seinem Gange, seiner Haltung, irgendeiner Einzelheit oder Originalität zu erkennen, täuschten sich aber gründlich. Man sah hier weiter nichts als die gewohnten Gestalten von Reisenden aus allen Gesellschaftsschichten, die sich durch nichts von dem gemeinen Sterblichen unterscheiden. Im Augenblicke der Abfahrt wurde aber doch ein wackrer Mann, der es sehr eilig zu haben schien, für den mit der Maske gehalten und ihm eine ganz unverdiente Huldigung dargebracht.

Am nächsten Tage stellten sich auch noch recht viele Neugierige ein, am zweitfolgenden schon weniger und an den weiteren Tagen nur ein winziges Häuflein, keiner bemerkte aber eine Persönlichkeit, die so aussah, als ob sie sich um den Großen Preis im »Match Hypperbone« bewürbe.

Alle, die nun ihr Vertrauen grade auf den geheimnisvollen X. K. Z. setzten und bereit waren, auf ihn große Summen zu verwetten, taten nun, was ihnen zu tun allein übrigblieb, das heißt, sie suchten bei Meister Tornbrock Auskunft zu erhalten. Dieser wurde denn auch mit Fragen über jene Persönlichkeit fast überschwemmt.

»Sie müssen doch wissen, woran man sich bezüglich jenes X. K. Z. zu halten hat«, behauptete der eine.

»Ich weiß nicht das geringste«, versicherte der Notar.

»Sie kennen ihn aber jedenfalls . . .«

»Ich kenne ihn nicht, und wenn es der Fall wäre, würde mir

wohl kaum das Recht zustehen, sein Inkognito zu lüften.«

»Sie müssen aber mindestens wissen, wo er sich aufhält«, erklärte ein andrer, »ob er seinen Wohnsitz in Chicago oder anderswo hat, da Sie ihm doch das Ergebnis des Würfelns mitgeteilt haben . . .«

»Nichts hab' ich ihm mitgeteilt. Entweder hat er den Ausfall durch die Tageszeitungen und die Maueranschläge erfahren, oder er hat es selbst mitgehört, als ich im Saale des Auditoriums die Anzahl der Augen verkündigte.«

»Sie sind doch aber gezwungen, ihm ein Telegramm über das ihn betreffende Ergebnis des nächsten Würfelns am 27. dieses Monats zugehen zu lassen.«

»Das werde ich selbstverständlich absenden.«

»Doch wohin?«

»Dahin, wo er dann sein wird oder doch sein soll . . . nach Milwaukee . . . Wisconsin.«

»Und unter welcher Adresse?«

»Poste restante, unter den Buchstaben X. K. Z.«

»Wenn er aber nicht dort ist?«

»Wenn er nicht dort ist, desto schlimmer für ihn, da geht er aller seiner Rechte verlustig.«

Auf alle »Aber« der Anfragenden hatte Meister Tornbrock immer nur dieselbe Antwort: Er wußte nichts und konnte nichts sagen.

So erlahmte nach und nach das Interesse an dem Mann, den das Kodizill erst auf die Bühne gebracht hatte, und man überließ es der Zukunft, zu enthüllen, wer jener X. K. Z. eigentlich wäre. Sollte er das Spiel gewinnen und damit der einzige Erbe der Millionen William J. Hypperbones werden, so hallte sein Name doch in allen fünf Erdteilen nach. Gewann er aber nicht, welchen Wert hatte es dann zu wissen, ob er alt oder jung, groß oder klein, dick oder hager, blond oder braun, reich oder arm und unter welchem Familiennamen er in das Kirchenbuch des Gemeinde eingetragn sei?

Der Verlauf des Spieles wurde nichtsdestoweniger von »der Welt, in der man spekuliert«, von den Wettlustigen, den Verehrern des Boom mit gespannter Aufmerksamkeit verfolgt. Die finanziellen Teile der Zeitungen enthielten alltäglich Berichte über den Stand des Spiels ebenso wie über die Kurse an der Börse. Nicht in Chicago allein, das ein Feuilletonist die »Wettenstadt« taufte, sondern auch in allen großen und kleinen Städten der Union, sogar in den Flecken, bis hinunter zu den kleinsten Dörfern, gab es Spieler, die für nichts andres mehr als für den »großen Match« Gedanken hatten.

Die bedeutendsten Städte, New York, Boston, Philadelphia, Washington, Albany, Saint-Louis, Baltimore, Richmond, Charleston, Cincinnati, Detroit, Omaha, Denver, Lake City, Savanah, Mobile, New Orleans, San Francisco und Sacramento hatten besondere Agenturen, die vortreffliche Geschäfte machten. Ja, man erwartete, daß diese sich noch verdoppeln, verdreifachen, vervier-, selbst verzehnfachen möchten, je nach den unberechenbaren Zwischenfällen, die durch die Würfel noch hervorgerufen werden könnten und von denen Max Real, Tom Crabbe, Hermann Titbury, Harris T. Kymbale, Lissy Wag, Hodge Urrican und X. K. Z. entweder begünstigt oder schwer geschädigt werden würden. Allmählich entwickelte sich ein wirklicher Markt, mit Sensalen und Agenten, eine Börse mit Angebot und Nachfrage, wo sehr viele Leute zu wechselnden Kursen, je nach den Aussichten des einen oder des andern Partners, kauften und verkauften.

Selbstverständlich blieb diese Strömung nicht auf die Vereinigten Staaten allein beschränkt. Sie hatte die Grenze überflutet und verzweigte sich über Quebec, Montreal, Torento und andre größere Städte Kanadas durch die ganze Dominion. Sie griff auch nach Mexiko hinüber und nach den kleineren Staaten, die am Golfe liegen. Dann wälzte sie sich nach Südamerika zu und drang nach Kolumbien, Venezuela, Brasilien, nach der Argentinischen Republik und schließlich nach Peru, Bolivia und Chile ein. Das Spielfieber entwickelte sich in der ganzen Neuen Welt zur richtigen Epidemie.

Auf der andern Seite des Atlantischen Ozeans, in Europa, hatten sich übrigens Frankreich, Deutschland, England und Rußland, in Asien Ostindien, China und Japan, in Ozeanien Australien und Neuseeland schon an dem tollen Treiben dieses Matches in beträchtlichem Maße beteiligt.

Wenn das verstorbene Mitglied des Chicagoer Excentric

Club bei Lebzeiten auch nicht viel von sich reden gemacht hatte, war doch der Lärm um so größer, den der Mann nach seinem Ableben überall erregte. Der hochachtbare Georges B. Higginbotham konnte nebst seinen Kollegen auf ein Mitglied, dem ein solcher posthumer Ruhmesglanz zufiel, gewiß stolz sein.

War war nun zur jetzigen Stunde der Favorit auf diesem neuartigen Turf?

War es auch schwierig, zu Anfang einer Partie, von der man erst einige Züge kannte, sich über deren Ausgang ein Urteil zu bilden, so schien es doch, als ob der vierte Partner, Harris T. Kymbale, die meisten Parteigänger auf sich vereinigte. Freilich wurde auch grade ihm die meiste Aufmerksamkeit zugelenkt, da die Journale mit Vorliebe von ihm berichteten und ihm, durch seine täglichen Mitteilungen auf dem laufenden gehalten, von Schritt zu Schritt folgten. Max Real, mit seiner Zurückhaltung, die er niemals ablegte, Hermann Titbury, der zu Anfang unter falscher Flagge gesegelt war, und auch Lissy Wag, deren Abreise sich bis zum letzten Tage verzögert hatte, konnte gegen den geistreichen, geschäftigen Berichterstatter der »Tribune« nicht in die Schranken treten.

Übrigens sei hier bemerkt, daß Tom Crabbe mit seinem Schrittmacher John Milner, sich auch einer großen Zahl auf ihn Wettender rühmen konnte. Es erschien ja so natürlich, daß das gewaltige Vermögen dem gewaltigen Untiere zufiel. Der Zufall liebt ja derartige Widersprüche oder, wenn man lieber will, Übereinstimmungen, und wenn er darin auch keiner Regel folgt, so hat man doch immer mit seinen Launen zu rechnen.

Was den Commodore Urrican betrifft, hatte dieser auf den Märkten anfangs hoch im Kurs gestanden. Durch den ihm geltenden Wurf neun – fünf und vier – war er ja schon nach dem dreiundfünfzigsten Felde gelangt – gewiß ein glänzender Anlauf! Durch den zweiten Wurf aber nach dem achtundfünfzigsten Felde, nach Kalifornien, verwiesen und damit genötigt, die Partie wieder von vorn anzufangen, hatte er alle Gunst eingebüßt. Übrigens wußte man allgemein von seinem Schiffbruche vor Key West, wie seine Ausschiffung unter so kläglichen

Umständen stattgefunden und daß er auch am Morgen des 23. das Bewußtsein noch nicht wiedererlangt habe. Obendrein blieb es fraglich, ob er sich überhaupt werde nach dem Death Valley (Totental) begeben können, und eigentlich war er ja schon – als Mensch und als Partner – fast so gut wie zweimal tot.

So wäre nur X. K. Z. noch übrig, und man hatte Ursache zu vermuten, daß die Spitzfindigen, die Schlauköpfe, denen eine besondere Veranlagung gestattet, häufig auszuspüren, wohin die Glücksgöttin sich wendet – daß diese sich ihn als Günstling erwählen würden. Daß er augenblicklich vernachlässigt wurde, lag nur daran, daß noch niemand wußte, ob er bereits nach Wisconsin abgereist war oder nicht. Diese Frage mußte jedoch sofort entschieden werden, wenn er sich auf dem Postamte von Milwaukee meldete, um sein Telegramm abzuholen.

Dieser Tag war nicht mehr fern. Schon näherte sich der 27. Mai, der Termin für das vierzehnte Auswürfeln, das dem Manne mit der Maske galt. An genanntem Tage sendete Meister Tornbrock nach gefallener Entscheidung durch die Würfel eine Depesche an das Amt in Milwaukee, bei dem jener sich noch am Vormittage persönlich einzufinden hatte. Man kann sich leicht vorstellen, daß sich auf dem Amte dann auch eine Menge Leute sammeln würden, die begierig waren, den nur durch Buchstaben bezeichneten Herrn zu sehen. Hörte man da auch nicht seinen Namen, so lernte man doch seine Person kennen, und Augenblicks-Fotografen waren gewiß zur Stelle, ein Bild von ihm zu erhaschen, das dann sicherlich in allen Blättern Verbreitung fand.

Man beachte wohl, daß William J. Hypperbone die verschiedenen Staaten der Union auf seiner Karte ganz willkürlich verteilt hatte. Die Staaten waren weder alphabetisch noch geographisch geordnet. So entsprachen z. B. Florida und Georgia, die aneinandergrenzen, das eine dem achtundzwanzigsten, das andre dem dreiundfünfzigsten Felde. Ebenso hatten Texas und Südkarolina die Nummern zehn und elf, obwohl sie um acht- bis neunhundert Meilen voneinander entfernt liegen. Mit den übrigen Staaten war das ganz ähnlich. Diese Verteilung schien also nicht auf überlegter Auswahl zu beruhen, vielleicht waren die Plätze für die Staaten vom Testator auch einfach durch Auslosung bestimmt worden.

Doch gleichviel; jedenfalls hatte der geheimnisvolle X. K. Z. in Wisconsin die Depesche zu erwarten, die ihm den Ausfall des zweiten Würfelns verkündigte. Da nun Lissy Wag und Jovita Foley in Milwaukee erst am Morgen des 23. hatten eintreffen können, waren sie eiligst weitergefahren, um nicht mit dem siebenten Partner zusammenzustoßen, wenn dieser sich auf dem Telegrafenamt der Stadt einfand.

Endlich kam der 27. Mai, und wieder wendete sich die öffentliche Aufmerksamkeit dem Manne zu, der aus wer weiß welchen Gründen sich hütete, seinen Namen zu verraten.

Eine gewaltige Menschenmenge füllte an diesem Tage also den Saal des Auditoriums, und sie wäre gewiß noch weit größer gewesen, wenn nicht schon Tausende die Frühzüge nach Milwaukee benutzt hätten, um dort im Postamt anwesend zu sein, wenn X. K. Z. dahin kam, um sein Telegramm abzufordern. Dort sähen sie ihn doch endlich!

Um acht Uhr schüttelte Meister Tornbrock mit gewohnter Feierlichkeit und umgeben von den Mitgliedern des Excentric Club, den Lederbecher, ließ die Würfel auf den Tisch rollen und verkündete dann unter allgemeinem Schweigen mit weithin schallender Stimme:

Vierzehnter Wurf, siebenter Partner, zehn durch vier und sechs Augen!«

Dieser Ausfall brachte folgendes mit sich:

Da X. K. Z. sich zur Zeit im sechsundzwanzigsten Felde, im Staate Wisconsin, befand, wäre er dadurch nach dem sechsunddreißigsten gewiesen worden. Bei diesem – es war der Staat Illinois – hatte die Zahl der Augen aber doppelt zu gelten, und der siebente Partner hatte sich deshalb von Wisconsin aus gleich nach dem sechsundvierzigsten Felde zu begeben. Auf der Karte William J. Hypperbones fiel dieses Feld mit dem Distrikt Columbia zusammen.

Wahrlich, das Glück begünstigte diese geheimnisvolle Persönlichkeit ganz außerordentlich! Beim ersten Wurfe ein Nachbarstaat von Illinois, beim zweiten hatte der Mann nur drei Staaten, Indiana, Ohio und Westvirginia, zu durchmessen, um nach dem Distrikte Columbia und nach Washington, seiner Hauptstadt, zu gelangen, die gleichzeitig der Sitz der Regierung der Vereinigten Staaten von Amerika ist. Welch ein Vorteil gegen die meisten übrigen Mitbewerber, die bis zum Ende des Bundesgebiets verwiesen worden waren!

Auf ein solches Glückskind – wenn es überhaupt existierte – konnte und mußte man wetten.

An jenem Morgen schwand nun in Milwaukee darüber jeder Zweifel. Kurz vor Mittag wich die Volksmenge am Eingange und im Innern des Postamts auseinander, um einen Mann von mittlerer Größe und kräftigem Aussehen hindurchzulassen, einen Mann, der einen schon halb ergrauten Bart hatte und einen Klemmer vor den Augen trug. Er erschien in Reisekleidern und hielt einen kleinen Koffer in der Hand.

»Haben Sie eine Depesche mit der Chiffre X. K. Z.?« fragte er den Beamten.

»Hier, mein Herr!« erhielt er zur Antwort.

Sofort ergreift der siebente Partner – denn dieser war es – die Depesche, öffnet sie, liest sie und faltet sie wieder zusammen. Dann steckt er sie in seine Brieftasche, ohne das geringste Zeichen von Befriedigung oder Enttäuschung, und zieht sich ruhig durch die erregte, doch schweigsame Menge zurück.

Endlich haben ihn die Leute gesehen, den rätselhaften X. K. Z.... Er existiert!... Es ist kein Fabelwesen!... Er gehört zum Geschlechte der Menschen! Doch wer er ist, wie er heißt, was er treibt, welcher Gesellschaftsklasse er angehört... das weiß niemand! Geräuschlos angekommen, ist er geräuschlos wieder verschwunden; doch da er am bestimmten Termine in Milwaukee gewesen ist, wird er am bestimmten Termine auch in Washington sein!... Es ist ja nicht grade nötig, seinen bürgerlichen Stand zu kennen. Es unterliegt aber keinem Zweifel, daß er die im Testament vorgeschriebenen Bedingungen nach allen Seiten erfüllt, da er vom Testator selbst auserwählt wurde. Warum sich den Kopf zerbrechen, um mehr zu erfahren?... Die Spieler mögen flottweg auf ihn wetten!... Er kann ja noch zum großen Favoriten werden, denn nach den ersten Entscheidungen durch die Würfel zu urteilen, scheint es, als ob Fortuna ihm auf seinen Reisen das Geleit geben wolle!

Alles in allem war der Stand der Partie am 27. Mai also folgender:

Max Real hat am 15. Mai das Fort Riley in Kansas verlassen, um sich nach dem achtundzwanzigsten Felde, dem Staate Wyoming, zu begeben.

Tom Crabbe ist am 17. Mai von Augustin in Texas nach dem fünfunddreißigsten Felde, dem Staate Ohio, abgereist.

Hermann Titbury hat sich nach Sühnung seiner Haft am 19. Mai von Calais in Maine entfernt, um nach dem vierten Felde, dem Staate Utah, zu gelangen.

Harris T. Kymbale ist am 21. Mai von Santa-Fé in Neumexiko abgefahren, um das zweiundzwanzigste Feld, den Staat Südkarolina aufzusuchen.

Lissy Wag ist am 23. Mai aus Milwaukee in Wisconsin grade noch rechtzeitig entflohen, um im achtunddreißigsten Felde, im Staate Kentucky, wieder aufzutauchen.

Der Commodore Urrican hat, wenn er nicht tot ist – und das wollen wir ihm nicht wünschen – vor achtundvierzig Stunden, am 25. Mai, die Depesche erhalten, die ihn nach dem achtundfünfzigsten Felde, dem Staate Kalifornien, verweist, von wo er nach Chicago zurückkehren muß, um die Partie aufs neue zu beginnen.

X. K. Z. endlich ist am 27. Mai nach dem sechsundvierzigsten Felde, dem Distrikt Columbia, geschickt worden.

Die Menschheit hat nur noch die weitere Entwicklung und den Ausfall des nachfolgenden Würfelns abzuwarten, das sich von zwei zu zwei Tagen wiederholen soll.

Die »Tribune« hat auch noch einen beifällig begrüßten Gedanken ausgesprochen, der nicht nur in Amerika, sondern auf der ganzen Erde aufgenommen worden ist.

Dieser Gedanke zielte auf folgendes:

Da es sich um sieben Teilnehmer handelt, warum sollte man nicht – wie das bezüglich der Jockeys bei den Wettrennen üblich ist – jedem eine gewisse Farbe zuteilen? Und empfiehlt es sich dafür nicht, die sieben Regenbogenfarben in derselben Ordnung zu wählen, wie sie am Himmel beobachtet werden?

Max Real erhielt danach das Violett, Tom Crabbe Indigoblau, Hermann Titbury das reine Blau, Harris T. Kymbale das

Grün, Lissy Wag das Gelb, Hodge Urrican Orange und X. K. Z. endlich das Rot.

Dann könnte man täglich kleine Fahnen für jeden mit der ihm zukommenden Farbe und an der Stelle, die er im »Match Hypperbone« grade einnimmt, auf der Karte des Edlen Vereinigte Staatenspiels anbringen und gewönne auf diese Weise eine bequeme Übersicht über den jeweiligen Stand der bedeutungsvollen Partie.

COLLECTION JULES VERNE

1. Von der Erde zum Mond
Direkte Fahrt in 97 Stunden 20 Minuten
2. Reise um den Mond
3. Reise um die Erde in 80 Tagen
4. Reise zum Mittelpunkt der Erde
5. Fünf Wochen im Ballon
6./7. Zwanzigtausend Meilen unter dem Meer
8. Abenteuer von drei Russen und drei Engländern in Süd-Afrika
9./10. Abenteuer des Kapitän Hatteras
11./12./13. Die Kinder des Kapitän Grant
14./15./16. Die geheimnisvolle Insel
17./18. Das Land der Pelze
19. Eine schwimmende Stadt
Die Blockadebrecher
20. Eine Idee des Doktor Ox
Meister Zacharius
Ein Drama in den Lüften
Eine Überwinterung im Eis
Eine Mont-Blanc-Besteigung
21. Der Chancellor
Tagebuch des Passagier J. R. Kazallon
22./23. Der Kurier des Zaren
Michael Strogoff
24. Schwarz Indien
25./26. Reise durch die Sonnenwelt
27./28. Ein Kapitän von 15 Jahren
29./30./31. Die Entdeckung der Erde
32. Die fünfhundert Millionen der Begum
33. Die Leiden eines Chinesen in China
34./35. Die großen Seefahrer des 18. Jahrhunderts
36./37. Das Dampfhaus

38./39. Der Triumph des 19. Jahrhunderts
40./41. Die Jangada
42. Die Schule der Robinsons
43. Der grüne Strahl
44./45. Keraban der Starrkopf
46. Der Südstern oder das Land der Diamanten
47. Der Archipel in Flammen
48./49./50. Mathias Sandorf
51. Robur der Sieger
52. Ein Lotterie-Los
53./54. Nord gegen Süd
55./56. Zwei Jahre Ferien
57. Kein Durcheinander
58./59. Die Familie ohne Namen
60./61 Mistreß Branican
62. Das Karpatenschloß
63. Claudius Bombarnac
Notizbuch eines Reporters
64./65. Der Findling
66./67. Meister Antisers wunderbare Abenteuer
68./69. Die Propeller-Insel
70. Vor der Flagge des Vaterlandes
71. Clovis Dardentor
72./73. Die Eissphinx
74./75. Der stolze Orinoco
76./77. Das Testament eines Exzentrischen
78./79. Das zweite Vaterland
80. Das Dorf in den Lüften
81. Die Historien von Jean-Marie Cabidoulin
82./83. Die Gebrüder Kip
84./85. Reisestipendien
86. Ein Drama in Livland
87. Der Herr der Welt
88. Der Einbruch des Meeres
89. Der Leuchtturm am Ende der Welt
90./91. Der Goldvulkan
92./93. Reisebüro Thompson & Co.
94. Die Jagd nach dem Meteor
95. Der Pilot von der Donau
96./97. Die Schiffbrüchigen der Jonathan
98. Wilhelm Storitz' Geheimnis
99./100. Cäsar Cascabel